I0587446

* 9 7 8 1 5 9 5 8 4 7 3 6 2 *

در میان قبیله و پیوند

ایرج پزشک‌زاد

ketab.com

Among Kith and Kin
Subject: Persian literature - Memoirs
By: **Iraj Pezeshkzad**
Cover Photo: Abbas Hojatpanah
Copyright© 2025 By Ketab Corporation
All right reserved.
3rd Edition by: Ketab Corporation

در میان قبیله و پیوند
موضوع: ادبیات فارسی – خاطرات
ایرج پزشک‌زاد
طرح روی جلد: عباس حجت‌پناه
چاپ سوم شرکت کتاب: ۲۰۲۵ میلادی – ۱٤۰٤ خورشیدی – ۲۵۸٤ ایرانی خورشیدی

The Library of Congress Cataloging-in-publishing Data is available upon request.

ISBN:978-1-59584-736-2
Ketab Corporation:
12701 Van Nuys Blvd., Suite H,
Pacoima, CA, 91331, USA
www.ketab.com

3 3 4 5 6 7 8 9 23

فهرست

در میان قبیله و پیوند

عاقبت یک روزی حوصله‌ی پدرم- بعد از شش سال خدمت در این شهر و آن شهر- سر رفت. برگشتیم. از خدمت دولت کناره گرفت و در تهران مطب باز کرد. در نتیجه، اولین آشنایی من با قبیله‌ی پر جمعیتم، که از سه سالگی دیگر ندیده بودم و نمی‌شناختم، در سن حدود نه سالگی اتفاق افتاد. دائی‌ها و خاله‌هایم در خانه‌هایی واقع در باغ موروثی، معروف به باغ امیرالامرا زندگی می‌کردند. ما هم در خانه‌ای در همان باغ مستقر شدیم. دائی‌ها و خاله‌ها آدم‌های محترم و معقولی بودند، همگی درس‌خوانده؛ مردها در خدمت دولت و خانم‌ها به خانه‌داری مشغول بودند. اما، خارج از این دایره‌ی کوچک بستگان نزدیک، یک دایره‌ی بزرگ‌تری متشکل از بستگان درجه‌ی بعدی، عمدتاً عموها و عمه‌های مادرم بودند که تقریباً تمام محله را با فرزندان متعدد و نوه‌ها اشغال کرده بودند. علت این تجمع و تمرکز خانواده، از قرار معلوم این بود که باغ اصلی امیرالامرا باغ بسیار بزرگ‌تر شخص امیرالامرای اول بوده که بعد از او، فرزندانش قسمت عمده‌ی آن را تکه‌تکه کرده و خانه ساخته بودند. باغی که ما در آن زندگی می‌کردیم و حدود شاید سه‌هزار متر وسعت داشت، سهم یکی از فرزندان امیرالامرا، یعنی پدر مادرم بوده، که به عنوان بزرگ‌ترین قطعه‌ی بازمانده، لقب باغ امیرالامرا را از باغ اصلی ارث برده بود. توزیع لقب و ارث بردن لقب، سکه‌ی رایج زمان بود. در این باب اولین چیز عجیبی که دیدم و برایم تازگی داشت، این بود که هر چه که در اطرافم بود السلطنه، الممالک، الدوله بود. تمام عموجان‌ها و عمه‌جان‌ها و فرزندان آن‌ها با این لقب‌ها مشخص می‌شدند. تعداد عموها و عمه‌ها چهارده نفر، یعنی نُه عمو و پنج

عمه بود و حکایت این اجتماع القاب این بود که امیرالامرا، که از رجال دربار ناصرالدین شاه و بعد مظفرالدین شاه بوده، برای فرزندان، از یک فوج زن‌های حرمسرایش و بعداً نوه‌هایش، به محض تولد، از شاه فرمان لقب می‌گرفته است. از تعداد کل فرزندان او بی‌خبرم. ولی همین که آن موقع یعنی حدود ۱۳۱۵ شمسی، من با چهارده نفرشان معاصر افتاده بودم، قرینه‌ای است. این لقب‌ها هم طوری در گوشت و استخوان عموجان‌ها و عمه‌جان‌ها و فرزندان آن‌ها جا افتاده بود که بعد از آن هم که با قانون شناسنامه، صاحب نام و نام‌خانوادگی شده بودند، چه در برخورد با دیگران و چه در معاشرت خانوادگی یکدیگر را فلان‌السلطنه و فلان‌الدوله خطاب می‌کردند.

علت این‌که در این شرح حال، به خصوص به عموجان و عمه‌جان‌های مادرم پرداخته‌ام این است که این چهارده السلطنه و الممالک همگی متولدین پیش از مشروطیت، از یازده مادر مختلف بودند و با یاد کرد آن‌ها، سری هم به تاریخ اجتماعی قرن پیش از خودم می‌زنم.

این را باید بگویم که وقتی من به خانواده رسیدم در قلعه‌ی برافراشته‌ی القاب، چند رخنه ایجاد شده بود. یکی این‌که عموجان ناظم‌الملک، چون ارتشی بود، بعد از کودتای ۹۹، به حکم قانون رضاشاه، به عموجان سرهنگ خشک خالی تنزل پیدا کرده بود. از طرفی، عمه‌جان فخرالدوله، از طرف برادران و خواهران عملاً از لقبش محروم شده بود و از او به اسم ربابه خانم نام می‌بردند. علت هم این بود که این خانم که دیگر شوهر نداشت، به کار پرورش و فروش قناری دست زده بود و از نظر قبیله، کار کردن بدون احتیاج مادی عیب بود. خواهرها و زن‌برادرها، بر سبیل تمسخر می‌گفتند که ربابه خانم خودش روی تخم قناری می‌خوابد. ولی واقعیت که من از زبان خود عمه‌جان شنیدم، این بود که گاهی تخم قناری را دو هفته زیر بغل خود می‌خواباند تا جوجه دربیاید. ضمناً عموجان سیف‌السلطنه چون

به بچه‌ها اجازه داده بود به او عموجان علی اصغرخان خطاب کنند، برادرها و خواهرها، برای تنبیه او فقط اصغر صدایش می‌زدند.

عموها و عمه‌ها از نظر آداب و رسوم و تشریفات مشخص بودند. یک عادت مشخص آن‌ها این بود که خواهر و برادر و زن و شوهر به هم تو نمی‌گفتند و در مقام صحبت از یکدیگر و سایر بستگان نهایت احترام را رعایت می‌کردند. با معنای بعضی از اصطلاحات آن‌ها مدتی طول کشید تا آشنا شدم. برای مثال، اگر می‌پرسیدی: آیا عموجان سالار محتشم تشریف دارند؟ اگر نبود، جواب می‌شنیدی: نخیر، سوار شدند و این، در حالی بود که من هیچ‌وقت جلوی منزلش درشکه، کالسکه یا ماشین ندیده بودم و کمی بعد عموجان را سر خیابان در انتظار اتوبوس می‌دیدم.

اولین دیدار من از جمع، از بزرگ‌ترشان، عموجان امیرالامرا بود که آن موقع شاید هشتاد سال داشت. این عموجان، به عنوان پسر ارشد امیرالامرا، لقب او را به ارث برده بود. مادرم خود را مکلف می‌دید که هرچه زودتر مرا به دست‌بوس او ببرد. بعد از تعلیمات مفصل درباره‌ی نحوه‌ی تعظیم و تکریم و دست‌بوسی به راه افتادیم. عموجان نه در سالن بلکه در اتاق خصوصی‌اش از ما پذیرائی کرد. پیرمرد محترم موقری بود با موی سر و روی سفید، بسیار آرام با کلمات شمرده صحبت می‌کرد. روی تشکچه‌ی مخملی نشسته بود. جلوی پای او سفره و بساط منقل و وافور بسیار ظریف و تمیزی گسترده بود. بوی تریاک بر فضای اتاق حاکم بود. بعدها دانستم که علاوه بر او، عموجان احتشام‌الدوله و عموجان سیف‌السلطنه هم اهل منقل بودند.

چیزی که به‌خصوص توجه مرا از بدو ورود جلب کرد، یک ظرف بلور پر از نان شیرینی، کنار سفره بود که طبق تعلیمات نباید به آن توجه می‌کردم. برای انصراف خاطر، نگاهم را به قاب عکس بالای سر عموجان دوختم. عکس تمام قد مرد تنومندی با سرداری ترمه‌ی اعیانی بود. عموجان که

متوجه توجه من به عکس شد توضیح داد که عکس مرحوم امیرالامرای بزرگ است. و وعده داد که یک روزی برای من شرح زندگی «مرحوم امیر» را حکایت کند. ولی من، بیشتر و فوری‌تر از شرح حال مرحوم امیر، در انتظار بودم عموجان به فکر تعارف شیرینی بیفتد. ولی خبری نشد و دوباره به صحبت با مادرم ادامه داد.

این انتظار و اشتیاق من برای شیرینی چیز غریبی نبود. ما، یعنی، بچه‌های آن روزگار، عقده‌ی شیرینی داشتیم، چون شیرینی، که همیشه همه در خانه درست می‌کردند، مال هر جا و هر کس نبود. مخصوص مهمان بود و در غیاب مهمان در قفسه‌ای با قفل و بست محبوس می‌شد و ما، فرزندان برومند خوش‌اشتها و محروم آن سال‌ها، مدام در فکر و جستجوی راهی برای دست‌برد زدن به این مخفی‌گاه شیرینی‌جات مهمان بودیم.

آن موقع مملکت بسیار فقیری داشتیم. به اصطلاح سازمان ملل کنونی، جزء ممالک «سوپر فقیر» بودیم. طبقه‌ی متوسط وجود نداشت. غیر از یک اقلیت بسیار بسیار معدود ملاک و تاجر، سایر مردم، از کارگر و کارمند و هنرمند و حتی صاحبان مشاغل آزاد، به زحمت شکم خود را سیر می‌کردند. آن‌ها که آن سال‌ها بوده‌اند، به یقین غوغای عدس‌پلوی نذری را به یاد دارند که اگر از کلانتری پاسبان نمی‌آوردند، ممکن بود یکی دو نفر زن و بچه زیر دست و پا بروند. برای توضیح این واقعیت باید یادآوری کنم که بودجه‌ی سالانه‌ی ممالک محروسه‌ی ایران در سال ۱۳۰۰ شمسی، به موجب آمار رسمی و منتشر شده‌ی دولتی، فقط نوزده میلیون تومان بود. و بعد از تلاش تقریباً بیست ساله‌ی دولت‌های رضاشاه و ازدیاد درآمد نفت، بودجه‌ی کشور شاهنشاهی ایران در سال ۱۳۲۰، از سیصد و شصت میلیون تومان تجاوز نکرد.

هم‌چنان در انتظار تعارف شیرینی بودم که شنیدم مادرم اجازه‌ی مرخصی خواست و صدای آرام عموجان را که گفت چه عجله‌ای است،

٤

در حالی‌که او هنوز از «پسر نازنین» پذیرائی نکرده است. این را گفت و در ظرف بلور شیرینی را با حرکات بسیار آرام بلند کرد. شیرینی داخل ظرف را بهتر دیدم. همان‌طور که حدس زده بودم «نون بادومی» بود که بسیار دوست داشتم. عموجان ضمن بلند کردن ظرف به قصد تعارف به من، با کلمات شمرده گفت:

این نان شیرینی... بادامی را... خانم عفت‌السلطنه... مرحمت کرده‌اند.

در این موقع ناگهان مادرم به طرز عجیبی خود را روی دست عموجان انداخت و تقریباً به زور ظرف شیرینی را از من دور کرد و ضمن این حرکت گفت:

قربان دست‌تان عموجان، نان بادامی برای گلو درد این بچه بد است.

من حیرت زده، با چشم گرد و دهن باز در انتظار سردرآوردن از این حرکت و حرف نادرست و در واقع خصمانه، به او خیره شدم. ولی نگاه تند و آمرانه‌اش، که حکم به تمکین می‌داد، زبان دلم را بست و سرم را به زیر انداختم. مادرم در جواب عموجان که نان بادامی را برای گلودرد آن‌قدرها بد نمی‌دانست، حکایتی از دو شب نخوابیدن من از گلو درد سر هم کرد و با خداحافظی عجولانه‌ای از عموجان، مرا به طرف خانه به راه انداخت.

در راه، من سرخورده و عصبانی در انتظار توضیح مادرم ساکت بودم. او هم مدتی ساکت ماند. انگار دنبال بهانه‌ی معقولی برای توجیه دروغی که گفته بود می‌گشت، که چون پیدا نکرد، ناچار بعد از مقدمه‌ای درباره‌ی عقل و شعور و رازداری من، واقعیت را گفت: به شیرینی دست‌پخت عمه‌جان عفت‌السلطنه اعتماد نکرده است! چون عمه‌جان که اهل جادو جنبل و خاکه‌ها و معجون‌های دوستی و دشمنی است و تازگی با خانم عزیرالسلطنه زن عموجان بگومگوئی داشته، ترسیده که مبادا یک چیزی قاطی مایه‌ی شیرینی کرده باشد!

این اولین اطلاعی بود که از یکی از اعضای مهم خانواده به من رسید.

٥

و به مناسبت این صفت مشخّصه، توجه مخصوصم به این عمه‌جان جلب شد. خانم عفت‌السلطنه زنی بود آن موقع، حدود چهل و هفت هشت ساله، بدون بچه، با شوهرش، شازده عبدالحمید میرزا و دختر دایه‌اش زرّین‌تاج، که خدمتش را می‌کرد، تقریباً دیوار به دیوار باغ ما منزل داشت. در میان بقیه‌ی افراد قبیله محبوبیتی نداشت که خیال می‌کنم علت، به‌خصوص حسادت دیگران بود چون خانه‌ی بزرگ و زندگی خیلی خوبی داشت. این خانم به علت اعتقاد کاملی که به سحر و جادو داشت، روابط مستمری با دعانویس‌ها و جن‌گیرهای مقیم سیدملک خاتون، به‌خصوص با آسید کمال دعانویس و فال‌گیر برقرار کرده بود. البته بهانه‌ی رفت و آمد به پاتوق این افراد و پذیرایی آن‌ها در خانه را به حساب انفاق و دستگیری افراد مستمند می‌گذاشت. زنی اخمو و بسیار از خود راضی بود. مردم را به چشم حقارت نگاه می‌کرد. اصطلاح «وا! چه داخل آدم» از زبانش نمی‌افتاد. کاسب؟ چه داخل آدم! معمار! چه داخل آدم! معلم؟ چه داخل آدم! خلاصه، بشریت به چشم او داخل آدم نبود. خیلی بیش از خواهر و برادرها از جاه و جلال پدرش یاد می‌کرد. این مدرسه سرطویله‌ی مرحوم امیر بوده! این عمارت را جای کالسکه خانه‌ی مرحوم امیر ساخته‌اند. این آقائی که رد شد نوه‌ی سورچی مرحوم امیر بود. با این خلقیات، گمان می‌کنم که تنها کسی که عمه‌جان را دوست داشت، همین زرین‌تاج، دختر دایه و خدمت‌کارش بود. این زن از آن‌جا که فوق‌العاده ساده و بی‌آلایش بود، به وسیله‌ی افشای اسرار داخلی خانه‌ی عمه‌جان بدل شده بود. یعنی زن برادرها اتفاقات خانه‌ی اربابش را از زیر زبان او می‌کشیدند.

من، مدت ده سال به عنوان همسایه‌ی نزدیک، شاهد فعالیت‌های مستمر عمه‌جان در باب جادو کردن دیگران یا خنثی کردن جادوی آن‌ها بودم. یکی از استفاده‌های مداوم عمه‌جان از سحر و جادو و مواد و معاجین مسحور کننده، در جهت حفظ شوهرش شازده عبدالحمید میرزا

بود. عمه جان به کل بشریت سوءظن داشت که می‌خواهند شوهر را از چنگ او درآورند. شازده آدم محترم معقولی بود ولی از آنجا که زیر سایه‌ی عمه‌جان می‌خورد و می‌خوابید و از کار کردن که دوست نداشت معاف بود، عوارض اخلاقی زنش را تحمل می‌کرد. عمه‌جان طوری نگران از دست رفتن او بود که هر وقت پای موجود مؤنثی، از دختر بچه هفت هشت ساله تا زن پنجاه شصت ساله به خانه‌اش می‌رسید، به محض رفتن او، تا پشت در خانه با آب‌پاش قلیاب سرکه‌ی باطل‌السحر می‌پاشید. همین‌طور وقتی شیء مشکوکی در خانه یا در کوچه جلوی در خانه به نظرش می‌رسید، عملیات جادو زدائی را شروع می‌کرد. ما وقتی خیلی بچه بودیم برای خنده یک چیزی مثلاً یک تکه چوب نخ بسته در حوض و یا جلوی در خانه‌اش می‌انداختیم و در گوشه‌ای به انتظار آب‌حوض‌کشی و آب باطل‌السحرپاشی به‌وسیله خود عمه‌جان یا شازده‌ی بیچاره می‌نشستیم. از مواردی که باعث دعوا و جنگ و جدال مکرر زن و شوهر می‌شد، خوراندن پنهانی اکسیر و معجون مهر و محبت طبق نسخه‌ی آسید کمال، به شازده بود. موردی که موجب قهر و دعوای خیلی جدی شد و صحبت از طلاق به میان آمد و به وساطت برادرها به آشتی انجامید، قضیه صابون مرده‌شور خانه بود. واقعیت را زن برادرها بعد، از زیر زبان زرین‌تاج کشیدند. خانم عفت‌السلطنه برای پای‌بند کردن شازده به خانه و منزجر کردن او از زنان دیگر، به توصیه‌ی آسید کمال دعانویس، یک تکه صابون مرده شور خانه را که خود سید در اختیارش گذاشته بود، در آستر کت شوهرش دوخته بود. بعد از مدتی یک روز که شازده با دوستانش در خانه‌ی یکی از آنها قرار بازی رامی داشت، مدتی زیر باران ماند. آن‌جا که رسید دیدند که از پشت کتش کف صابون می‌ریزد. گوشه‌ی آستر را شکافته و به صابون رسیده بودند.

اما واقعه‌ای که به دعوای جدی و فرار چندماهه از خانه انجامید، وقتی

بود که عمه‌جان خواب دیده بود که شازده زن جوان گرفته و برای تعبیر خواب به آسیدکمال و سایر بزرگان صنعت تعبیر و جادوگری مراجعه کرده بود. در نهایت، آسید کمال در آینه‌ی سکندرش دیده بود که مورد نظر آقا، زنی سفید چهره و موسیاه است و نمی‌دانیم عمه‌جان چه زن سفید چهره و موسیاهی در اطراف شازده سراغ کرده بود که یک شب بعد از آن‌که عبدالحمیدمیرزا به خواب رفت با کارد تیز آشپزخانه به قصد اخته کردن او و حمله برد. ولی خوشبختانه شازده در لحظه‌ی قطع ریشه‌ی فساد، از جا پرید و با لباس خواب از پنجره بیرون جست و در تاریکی شب دوان تا محله‌ی دوشان تپه به منزل یکی از بستگانش پناه برد و مدت سه ماه کار خانواده تلاش برای اولاً پیدا کردن محل اختفای او و ثانیاً برگرداندنش به خانه بود و نمی‌دانم با چه سحر و جادوئی شوهر را به کانون سعادت خانوادگی برگرداندند. جزئیات پنهان این ماجرا را هم خانم‌ها از زیر زبان زرین‌تاج کشیدند. سال‌ها بعد من این قضیه کارد آشپزخانه در رخت‌خواب را به یکی از قهرمانان رمان دائی‌جان ناپلئون، یعنی خانم عزیزالسلطنه نسبت دادم.

پاریس، فروردین ۱۳۹۰

خاندان مبارز

به‌خصوص در سال‌های بعد از شهریور بیست بود که به مناسبت پیشامدهای بی‌سابقه در مملکت، من بیشتر به زیر و بم خلقیات بستگان، و مخصوصاً عمه‌جان عفت‌السلطنه و عموجان سیف‌السلطنه، که خواهر و برادر تنی بودند، پی بردم. البته در آن سال‌ها مادرم دیگر بیش از ده عمو و عمه نداشت. چون عموجانان امیرالامرا و رکن‌الدوله و عمه‌جانان آفاق‌السلطنه و فخرالدوله دیگر نبودند.

مهم‌ترین این پیشامدها قیام فرقه‌ی دمکرات در آذربایجان- و البته از نظر قبیله‌ی ما مهم‌تر از آن، گرفتاری عموجان سیف‌السلطنه با فرقه و پرخطرتر از آن، مبارزاتش با ارتش سرخ بود.

پیشامد در دو کلمه، این بود که در سال ۱۳۲٤ که هنوز ارتش سرخ از ایران خارج نشده بود، در آذربایجان افراد فرقه‌ی دمکرات با قیام مسلحانه، ادارات دولتی را اشغال کردند تا در نهایت، حکومت دموکرات آذربایجان را به‌وجود آوردند. در آغاز در حالی که گفتگوهای سیاسی ادامه داشت، ارتباط شهرهای آذربایجان با تهران و دولت مرکزی قطع شده بود. از قضای اتفاق، در این ایام عموجان سیف‌السلطنه که تازگی از زنش جدا شده بود، رئیس اداره‌ی آمار و ثبت احوال زنجان بود. عمه جان عفت‌السلطنه برای برادرش سخت نگران و پریشان خاطر بود. از او هیچ خبری نداشت حتی ارتباط تلفنی و تلگرافی بین زنجان و تهران قطع شده بود. فقط این خبر منتشر شد که فدائیان مأمور غلام‌یحیی رفته‌اند فرماندار و دادستان و همه‌ی رؤسای ادارات دولتی را بازداشت کرده‌اند. کمی بعد، یک نامه‌ی عموجان به وسیله‌ی مسافر به دست عمه‌جان رسید که از بی‌خبری بدتر بود. چون

عموجان نوشته بود یک فدائی دستور رفیق ژنرال غلام یحیی را مبنی بر لزوم تنظیم تمام مکاتبات و اسناد به زبان ترکی به رؤسای ادارات ابلاغ کرده، و عموجان به فدائی مأمور ابلاغ حکم، چیزی گفته که خوشش نیامده است.

عمه‌جان آخر نامه را برای همه با آه و ناله می‌خواند. جائی که نوشته بود: این‌ها که رفتند، همکارم صادق‌زاده گفت: باید سرت را می‌انداختی زیر می‌گفتی چشم، چون این بلشویک‌ها شوخی سرشان نمی‌شود به‌خصوص با یکی که اسمش سیف‌السلطنه است. یک وقت دیدی سر از زندان سیبریه درآوردی با شصت درجه زیر صفر! فکر تبعید به سیبریه با شصت درجه زیر صفر طوری تن عمه‌جان را لرزانده بود که برای چاره‌جویی از یک طرف جادوگران و از طرف دیگر بستگان را مرتباً به خانه دعوت می‌کرد. اطمینان داشت که برادرش اسیر روس‌هاست و او را به سیبریه با شصت درجه زیر صفر فرستاده‌اند یا به زودی می‌فرستند و اظهار اطلاع هولناکی از زندگی در سرداب‌های مخوف سیبریه می‌کرد. با توجه به این‌که آن موقع از کتاب «مجمع‌الجزایر گولاگ» سولژ نیتسین خبری نبود، حدس می‌زنم که منبع اطلاعاتش آسیدکمال دعانویس بود. اما آن‌چه بیش از هر چیز در این جلسات توجهم را جلب کرده بود این بود که عمه‌جان مکرر می‌گفت: روس‌ها دارند انتقام مرحوم امیر را از اصغر می‌گیرند. یا اصغر دارد تاوان مخالفت امیر با روس‌ها را پس می‌دهد. ظاهراً این مخالفت پُرتاوان مرحوم امیر با روس‌ها، در نظر حاضران موضوعی تازه نبود چون با قیافه‌ی قبول و رضا گوش می‌کردند. تنها برای من مفهوم نبود و در تردید بودم از چه کسی بپرسم.

یک روز عمه‌جان عفت‌السلطنه خانواده را برای خبری راجع به علی‌اصغرخان به چای دعوت کرد. عموجان ساعدالممالک که خبر را کسب کرده بود در آن جلسه گفت به زحماتی موفق به دیدن وزیر کشور

شده و از او خواسته که برای نجات سیف‌السلطنه اقدامی بکند. وزیر در جواب گفته بود که برادر خودش هم که فرماندار زنجان است اسیر دست فرقه است و دولت مشغول مذاکره با فرقه برای آزادی رؤسای ادارات است. اگر خبری بشود البته اطلاع خواهد داد. ولی عمه جان معتقد بود که برادرش اسیر ارتش سرخ است و باید با روس‌ها مذاکره بشود و باز تکرار کرد روس‌ها دارند انتقام مخالفت مرحوم امیر را از اصغر می‌گیرند.

من، از عبدالحمید میرزا که با بی‌حوصلگی نمایانی به صحبت زنش گوش می‌کرد آهسته پرسیدم:

حضرت والا، شما می‌دانید قضیه مخالفت مرحوم امیر با روس‌ها چه بوده است؟

لبخندی زد و آهسته جواب داد:

نمی‌دانم. شاید روس‌ها خانم عفت‌السلطنه را برای نیکلای دوم خواستگاری کرده بودند چون مرحوم امیر مخالفت کرده، رفته‌اند سراغ پرنسس آلکساندرا.

سه روز بعد باز عمه‌جان فرستاد خانواده را به منزلش دعوت کرد. آن‌جا باز ساعدالممالک گفت که وزیر کشور دنبال صحبت قبلی، تلفنی به او اطلاع داده که رؤسای ادارات هنوز زندانی فرقه‌ی دمکرات هستند ولی سیف‌السلطنه با آن‌ها نیست. همکارش گفته که از چند روز پیش یکباره غیبش زده است. عمه‌جان که از اول جلسه قیافه‌ی ماتم به خودش گرفته بود، ناگهان زد زیر گریه و هق‌هق‌کنان گفت: نگفتم اسیر روس‌هاست!

بعد به عموجان سرهنگ پرید که تو سرهنگی. چرا یک سر نمی‌روی زنجان با روس‌ها صحبت کنی؛ حالی‌شان کنی که این جوان اگر پسر امیرالامراست خودش کاری نکرده، نباید چوب کار پدرش را بخورد.

سرهنگ عصبانی از جا پا شد:

خانم عفت‌السلطنه، چرا حرف سبک می‌زنید؟ مگر مرا به زنجان راه

می‌دهند؟ وانگهی اگر روس‌ها با مرحوم امیر اختلاف داشته‌اند آن روس‌ها سرشان رفته زیر ساطور، استخوان‌شان هم پوسیده... حالا اگر هم تقاضایی داشته باشیم باید به استالین رجوع کنیم!

اخم عمه‌جان بیشتر توهم رفت: ـ وا! استالین؟ چه داخل آدم!

من، با همه کوششم نتوانستم از راز اختلاف مرحوم امیر با روس‌ها سر دربیاورم. ظاهراً منبع خبر عموجان رکن‌الدوله بوده که او هم این راز را با خودش به گور برده بود.

❊ ❊ ❊

بعد از مدتی، یک روز با مژده‌ی بازگشت عموجان سیف‌السلطنه، به خانه‌ی عمه‌جان دعوت شدیم. مدنی منتظر ماندیم تا عموجان از پای منقل به سالن آمد و خیلی سر حال به شرح ماوقع پرداخت:

یک روز یک سرفدائی دمکرات آمد و ابلاغ کرد که طبق دستور رفیق ژنرال غلام یحیی، بعد از این کلیه‌ی مکاتبات و اسناد باید به زبان ترکی باشد. من در جواب گفتم پس به رفیق ژنرال بفرمایید به من که اصلاً ترکی بیل‌میرم، اجازه‌ی مرخصی بدهند. انگار بهش برخورد. چون با خشونت جواب داد: نخیر، رفیق ژنرال می‌فرستدت یک کلاس مخصوصی که ترکی یادت بدهند. وقتی رفت، رفیقم که آن‌جا بود گفت: سیف‌السلطنه، گند زدی! باید می‌گفتی چَشم. خدا بهت رحم کند! چون زندان سیبریه روی شاخت است. سیبریه با شصت درجه زیر صفر که می‌گویند، بی‌ادبی است، زهراب توی نفس آدم یخ می‌بندد! خیلی ترسیدم. گفتم این‌ها که حرف حالی‌شان نمی‌شود. می‌روم پیش فرمانده قشون روس که دستور بدهد مرا برگردانند تهران. پرسیدم، گفتند فرمانده روسی سرهنگ ولی‌اف است ولی رفته تبریز تا سه روز دیگر برنمی‌گردد. چون شنیدم دارند همه اداره‌جاتی‌ها را می‌گیرند، تصمیم گرفتم یک جائی قایم بشوم تا سرهنگ برگردد...

سردار حشمت، شوهر عمه‌جان قمرالدوله پرسید:

۱۲

شما سرهنگ ولی‌اف را می‌شناختید؟

نه. ولی او مرا وقتی می‌گفتم پسرامیرالامرا هستم، می‌شناخت.

از کجا می‌دانستید که سرهنگ مرحوم امیر را می‌شناخته؟

نمی‌دانستم ولی تردیدی نداشتم. چون این‌ها همه‌شان مرحوم امیر را می‌شناختند. لااقل از شهرت می‌شناختند. اخوی رکن‌الدوله می‌گفتند مرحوم امیر آن موقع که تبریز بودند، جمعه‌ها که می‌نشستند و اعیان به دیدن‌شان می‌رفتند، این استالین هم، که آن موقع در تبریز درشکه‌چی بود، مکرر خدمت‌شان آمده بود.

عبدالحمید میرزا که کنار من نشسته بود، زیر لب گفت:

لابد یک وقت‌هایی لنین را هم با خودش می‌آورده خدمت مرحوم امیر!

عموجان ادامه داد:

برای مشورت سری به صارم رفیق ایلیاتی‌ام که زنجان خیلی دوست و آشنا داشت، زدم. تا مطرح کردم، گفت چرا در زنجان؟ من دارم می‌روم قیدار، بیا برویم چند روز مهمان من باش تا آب‌ها از آسیاب بیفتند. درد سرتان ندهم، شبانه راه افتادیم. ملک و خانه‌اش در تقی‌آباد قیدار جایی بود که دست فلک بهش نمی‌رسید. خودش و زن و بچه‌اش چه پذیرایی کردند! از آن موقع تا حالا گفتیم و خوردیم و خوابیدیم.

عموجان احتشام‌الدوله آهسته پرسید:

آن دواتان را چه می‌کردید؟

عموجان علی‌اصغرخان هم آهسته جواب داد:

جای شما خالی، نمی‌دانید چه دوائی داشتیم! مال ماهان به گردش نمی‌رسید

که معلوم شد همان موقعی که خانم عفت‌السلطنه برای برادر در شصت درجه زیر صفر ندبه و ناله می‌کرد، او کنار حرارتی بیش از شصت درجه‌ی بالای صفر بوده است. چند روز بعد از این جلسه‌ی شادمانی بازگشت

به سلامت، حین عبور، چشمم به عکس عموجان علی‌اصغرخان در یک روزنامه افتاد. خریدم. از روزنامه‌های موسمی آن دوران بود که هر وقت پول و پله‌ای به دست مدیرش می‌رسید، منتشر می‌شد. زیر عکس‌ها از عموجان به عنوان یکی از پاسداران معبد مقدس زبان فردوسی، نام برده و در مقاله‌ای نوشته بود با تمام فشار فرقه‌ی جدائی‌طلب دمکرات و ارتش سرخ، سیف‌السلطنه در زنجان، با خطر کردن بسیار، از فرمان تنظیم اسناد و مکاتبات به زبان غیرفارسی سرپیچی کرده و مقاومت و مبارزه در راه حفظ زبان فارسی را بی‌محابا ادامه داده است. و آنگاه که راه مبارزه در زنجان را بسته دیده، در خارج از حیطه‌ی قدرت بیگانه‌پرستان پی گرفته است. این شخصیت میهن‌پرست، روح مقاومت و مبارزه را از پدر گرانقدرش، بزرگ‌مرد تاریخ معاصر ایران، امیرالامرای اول به ارث برده است. مرحوم امیرالامرای قاجار قوانلو، از درباریان منوّرالفکری بود که در انقلاب مشروطیت به حمایت از مشروطه و مبارزه با استبداد کمر بستند و از هیچ کمکی به آزادی‌خواهان و سران نهضت مشروطه دریغ نکردند. مقاله با این تکریم شایسته ختم می‌شد: از ایران جز آزاده هرگز نخاست.

من در تألیفات و اسناد فراوان و گوناگون مشروطیت از مبارزه‌ی مرحوم امیرالامرا به طرفداری از مشروطیت اثری ندیدم. تنها جایی که دیدم از او یاد شده بود در خاطرات صدرالاشراف بود. توضیح آن‌که سال ۱۳۲۴ که صدرالاشراف نخست‌وزیر شد، دوران آزادی مطبوعات بود. مخالفانش در روزنامه‌ها به عنوان «مستنطق باغشاه» او را مورد حمله قرار دادند. به این شرح که وقتی محمدعلی شاه مجلس را به توپ بست و جمعی از مشروطه‌خواهان را در زندان باغشاه زندانی کرد، او به عنوان مستنطق، مأمور بازپرسی از آن‌ها شده و برای خوش خدمتی شاه، به زندانیان سخت می‌گرفته و شدت عمل بسیار به خرج می‌داده است. چند سال بعد، صدرالاشراف در خاطراتش، این اتهام را رد کرد و نوشت که من

به خلاف این ادعا، کمال محبت را نسبت به زندانیان باغشاه می‌کردم. ولی امیرالامرا، از دربار می‌آمد و به زجر و عذاب و تبعید آن‌ها اصرار می‌کرد.

من، بعد از خواندن این دفاعیه، البته پاپی نشدم که بدانم این امیرالامرا همان مرحوم امیر ما بوده یا دیگری، چون اگر امیر ما بود، به عِرق حمیّت خانوادگی‌ام برمی‌خورد.

پاریس، فروردین ۱۳۹۰

یک سفر نوروزی

سفر از اروپا به امریکا، به علت فاصله‌ی زیاد، هرقدر هم کتاب و مجله برای وقت‌کشــی برداشته باشید، باز خسته‌کننده و کسالت‌انگیز است. اما سفر اخیر من، به برکت یک عبارت خلبان بسیار راحت و حتی به خوشی گذشت. حالا عرض می‌کنم چطور:

در صندلی شــماره C43 هواپیما که سر ردیف بود جا داشتم و به این ترتیب یک طرفم آزاد بود و این، در هواپیماهای امریکایــی که گاه بین دو مسافر ماشاءالله تنومند امریکایی می‌افتید سعادتی است. موتورهای هواپیما در انتظار اجازه‌ی پرواز از برج مراقبت می‌غریدند. صدای خوش‌آمد خلبان از بلندگو شــنیده شــد: «کاپیتن جکسون به شما خوش‌آمد می‌گوید مدت پرواز ما از پاریس تا سانفرانسیسکو یازده ساعت خواهد بود و در ارتفاع سی‌هزار پائی...»

دنباله‌ی صحبتش را نشــنیدم. حواسم به دنبال «یازده ساعت» به جای دیگری رفت. این رقم یازده ساعت را یک بار دیگر در جای دیگری شنیده بودم. در دنیای خاطرات به شصت و چند سال پیش و یک سفر نوروزی برگشتم.

از اول اسفندماه بیشتر صحبت ما بچه‌ها در اطراف سفر عید نوروز دور می‌زد. ما تنها نبودیم. بزرگ‌ترها هم از این ســفر که مدت‌ها بود به تأخیر افتاده بود می‌گفتند. مادربزرگ مدت‌ها قبل نذر کرده بود که اگر حاجتی که داشــت برآورده شود، عید نوروز به زیارت قم برود. وعده داده بود که بعضی‌ها را هم به شــرط و شروطی به این سفر ببرد. شرط و شروط در مورد ما بچه‌ها این بود که درس و مشقمان مرتب باشد و رخت عیدمان را

تا روز عید نپوشیم. شور و شوق ما برای این سفر هیچ عجیب نبود. چون آن وقت‌ها سفر تفریحی وجود نداشت. کسی از شهر خودش برای تفریح بیرون نمی‌رفت. تعطیلات هم در همان جایی که گذشت که بقیه‌ی سال گذشته بود. نه تابستان سفر شمال رسم بود و نه عید نوروز سفر جنوب. اگر کسی کاری داشت سفر می‌کرد. سفرهای زیارتی به مشهد و قم هم در واقع ســفر کار بود. کاری داشتند و حاجتی داشتند می‌رفتند از ائمه طلب کنند. به هر حال همه‌ی امید تفریح ما بچه‌ها این سفر عید بود و خداخدا می‌کردیم که اتفاقی نیفتد که موقوف شود. چون سال پیش هم قرار همین بود ولی به علت فوت یکی از پیرمردهای دوردست خانواده موقوف شده بود.

در هفته‌ی سوم اسفند بودیم که با شنیدن خبر اقدام برای گرفتن جواز سفر، دلمان تا حدی قرص شـــد. آن وقت‌ها، تا پیش از شهریور ۱۳۲۰، برای ســفر در داخل مملکت هم باید اجازه می‌گرفتند. اسم رسمی این اجازه «جواز» بود که کلانتری محل اقامت مسافر صادر می‌کرد. معمولاً برای اینکه صدورش زیاد طول نکشد با پارتی اقدام می‌کردند. پارتی ما، در کلانتری محل، آقای زین‌العابدین‌خان، قاضی دادگستری، بود. جواز با وساطت او دو روزه صادر شد. در مرحله‌ی بعد خطری که برای موجودیت سفر پیش‌آمد مسأله یک خداحافظی بود. خداحافظی از بستگان و دوستان جزو مراســم لازم‌الاجرای سفر بود و مسـافرت بدون خداحافظی را به منزله‌ی بی‌احترامی و حتی اهانت می‌شمردند. خطر پیش‌آمده برای سفر ما این بود که دائی‌جان غلامرضاخان- به قول همه غلامضاخان- با تمام اصــرار و ابرام خانم بزرگ، از رفتن به دیدن آقای ســاعدالممالک برای خداحافظی جداً خودداری می‌کرد. زیرا که از قرار، آقای ساعدالممالک در سفر سال گذشته به مشهد، از او خداحافظی نکرده بود. مرافعه به جایی رسید که خانم بزرگ تهدید کرد که اصلاً سفر را موقوف می‌کند.

به التماس و درخواست ما بچه‌ها، بزرگترها راه‌حلی پیدا کردند. به این ترتیب که دسته‌جمعی از خانه به قصد دیدار و خداحافظی با آقای ساعدالممالک بیرون رفتیم. چون خانم بزرگ خداحافظی‌اش را قبلاً کرده بود، دیگران از آقای ساعد خداحافظی کردند و گواهی دادند که دائی‌جان غلامضاخان هم بوده و در مراسم خداحافظی شرکت کرده است.

بلیط اتوبوس، بعد از مدتی بحث و جدال و تردید بین گاراژ فردشیشه و گاراژ فولادی، عاقبت با استناد به وقت‌شناسی نسبی، از گاراژ اولی تهیه شد. صبح زود، بعد از گذشتن از قلعه یاسین و رد شدن از زیر قرآن، با چند درشکه به طرف خیابان ناصرخسرو محل گاراژ فردشیشه حرکت کردیم. چون تحویل سال حدود ساعت ۷ بعدازظهر بود و با توجه به این که مدت سفر بین ۴ تا ۵ ساعت برآورد شده بود، تصمیم بر این بود که ساعت ۸ صبح- که آن وقت‌ها می‌گفتند ۴ به ظهر- حرکت کنیم که موقع ناهار طوری به قم برسیم که فرصت مستقر شدن و آماده شدن را داشته باشیم و بتوانیم طبق نذر خانم بزرگ در لحظه‌ی تحویل سال در حرم باشیم.

کمی بعد از ساعت ۸ صبح به گاراژ رسیدیم. خانم بزرگ و دائی‌جان در صندلی پشـــت راننده که می‌گفتند تکانش کمتر است جا گرفتند و ما در ردیف‌های جلو نشستیم. مسافران دیگر هم به مرور می‌رسیدند و هر کدام بعد از چانه زدن سر بهای بلیط به توافق می‌رسیدند و سوار می‌شدند. از جمله یک ژاندارم مسلح به تفنگ همراه یک پیرمرد پنجاه شصت ساله سـوار شدند. با تمام قول و قرار حرکت سر وقت، هیچ خبری ازحرکت نبود. متصدی گاراژ در پیاده‌روی خیابان برای سـفر تبلیغ می‌کرد، چون اتوبوس هنوز جا داشت و باید پر می‌شد. بزرگترهای ما بی‌تابی می‌کردند. ولی ما بچه‌ها سـرمان با پرحرفی و هره کُره گـــرم بود. حکایت پیرمرد همراه ژاندارم شنیدنی بود. از قرار، اهل سلطان‌آباد بود. چون برای اشتغال به کار در کرج از او شناسـنامه خواسته بودند و نداشت، از شناسنامه پسر

مرحومش اسـتفاده کرده بود. کارفرما هم به همین که شناسنامه او را گرو بگیرد اکتفا کرده و به تاریخ تولد توجهی نکرده بود. چند سال بعد، وقتی موقع خدمت نظام‌وظیفه فرزند از دست رفته رسیده بود و از طرف اداره‌ی نظام وظیفه اراک احضار شـده بود، نمی‌دانم چطور و به چه مناسبت و وسـیله‌ای، پدر در کرج گیر افتاده بود. هر چه اعتراض کرده بود که سن و سالی دارد، فایده نکرده و اداره‌ی نظام وظیفه کار را به تحقیق در محل موکـول کرده بود. حالا، ژاندارم او را تحت‌الحفظ به اراک می‌برد که آنجا به وضعش رسیدگی شود. از سـن و سال خودش- مثل خیلی‌ها در آن دوران- اطلاع دقیقی نداشـت و در جواب دائی‌جان که از سن واقعی‌اش پرسید، گفت: والله یک پنجاه شصت سالی دارم. ژاندارم به محض سوار شدن، به مسافران رساند که پیرمرد از لفظ پوستین بدش می‌آید. در نتیجه، هرکس از هر گوشه‌ی ماشین به بهانه‌ای از پوستین یاد می‌کرد و پیرمرد، جدی یا شـوخی، شروع به اعتراض و فحش دادن می‌کرد. این وسیله‌ی شادی و خنده‌ی همه بخصوص ما بچه‌ها شده بود. چهره‌ی مشخص دیگر مسـافرین یک طلبه‌ی خیلی جوان بود که چانه را به زحمت به مختصر ریش هنوز کرکی آراسـته بود. یک زن آبسـتن پا به ماه هم که با شکم بزرگش فقط در ردیف آخر جا می‌گرفت، با یک پسربچه دماغوی شاید ده سـاله، که مادر اصغری صدایش می‌زد، سوار شدند، که از همان اولین لحظه پسربچه نغمه‌ی «ننه من گشنمه» را سر داد که دفعه‌ی اول با جواب «کوفت بخوری الان یک سنگک لمبوندی» و دفعات بعد هر بار با «کوفت بخوری» یا «کارد به سیرابیت بخوره» روبرو شد. اعتراض خانواده‌ی ما به تأخیر حرکت و جواب گاراژدار که «رفتیم آقا، رفتیم» تمام شـدنی نبود. ساعت از ۹ هم گذشت و به ۱۰ رسید. آخرین مسافران بعد از مدتها چانه زدن سر قیمت بلیط، ساعت ۱۱ سوار شدند و عاقبت اتوبوس به سلامتی از در گاراژ بیرون آمد.

هنوز کاملاً وارد خیابان نشده بودیم که یکی از ته ماشین صلا در داد: حق پدر صلوات فرست را بیامرزد! که بلافاصله اولین صلوات فرستاده شد.

لال از دنیا نری دومی را بلندتر ختم کن! دومی هم فرستاده شد. با آل عبا محشور بشی بعدی را بلندتر ختم کن!...

موضوع صلوات فرستادن در سفرها بخصوص در سفرهای زیارتی امری عادی بود و همه با آن کاملاً آشنایی داشتند. در طول سفر هر یک از مسافران، محض ثواب، سایرین را به فرستادن صلوات دعوت می‌کرد و صلوات دوم و سوم بخصوص که باید با حد اعلای صدا فرستاده می‌شد، اگر برای ما بچه‌ها زحمتی نداشت و حتی خوشمان می‌آمد که عضلات حلق را بــه کار بیندازیم، به یقین اعصاب بزرگترها را آزار می‌داد ولی از آن چاره‌ای نبود. شعارهای این بانیان خیر صلوات هم با مختصر تغییری همیشه همانها بود که همه‌ی همسالان ما به یاد دارند:

-لال ازدنیا نری یک صلوات بلند ختم کن... با آل عبا محشور بشی دومی را بلندتر...

البته وقتی یک «آقا» یعنی یک معمم در ماشین بود شعارها یک ته مایه‌ی عربی می‌گرفت:

– به شرف اسمع السامعین صلوات بلند ختم کــن!... به عزت اسرع‌الحاسبین دومی را بلندتر!... به عظمت احکم‌الحاکمین سومی را بلندتر!...

یا به صورت تهدید به مجازات بعد از مرگ تجلی می‌کرد:

– سرازیری قبر بی‌یاور نمانی صلوات بلند ختم کن!... شب اول قبر روسیاه نکیر و منکر نشی دومی را بلندتر!...

و در این قبیل موارد مسافرین از وحشت فشار قبر، از همان صلوات اول چنان صداها را بالا می‌بردند که در و پنجره‌ی ماشین به لرزه می‌افتاد و

حال دومی و سومی معلوم است.

ســالها پیش، از یکی از نزدیکان صادق هدایت- خانلری یا رضوی یا انجوی- شنیدم که هدایت یک بار که با اتوبوس سفر کرده بود، آنقدر از این تکرار بی‌انتهای صلوات‌ها با صدای بلند آزار دید که تصمیم جدی به انتقام گرفت. بعد از مدتی، سفری به قم با اتوبوس به اتفاق حسن قائمیان جور کرد و از لحظه حرکت دقیقــه به دقیقه خودش دعوت به صلوات بلند و بلندتر را تکرار کرد. به قدری به این کار ادامه داد که نفس همه را برید. عاقبت یکی از مسافران سالمند قمی در یکی از قهوه‌خانه‌های میان راه، حسن قائمیان را به کناری کشیده و با التماس و وعده یک چلوکباب در قم، از او خواسته بود که وساطت کند تا این همسفر مؤمن و مقدسش این تکرار دعوت به ختم صلوات را تمام کند و توضیح داده بود که چون کســبه‌ی رقیبش به او نسبت بی‌دیانتی داده‌اند ناچار است از همه بلندتر صلوات بفرســتد. ولی از بس فرستاده تنگی نفس گرفته و گلویش زخم شده است.

✳✳✳

به اتوبوس خودمان برگردیم. حدود ظهر بود که حضرت عبدالعظیم را پشت سر گذاشتیم. نباید فراموش کرد که آن وقت‌ها سرعت اتوبوس‌ها، در آن جاده‌های خاکی پردســت‌انداز از پنجاه کیلومتر در ساعت تجاوز نمی‌کرد و بخصوص اتوبوس کهنه و قراضه‌ی ما مسلماً پنجاه کیلومتر در ســاعت هم سرعت نداشت. یکی دیگر از علل کندی سفر ما این بود که ماشین چند بار به خاطر احتیاج زن آبستن به ادرار کردن توقف کرده بود. احتیاجی که ناگهان او را می‌گرفت و چون در اطراف پناهگاهی نبود باید مدت‌ها به اتفاق اصغری می‌رفت تا جای مناسبی پیدا کند.

اتوبوس کمی بعد از حضرت عبدالعظیم توقف کرد و مسافران قاچاق را که جواز نداشــتند پیاده کرد. زیرا مرز بازرســی در ده کهریزک بود و

۲۱

مسافران بی‌جواز باید از بیراهه و تپه و ماهور خودشان را به آن طرف پست بازرسی می‌رساندند.

ماشین در پست بازرسی کهریزک به اندازه‌ی شاید یک ربع ساعت توقف کرد تا مأموران جواز مسافران را بازرسی کردند و اجازه‌ی حرکت دادند. صلوات‌ها که مدت کوتاهی شاید از ترس مأموران اونیفورم پوشیده‌ی قانون دچار وقفه شده بود، از سر گرفته شد. این بار طلبه‌ی جوان ابتکار عمل را در دست گرفت و از ته اتوبوس به آواز شش دانگ شروع کرد:

ـ بریده باد زبانی که نگوید این کلمات‌ـ که بر شفیع روز قیامت هدا صلوات... دومی را بلندتر!

ـ بریده باد زبانی که نگوید این کلمات‌ـ که بر حبیب خدا صاحب صفا صلوات... سومی را بلندتر!

ـ بریده باد زبانی که نگوید این کلمات‌ـ که بر یکایک احباب انبیا صلوات...

ممدآقا راننده که تا پست بازرسی کهریزک، شاید از ترس بعضی بی‌قانونی‌هایی که کرده بود و ما خبر نداشتیم ساکت بود، با شنیدن آواز طلبه به زبان آمد و بعد از خنده‌ی صداداری گفت:

ـ حالا بیا آواز این قمرالملوک را گوش کن!

ظاهراً طلبه به علت سر و صدای ماشین، این متلک را نشنید چون به ردیف «بریده باد زبانی» آنقدر ادامه داد تا داد و قال دائی‌جان با راننده صدای آواز او را پوشاند. ساعت تحویل نزدیک می‌شد و ما هنوز در اوایل راه بودیم. ولی راننده‌ی خونسرد با خلق خوش جواب داد که طوری خواهیم رسید که حتی فرصت چرت بعد از ناهار را هم داشته باشید و شاگرد راننده بر سبیل تملق به استادش از مهارت ممدآقا در رانندگی و اینکه از چه کسانی در سرعت جلو زده است، داد سخن داد.

❊❊❊

چند کیلومتر بعد از کهریزک درجاده به انتظار رسیدن چند مسافر قاچاق متوقف بودیم. خوشبختانه ژاندارم آدم راحتی بود و گاهگاه به پیرمرد تحت‌الحفظش پیشنهاد می‌کرد که اگر سردش است برای او فکر یک پوستین بکند و فحش و فریاد پیرمرد و خنده‌ی دیگران گرفتگی محیط را جبران می‌کرد. یکی دیگر از وقایع پرسروصدای این مدت انتظار، مرافعه‌ی مسافرین ردیف‌های آخر با زن آبستن درباره‌ی اصغری بود که در نتیجه‌ی پرخوری مرتباً بوی ناخوشایندی صادر می‌کرد و مادرش مانع می‌شد که شیشه‌ها را باز کنند. شاگرد راننده هم هربار متلکی بار می‌کرد: اصغری می‌خواهی خیرات کنی دست نگه‌دار برسیم سر خاکشان! یا – اصغری، این کارخانه‌ی گلاب‌کشی را شب عیدی تعطیل کن!

عاقبت انتظار به پایان رسید و مسافران قاچاق خود را به ما رساندند و به سلامتی به راه افتادیم. مشکل بعدی گردنه‌ی حسن‌آباد بود. آنهایی که سفر قم را به یاد دارند، به خاطر می‌آورند که این گردنه آنقدرها هم گردنه نیست زیرا جاده از تپه‌های بلندی عبور می‌کند. البته بالا رفتن از همان شبه گردنه، برای اتوبوس قراضه‌ی ما در حکم بالا رفتن از هیمالیا بود. شاگرد راننده پیاده به دنبال اتوبوس می‌آمد یک قالب چوبی سه بر در دست داشت که وقتی راننده می‌خواست دنده عوض کند در فاصله دنده‌ی دو و یک آن چوب را پشت چرخ اتوبوس می‌گذاشت که عقب نرود.

تا گردنه را پشت سر گذاشتیم و سرازیر شدیم دو ساعت از ظهر گذشته بود. خانم بزرگ مدام از دائی جان ساعت می‌پرسید و دایی‌جان به ممدآقا غر می‌زد. کمی بعد دم قهوه‌خانه‌ای برای صرف ناهار توقف کردیم. خانواده‌ی ما حاضر بودند برای زود رسیدن به مقصد از ناهار بگذرند ولی با تمام مسافران نمی‌شد در افتاد. بخصوص که فریادهای «ننه من گشنمه» اصغری غیرقابل تحمل بود. با اینکه تمام وسائل طبخ و آذوقه را همراه داشتیم، خانم بزرگ برای زودتر تمام کردن ناهار رضایت داد که از تخم

مرغ نیمروی قهوه‌خانه بخوریم.

ناهــار را خورده بودیم و در اتوبوس انتظار راننده را می‌کشیدیم که غیبش زده بود. وقتی انتظار از حد گذشــت، دائی جان اصغری را فرستاد ببیند چه بر سر راننده آمده اســت. رفت، خبر آورد که در اطاقک پشت قهوه‌خانه پای منقل مشغول کشــیدن تریاک است. دائی‌جان از کوره در رفت و اولین کسی را که پیدا کرد که غیظش را سر او خالی کند، شاگرد راننده بود. فریاد زد: این مردکه کجاست؟ نمی‌شد گور مرگش تریاکش را صبح بکشــد ما را اینطور آلاخون والاخون نکند؟ شاگرد راننده خونسرد جواب داد:

- ای آقا! صبح چه ربطی به حالا دارد؟ این ممدآقا عملی اســت. اگر بعد از ناهار خودش را نسازد کی ماشین را براند؟ خوشتان می‌آید که خمار پشت رل بنشیند شب عیدی سی چهل تا بنده‌ی خدا را نفله کند؟ تا شما گرد و خاک سروصورتتان را بتکانید کارش تمام شده، رفتیم.

دلیل بی‌جوابی بود، ولی پیشنهاد تکاندن گرد و خاک هیچ عملی نبود. خاکی که به سر و روی مسافران نشسته بود نه آنقدر بود که بشود تکاند. هر کس صبح هر رنگ لباســی پوشــیده بود حالا به رنگ بژ خاکی یک دست درآمده بود. باری، حدود ساعت سه‌ونیم بعدازظهر بود که با سلام و صلوات به راه افتادیم. شاگرد راننده مژده داد که به برکت مهارت ممدآقا در رانندگی و بلدیتش در ســرعت، پیش از ساعت پنج بعدازظهر به قم می‌رســیم و یادآوری می‌کرد که وقتی به کوشک نصرت برسیم مثل این است که به قم رسیده باشیم.

اتفاقی که تا کوشک نصرت پیش آمد از ناحیه‌ی زن آبستن بود که وقتی برای چندمین بار از راننده خواست که ماشین رانگه دارد تا او رفع حاجت کند، راننده که تریاکش را کشیده و سرحال بود، وقتی ترمز کرد گفت:

-بفرمائید! این هم واسه‌ی خاطر این دختر چارده ساله که سلسلت‌البول

دارد!

زن آبستن در حال پیاده شـــدن سخت برآشفت و به راننده شروع به هتاکی کرد:

- سلسلت‌البول بابات داره! ننه‌ات داره! جد و آبادت داره!

و در مراجعـــت به اتفاق اصغری، با قلوه ســـنگی که همراه آورده بود شیشه یک چراغ جلوی اتوبوس را شکست. دعوا ومرافعه و فحاشی بین راننده و شاگردش از طرفی و زن آبستن و اصغری از طرف دیگر، مدتی وقت گرفت. این بار وقتی به راه افتادیم. باز طلبه به آواز، صلای صلوات در داد:

- به شـــرف رحمت ارحم‌الراحمین صلوات بلند ختم کن!... به عزت عظمت احکم الحاکمین دومی را بلندتر!...

ولی ممدآقا راننده که از جنگ و جدال با زن آبستن هنوز عصبانی بود، صدای او را را برید:

- تو دیگه بنشین سرجات، قمرالملوک! یک دور دیگه چهچه بزنی از ماشین می‌اندازمت پائین ها!

طلبـــه آمد اعتراض کند ولی خوشـــبختانه ژاندارم میانه را گرفت و با پیشنهاد تهیه‌ی یک پوستین برای پیرمرد مشمول خدمت نظام وظیفه محیط دعـــوا را خندان کرد. اصولاً طلبه‌هـــا در آن دوران چندان نفس و زوری نداشتند. آسته می‌آمدند و آسته می‌رفتند.

اما هرّ و کرّ خنده را واقعه‌ای ناگهانی بند آورد. تازه به کوشک نصرت رســـیده بودیم که موتور ماشـــین پت پتی کرد و خاموش شد. راننده با یک فحش عرض و ناموسی به ســـازنده‌ی ماشین، ترمز دستی را کشید و پیاده شـــد. به اتفاق شاگردش به ســـراغ موتور ماشین رفت. مدتی در انتظار گذشـــت هوا سرد نبود و ما بچه‌ها از فرصت برای بازی در اطراف اتوبوس استفاده می‌کردیم. عاقبت شاگرد راننده خبر داد که می‌توانیم برای

استراحت به قهوه‌خانه برویم چون تعمیر موتور معطلی خواهد داشت. باز فریاد خانواده‌ی ما به آسمان رفت بخصوص دائی‌جان آتشفشان شد ولی راننده هم که دلایل خودش را داشت کوتاه نیامد و فریاد زد:

ـ می‌فرمائید چه کنم، آقاجان؟ موتورش را که من نساخته‌ام، یک زن... فرنگی ساخته. بنزینش را که صد جور آت و آشغال قاطی دارد که من درست نکرده‌ام، یک مادر... فرنگی درست کرده. این جاده‌ی سگ مصب را که من نساخته‌ام، یک... لااله‌الاالله، نمی‌گذارند دهن آدم وا نشود! صد دفعه به ارباب گفتم بابا سه تا از این فوردها را بده یک شورلت بگیر!

ـ خوب، حالا چه باید بکنیم؟

ـ والله، دیگر با خداست، اگر ما بتوانیم یک کاریش بکنیم که چه بهتر. اگر نه باید یکی را بفرستیم تهران، آن هاراطون میکانیک را با یک کربورات نو بیاورد.

ناچار همه تن به قضا دادند و در قهوه‌خانه به انتظار نشستند. ترس از گذراندن شب در قهوه‌خانه‌ی کثیف دود گرفته و احتمالاً پر از حشرات گزنده‌ی گوناگون، عجله برای رسیدن به مقصد را از یاد برده بود.

ساعت ۶ بعدازظهر بود که شاگرد راننده خبر داد که می‌توانیم سوار بشویم. اتوبوس حرکت کرد. ولی چه حرکتی! خیال می‌کنم باید این شیوه‌ی حرکت را به عنوان یک چشمه‌ی تازه از ابتکارات رانندگان ایرانی در تاریخ تحولات اتومبیل ثبت کرد: کاپوت موتور بالا بود. شاگرد راننده روی گلگیر سمت راست نشسته بود، یعنی در واقع خود را به نحوی روی گلگیر بند کرده بود. یک آفتابه حلبی در دست داشت. از لوله‌ی آفتابه که سرش را فشرده و تنگ کرده بودند، در کاربوراتور ماشین که سرش را برداشته بودند، به آرامی بنزین می‌ریخت و اتوبوس با سرعت کمی تندتر از پیاده، با تکان‌های نامنظم حرکت می‌کرد. راننده که از فرط عصبانیت رودروایسی را کنار گذاشته بود، با هر تکان یک فحش عرض و ناموسی

به سازنده‌ی ماشین و تصفیه‌کننده‌ی بنزین و هاراطون مکانیک که ظاهراً آخریـــن بار موتور را تعمیر کرده بود، نثار می‌کرد. بی‌صبری و عصبانیت راننده به همه‌ی مسافرین سرایت کرده بود و تمام خشم و غضب خود را در لحن عصبی صلواتی که می‌فرستادند بروز می‌دادند.

کوتاه کنم وقتی به سلامتی وارد گاراژ فرد شیشه در قم شدیم ساعت ۹ شب بود از ماشین که پیاده شدیم، راننده ضمن تبریک نوروز و سال نو، برای جبران زحمات شاگردش وساطت کرد:

- انشاءالله سال نو مبارک باشد. عیدی این جواد ما یادتان نرود.

دائی‌جان با صدائی خفه از عصبانیت گفت:

- عیدی شما را می‌گذاریم پیش آن رئیس فلان فلان شده‌ی متوفیات که این نعش‌کش را زیر پای ما گذاشت. خجالت هم خوب چیزی است! بیست فرسخ راه تهران قم در یازده ساعت؟!

خاطره‌ی این سفر نوروزی و رقم یازده ساعت در ذهن من حک شده اسـت و از یاد رفتنی نیست. علی‌الخصوص که در آن سفر درقم اتفاقاتی افتاد که دائی‌جان مدت‌ها از آن یاد می‌کرد. روز اول سال در حرم مطهر کیف پولش را از جیبش زدند و موقع بیرون آمدن کفش عید پسرش سیامک را با وجود مراقبت کفشدار یکی دیگر پوشیده و رفته و به جای آن کفش پاره پوره‌ای را گذاشته بود. در نتیجه، این حکایت را هر عید و به مناسبت هر سفر زیارتی برای هرکسی نقل می‌کرد.

- بله، سفر آن سال ما به قم هم واقعاً حکایتی بود. اولاً تهران تا قم یازده ساعت در راه بودیم. روز بعد هم در حرم کیف پولم را از جیبم زدند. کفش بنده‌زاده سیامک را هم یک پدر سوخته‌ای پوشید و رفت.

✳✳✳

با این سیـر و سیـاحت در خاطره‌ی یک سفر نوروزی بخشی از راه دراز را بی‌کسالت و حتی به خوشی سر کرده بودم. اما، انگار طبیعت، برای

۲۷

اینکه آدمیزاد خیال نکند که می‌تواند بی‌دغدغه‌ی امور جاری، با خاطرات گذشته‌اش به عیش بنشیند، قدرتش را به رخم کشید.

دقیقـاً آن طرف راهـروی هواپیما در صندلی‌هـای E43 D33 یک پسربچه‌ی تنومند امریکایـی و مادر تنومندتر از خودش جا گرفته بودند. بچه که بیشتر راه در خواب بود، بعد از بیدار شدن، مثل اصغری در اتوبوس تهران- قم، مرتباً نغمه‌ی «ننه من گشنمه» را - البته به زبان خودشان - سر می‌داد ولی مامانش به جای منوی رنگارنگ ننه‌ی اصغری از قبیل «کارد» و «کوفت کاری» و «درد و مرض»،سوسـیس و سالامی و کالباس تعارف بچه می‌کرد. شاید به علت این پذیرایـی زیاده از حد محبت‌آمیز بود که از ناحیه‌ی بچه‌ی تنومند بوهای ناخوشایندی نفس همسایگان را تنگ می‌کرد.

خوشبختانه طولی نکشید که خلبان اعلام کرد که کم کردن ارتفاع برای نشستن در سانفرانسیسکو را آغاز کرده است. و در سانفرانسیسکو، من که با خاطراتم در طول این سـفر عشرت کاملی کرده بودم، به خلاف سایر مسـافرین خسته و کوفته، شادان و خندان هواپیما را ترک کردم و این را مدیون کاپیتن جکسون هستم.

پاریس
نوروز ۱۳۸۵

بارانی تحصیلی سفارتی

سال ۱۹٤۷، که هنوز آثار جنگ و مضیقه‌ها و جیره‌بندی‌ها و بخصوص سرمای تیزخانه‌ها به علت کمبود سوخت در فرانسه باقی بود، به پاریس رسیده بودم. دوست قدیمم تورج فرازمند زودتر از من به فرانسه رسیده بود و من بر او وارد شده بودم. همدرس نبودیم. من درس حقوق می‌خواندم و او آن موقع در سوربن روانشناسی می‌خواند. البته بعد حقوق خواند و وکیل دعاوی شد. دوستی و مجالست من و تورج که از سن ۵ سالگی شروع شده، اینجا و آنجا و همه جا تا امروز ادامه یافته است. این استمرار در انس و الفت موجب شده که بعضی‌ها تصور کرده‌اند که مدل من در ساختن شازده اسدالله میرزا، از قهرمانان دائی‌جان ناپلئون، تورج فرازمند بوده است. با آنکه تورج شازده‌ی قجر است وبعضی خلقیات او به خلقیات اسدالله میرزای داستان شباهت دارد، مدل من در ساختن این شخصیت قصه، آدم‌های مختلفی بوده‌اند که از هرکدام چیزی گرفته‌ام. اما خانواده‌ی فرازمند در رمان بکلی غایب نیست. مدل شمسعلی میرزا، بازپرس منتظرخدمت همدان، مرحوم مغفور شمسعلی میرزا فرازمند، قاضی سختگیر و یک دنده‌ی دادگستری بود که مثل شمسعلی میرزای داستان، تحقیق را کلید حل تمام مشکلات حتی در زندگی خانوادگی می‌دانست. کلفت خانه که کاسه‌ی چینی را انداخته و شکسته بود، تا به بازپرسی ارباب درباره‌ی علت افتادن کاسه و اینکه کاسه از کدام دستش و چه ساعتی افتاده، جواب نمی‌داد، امان نمی‌یافت.

یک بار شاهد یک بازپرسی داخلی آن مرحوم بودم. تورج، از پس‌انداز پول توجیبی، یک هالتر ریختگی خریده بود که آن را لای جاجیم

عرق‌ریزان به خانه می‌بردیم که دور از چشم پدرش به زیرزمین ببریم. از بخت بد در هشتی‌خانه، با حضرت والا شمسعلی‌میرزا سینه به سینه شدیم. علی‌الحساب یک پس‌گردنی به تورج زد و با لحن قهاری تحقیق را شروع کرد:

- این هیکل چی هست؟

- اسباب ورزش.

- از کجا آوردی؟

- خریدم، باباجان.

- چند خریدی؟

- ۵۲ تومن.

- باز کن ببینم!

کی جرئت داشت در اجرای اوامر قاضی درنگ کند!

- حالا این چی هست؟ جنسش چیه؟

- هالتر... جنسش باید آهن باشد.

- این را چه کارش می‌کنی؟

- بلند می‌کنم.

- چقدر وزن دارد؟

- سی کیلو.

- سی‌کیلو، یعنی ده من؟

- بله، باباجان.

- بیست‌وپنج تومن دادی که ده من آهن بلند کنی؟ بیست من که هم که بلند کنی تازه می‌شوی مهدی حمال! تا پس‌گردنی نخوردی، بدو پسش بده!

- ولی باباجان...

- گفتم تا پس‌گردنی نخوردی!

***

در پاریس، گذشته از سابقه‌ی طولانی دوستی، با تورج علائق مشترکی داشتیم که ما را به هم پیوند می‌داد. خاطرات مشترک بسیار داشتیم. از دوران بچگی و مدرسه و بازی‌ها و استخر امجدیه و پیک‌نیک‌های پس قلعه یاد می‌کردیم. به شعر و موسیقی علاقه داشتیم. گرامافون نداشتیم ولی دو تا صفحه ۸۷ دور کهنه داشتیم. یکی مصاحبه‌ی بدیع‌زاده با رستم ایرانی- دیگری یک صفحه‌ی قدیمی آواز اقبال السلطان که هر چند شروعش «آنقدر بار کدورت به دلم خیمه زده‌ست...» هیچ طرب‌انگیز نبود، مایه‌ی دلخوشی‌مان بود و گاه آنها را پیش دوستانی که گرامافون داشتند می‌بردیم و می‌شنیدیم. در یک عیب یا حسن، شریک بودیم که با جیب خالی دست گشاده داشتیم. در نتیجه در تمام مدت تحصیل ششمان گرو بشمان بود که هنوز که هنوز است از گرو درنیامده است.

پول سه ماه را یکجا از قرار ماهی چهل لیره انگلیسی برای ما می‌فرستادند که آن موقع ۱۸ هزار فرانک قدیم، معادل ۱۸۰ فرانک امروز بود. در حالی که محصیلن دیگر با این پول سروته خرج را به هم می‌آوردند، ما همیشه تا اواسط سه ماه یا حداکثر تا آخر دو ماهه، پول سه ماه را خرج کرده بودیم و به گرسنگی و فلاکت می‌افتادیم. آن روزی را فراموش نمی‌کنم که، بعد از دو روز گرسنگی کشیدن، با زیرورو کردن اتاق‌هامان در کارتیه‌لاتن، تنها چیز قابل تبدیل به پول که پیدا کردیم دو شیشه خالی ماست بود که به بقال پس دادیم و گرویی آنها را که جمعاً ۸ فرانک یعنی ۸ سانتیم امروز بود، گرفتیم. هیچ خوردنی را که با ۸ فرانک بشود خرید پیدا نکردیم. حتی نصف باگت نان ۵۲ فرانک قیمت داشت. عاقبت در محوطه‌ی وحوش باغ گیاهان، از کیوسکی که بعضی تنقلات مخصوص حیوانات می‌فروخت یک قرص نان زمخت ۸ فرانکی پیدا کردیم. ولی برای آبروداری و اینکه مردم نفهمند برای مصرف شخصی است جلو قفس میمون‌ها، با تظاهر به بذل و بخشش، کمی پالنگ کردیم. ناگهان یکی از مستحفظین به طرف ما

دوید و فریاد زد:

- از این نان به میمون‌ها ندهید. مریض می‌شوند. این فقط مخصوص خرس‌هاست.

ولی با همه‌ی این‌ها نوجوانی بود و بی‌خیالی که با نان خرس هم خوش بودیم.

یکی دیگر از تفریحات بی‌خرج ما به اقتضای حرارت و شرارت نوجوانی، سربه‌سر گذاشتن با کسانی بود که تازه از ایران آمده بودند. آن زمان آنهایی که برای تحصیل به خارج می‌آمدند غالباً، بر اساس قصه‌پردازی‌های گذشتگان، با این توهم بار سفر بسته بودند که دختران و زنان فرنگستان کشته مرده‌ی مردان موسیاه و چشم سیاه شرقی هستند و در عالم خیال صحنه‌ی گردش خود را در کوچه و خیابان مجسم می‌کردند که بی‌اعتنا به راه خود می‌روند و نگاه آرزومند و حسرت‌بار دختران موطلایی را به دنبال قدم‌های خود می‌کشند. ولی وقتی بعد از ورود می‌دیدند که از این بابت از آن خبرها نیست، از ما، که تصور می‌کردند در کار و بار دلداری و دلبری از آنها بیشتر می‌دانیم، استفتاء می‌کردند و باید با شرمندگی اعتراف کنم که ما، برای خنده و هرّ و کرّ، از راهنمایی‌های غلط و مضحک ابایی نداشتیم.

یک وجه مشترک دیگر هم داشتیم که با سایر محصلین هم مشترک بود و آن ضدیت با سفارت و سفارتی‌ها بود.

امروز نمی‌دانم نظر محصلین نسبت به سفارتی‌ها در چه حال است. ولی از آن موقع که ما محصل بودیم تا آن موقع که من خودم سفارتی بودم، محصلین چشم دیدن سفارتی‌ها را نداشتند. علت هم فارغ از ملاحظات سیاسی- که از یک زمانی به بعد مطرح شد- شاید این بود که محصلین علت وجودی سفارت و دیپلمات‌ها را نمی‌دانستند و خیال می‌کردند که سفارت منحصراً برای تر و خشک کردن آنها تأسیس شده است. از

طرفی، احتمالاً احساس حسادت نسبت به رفاه نسبی سفارتی‌ها و امتیازات دیپلماتیکشان در این میان نقشی داشت.

سفارتی‌ها هم لااقل تا یک زمانی، با محصلین رفتار سزاواری نداشتند. وزارت خارجه از زمان ناصرالدین‌شاه تا اوایل دوران محمدرضاشاه تیول بیست‌وچند خانواده‌ی سلطنه‌ها و دوله‌ها بود.

پدربزرگ، فلان‌السلطنه بعد از گذراندن مراحل غلام‌بچه، پیشخدمت و پیشخدمت باشی در دربار ناصری، به عنوان وزیرمختار به سفارت جابلسا می‌رفت و بنده‌زاده و همشیره‌زاده را با عنوان اعضای سفارت با خود می‌برد. در مراجعت با خانواده‌ی بهمان الدوله، که او هم از سفارت جابلقا برگشته بود، وصلت می‌کرد. دختر او را برای پسرش و برادرزاده‌ی او را برای همشیره‌زاده عقد می‌بستند و لیست کور دیپلماتیک را تکمیل می‌کردند.

دنباله این وضع تا اواخر دوران رضاشاه کشیده شده بود و اعقاب آنها تا اوایل و اواسط دوران محمدرضاشاه که وزارت خارجه به اصطلاح دموکراتیزه شد، پست‌های دیپلماتیک را در اشغال داشتند و کم‌وبیش، با روحیه‌ی امیربهادر جنگ وزیر دربار محمدعلی‌شاه- که از تصور برابری پسر پادشاه با پسر بقال بدنش می‌لرزید- به محصلین به چشم حقارت نگاه می‌کردند و شاید اصلاً با وجود محصل که در خارج مایه‌ی زحمت آنها و در داخل مایه‌ی بازشدن چشم و گوش‌ها بود، مخالف بودند.

باری، ما به حکم این احساس، هربار که دستمان می‌رسید لقمه‌ای برای سفارت و آزار سفارتی‌ها می‌گرفتیم. هر وقت محصلی از بی‌پولی می‌نالید، به استناد اینکه دولت بودجه‌ی مخصوصی برای کمک به محصلین در اختیار سفارت گذاشته، او را به سفارت می‌فرستادیم و تأکید می‌کردیم که تا داد و فریاد راه نیندازد، سفارتی‌ها دستشان توی آن صندوق کمک، که می‌خواهند آخر سال بالا بکشند، نمی‌رود. چند بار محصل گرفتار را

مستقیماً به سفیر، حواله دادیم و قال و مقالی راه انداختیم.

اما قضیه‌ای که دنباله پیدا کرد و نزدیک بود دردسری درست کند، قضیه‌ی «بارانی» بود.

اوایل سال ۱۹۴۸ بود، با محصلی که بعد از یک سال درس حقوق خواندن در دانشگاه تهران، برای تحصیل به پاریس آمده بود، آشنا شدیم. از اولین برخورد او را آدم ساده و در عین حال ناخن‌خشکی یافتیم. اسمش ستاربود و ما، به یاد سردار ملی ستارخان، یک بار به شوخی سردار صدایش کردیم که رویش ماند. همان اوایل آشنایی یک روز از ما کمک خواست که یک پالتو بارانی ارزان بخرد. من و تورج بدون اینکه قرار قبلی گذاشته باشیم، به شوق لقمه‌ای برای سفارت، به جانش افتادیم که: آقا مگر خُل شده‌ای که می‌خواهی بارانی بخری؟ و ارتجالا ماجرایی ساختیم و بین ما گفت‌وگویی تقریباً به این صورت پیش آمد:

ستار: آخر با این هوای بارانی پاریس مگر می‌شود بی‌بارانی سر کرد؟

من: البته که نمی‌شود، سردار. ولی چرا بخری؟

تورج: چرا از سفارت نگیری، سردار؟

ستار: سفارت؟ مگر سفارت بارانی می‌فروشد؟

تورج: نه، نمی‌فروشد. امانت می‌دهد.

ستار با اینکه پدرش ظاهراً از ثروتمندان تبریز بود و وضعش خیلی بهتر از وضع ما بود، دست و دل خرج کردن نداشت و چون بویی از صرفه‌جویی و جنس مجانی به دماغش خورده بود، حاضر بود چنین حرف مهملی را باور کند. با اشتیاق پرسید:

ستار: چه جوری امانت می‌دهد؟ مگر می‌شود؟

من: تورج جان، ول کن. سردار مثل ما دست به دهن نیست که محتاج سفارت باشد. پول دارد می‌خرد.

ستار: نه، بگذار ببینم قضیه چیه؟ موضوع امانت بارانی چیه؟

من: قضیه اینست که به علت این هوای سرد و بارانی پاریس وزارت فرهنگ یک مقدار زیادی بارانی انگلیسی در اختیار سفارت گذاشته که محصلین بگیرند بپوشند که سرما نخورند. مثل همین که تن ماست. می‌دهند، موقع خاتمه‌ی تحصیلات و مراجعت به ایران پس می‌گیرند.

ستار: خوب، این بارانی کهنه می‌شود، پاره می‌شود.

تورج: نه، آن انگلیسی‌هایش چهار پنج سال دوام دارد.

من: به هر حال رسید می‌گیرند که موقع برگشتن به ایران به هر صورتی که هست، پس بدهی. چون باید صورت مجلس کنند بفرستند تهران.

تورج: عیب کار اینست که صورت اسامی آنهایـی که از بارانی استفاده کرده‌اند به وزارت فرهنگ گزارش می‌کنند. برای ما مهم نیست. اما برای سردار که پدرش در تبریز اسم و رسمی دارد شاید صورت خوشی نداشته باشد.

ستار: اختیار دارید، پدرم اگر بفهمد سفارت بارانی امانت می‌داده و من از بازار خریده‌ام عاقم می‌کند. حالا بگویـید تشریفات گرفتنش چیه؟

تورج: هیچی، با کارت اسم‌نویسی دانشکده و گذرنامه‌ات می‌روی سفارت، یک فورم را امضا می‌کنی، می‌برندت توی انبار، یک بارانی اندازه‌ی تنت انتخاب می‌کنی و می‌پوشی.

من: اما... من از آن قال و مقالش ناراحتم. بدی کار اینست که سردار زبان این‌ها را بلد نیست، یعنی اهل قال و مقال نیست.

تورج: مگر خدا نکرده سردار لال است؟

ستار: قضیه‌ی قال و مقال چیه؟مگر زبان مخصوصی می‌خواهد؟

من: والله، می‌دانی، اینجا هم همان بساط سوءاستفاده‌های ایران را دایر کرده‌اند. اول که می‌روی و موضوع را می‌گویی طوری تظاهر به تعجب می‌کنند که انگار اصلاً نمی‌دانند بارانی چه جور چیزی است، تا تو راحت را بکشی و بروی دنبال کارت. بعد سهم بارانی تو را می‌برند توی بازار

می‌فروشند یا غالباً به امریکا صادر می‌کنند چون آنجا بارانی انگلیسی دوبرابر قیمت خرید و فروش می‌شود.

تورج: بله، با ما هم همین بازی را درآوردند. اما تا ما دو تا داد کشیدیم و دیدند سنبه پرزور است، کوتاه آمدند. نه، جان من، ایرج، قصه‌ی بارانی گرفتن خودت را تعریف کن! تعریف کن که سردار گوشی دستش بیاید.

من: والله من تا موضوع را مطرح کردم جناب سرپرست با قیافه‌ی خیلی متعجب گفت: بارانی؟ یعنی چه؟ کدام بارانی؟ بعد حتی وقتی نشانی دادم که موضوع را می‌دانم و از آنهایی که گرفته‌اند اسم بردم، باز گفت آقا، این مزخرفات چیه می‌گویی؟بارانی دیگر چه حکایتی است؟ خلاصه، وقتی کوتاه آمد که من شیشه‌ی جوهر را روی میزش شکستم. یک دفعه نرم شد و گفت حالا چرا عصبانی می‌شوید؟ یک بارانی چه قابلی دارد که اعصاب خودتان را خراب می‌کنید و برایم دستور داد چای آوردند و بعد هم آن پسره را... آن کوتاه قده را، صدا کرد و گفت که ما را ببرند به انبار بارانی... خلاصه، بعد از قال و مقال وقتی برایت دستور چای دادند، بارانی را گرفته بگیر.

تورج: اما، خیال نکنم سردار آدم این توپ و تشرها باشد.

ستار: نه، از جهت توپ و تشر خاطرتان جمع باشد. خانواده‌ی ما از پس دموکرات فرقه‌سی برآمدند، از پس سفارتی‌ها برنمی‌آییـم؟ حالا بگویـید من پیش کی باید بروم؟

من: پیش سفیر گمان نکنم راهت بدهند. برو پیش دکتر مهران سرپرست محصلین. به پیشخدمت و منشی و این‌ها هم اعتنا نکن، اتاقش را بپرس، در را بازکن یکسر و برو جلوی میزش بنشین. اما یک وقت از ما اسم نبری ها!

ستار بی‌تأمل راه افتاد. وقتی هنوز توی راهرو بود تورج آخرین توصیه را کرد:

تورج: حالا که می‌روی دقت کن که از آن آستر پشمی‌ها بگیری که کار پالتو را هم بکند.

من: یادت نرود، حرف که می‌زنی با شیشه جوهر روی میز بازی کن!

ستار به سفارت رفت. برخورد و مکالمه بین او و دکتر مهران به روایت خودش و شهادت دو نفر از محصلین که از اتاق انتظار سرپرست سروصدا را شنیده بودند، به این شرح بود:

ستار: قربان، خدمت رسیده‌ام برای بارانی. چون اینجا لاینقطع باران می‌بارد.

مهران: البته، البته، بارانی در این شهر از هر چیزی لازم‌تر است. خوب، بفرمایید کجا اسم نوشته‌اید؟

ستار: این گواهی ثبت‌نام بنده است. این هم گذرنامه.

مهران: به‌به، دانشکده حقوق اسم نوشته‌اید. موفق باشید انشاءالله.

ستار (بعد از مدتی سکوت): قربان، چی شد؟ دستور می‌فرمایید؟

مهران: چی، چی شد؟ دستور چی؟

ستار: بارانی... پالتو بارانی.

مهران: بارانی؟ یعنی چه؟ کدام بارانی؟

ستار: ببینید، جناب آقای سرپرست محصلین! سر من بازی درنیاورید. بی‌سروصدا بفرمایید بارانی مرا بیاورند.

مهران: آقاجان، مگر خدای نکرده عقلتان کم شده؟ مگر ما اینجا لباس‌فروشی داریم که از ما بارانی می‌خواهید؟

ستار: (فریاد و مشت روی میز) بله، اینجا هم دزدی و سوءاستفاده؟ اینجا هم حق‌کشی؟ بارانی سهم بنده را باید آقازاده‌ی آن پولدار امریکایی بپوشد؟! شنیده‌ام بازار بارانی صادراتی در امریکا خیلی رونق دارد!

مهران: آقا این مزخرفات چیه می‌گویی؟ بارانی دیگر چه حکایتی است؟ پولدار امریکایی چیه؟ بارانی صادراتی چیه؟

ستار: (برافروخته به حال تهدید) من نشانتان می‌دهم که چه حکایتی است! الان من به وزارت فرهنگ تلگراف می‌کنم. به سفارت امریکا خبر می‌دهم تا همه‌ی دنیا بدانند حد سوءاستفاده و دزدی تا کجا رفته!

دکتر مهران که در ابتدا به ستار ظن سبکی عقل برده بود، ناگهان از جا پرید و دست او را که فریادزنان و پا به زمین کوبان و بد و بیراه گویان این طرف و آن طرف می‌رفت، گرفت و با لحن دوستانه‌ای دعوت به نشستن کرد.

مهران: خواهش می‌کنم. خواهش می‌کنم یک دقیقه بفرمایید بنشینید تا سرفرصت صحبت کنیم.

ستار: من با شما صحبتی ندارم. اول بگویید بارانی را بیاورند، بعد صحبت می‌کنیم.

مهران: چشم،بارانی هم تقدیم می‌کنم. فقط شما بفرمایید یک چای میل کنید تا بارانی حاضر بشود.

بعد دستور داد برای سردار ستار، که از این پیروزی احساس سربلندی می‌کرد، چای آوردند. برنامه تا مرحله‌ی چای خوب پیش رفته بود.

مهران: خوب، آقای عزیز بفرمایید ببینم چند وقت است پاریس تشریف آورده‌اید؟

ستار: حدود سه ماه است.

مهران: در اینجا دوستانی هم پیدا کرده‌اید؟

ستار: بله، اما این حرف‌ها چه ربطی به بارانی دارد؟

مهران: آن را که تقدیم می‌کنیم. اما اجازه بفرمایید یک کمی بیشتر آشنا بشویم. می‌خواستم از شما بپرسم، شما تصادفاً دو نفر به اسامی ایرج و تورج را هم می‌شناسید؟

ستار: چه ربطی به موضوع دارد؟ شما می‌خواهید من درباره‌ی سایر محصلین خبرچینی کنم؟

مهران: نخیر، ابداً. اما چون بارانی تازه‌شان از تهران رسیده، خواستم ببینم اگر شما آنها را می‌شناسید یک پیغامی به وسیله‌ی شما برای آنها بفرستم. حتماً شما قضیه‌ی بارانی را از این دو نفر شنیده‌اید. اینطور نیست؟

ستار: بله، همینطور است. حالا پیغامی که باید برسانم چیه؟

مهران: بعد عرض می‌کنم. اما، آقای عزیز، شما که دارید درس حقوق می‌خوانید، از خودتان نمی‌پرسید که چطور و از کجا من در میان صدها محصل ایرانی، فهمیدم که شما موضوع بارانی را از این دو نفر آقایان ایرج و تورج شنیده‌اید؟!‏

ستار: بله، البته. وقتی فکرش را می‌کنم، می‌بینم که چیز عجیبی است.

مهران: اگر بارانی بوده فقط به این دو نفر که نداده‌ایم. فکر نمی‌کنید چطور من فوری انگشت روی اسم این دو نفر گذاشتم؟

ستار: واقعاً خیلی عجیب است.

مهران: نخیر، نخیر، هیچ عجیب نیست. این حرام‌زاده‌ها دفعه‌ی اولشان نیست که برای آزار و اذیت ما سفارتی‌ها محصلین تازه رسیده‌ی ساده‌دل را به سراغمان می‌فرستند. فکر کنید، چند وقت پیش یک جوانی را فرستاده بودند که از ما خانم می‌خواست.

ستار: خانم؟ خانم از شما؟

مهران: بله، خانم از ما. بنده‌ی خدا، بعد از داد وفریاد و آبروریزی، که یادش داده بودند، وقتی فهمید رودست خورده، شرمنده شد و قضیه را برای ما تعریف کرد. همین دوتا آتش‌پاره به آن بدبخت ساده‌لوح گفته بودند که سفارت برای اینکه محصلین به امراض جنسی مبتلا نشوند با چند تا «خانم» در پاریس، که به وسیله‌ی طبیب سفارت معاینه شده‌اند و مریض نیستند، قرارداد بسته که محصلین فقط به آن خانم‌ها مراجعه کنند. جوان بیچاره‌ی زودباور هم آمده بود در همین جایی که شما نشسته‌اید و بارانی می‌خواهید، نشسته بود و با داد و فریاد خانم طلب می‌کرد. انگار

که ما بلانسبت...

دکتر مهران اینجا که رسیده بود خونسردی خود را از دست داده و با رنگ روی برافروخته فریاد زده بود:

مهران: اگر این پدرسوخته‌ها را دیدید بگویید مگر سرو کله‌تان این طرف‌ها پیدا نشود وگرنه پدری از شما دو نفر بسوزانم که باران و بارانی تا عمر دارید از یادتان برود.

بعد قضیه دنباله پیدا کرد و نزدیک بود، البته به بهانه‌ی دیگری، ما را از امتیاز خرید ارز به بهای رسمی (لیره ۹ تومن) محروم کنند. خوشبختانه دکتر خانلری که با تورج، گذشته از رابطه‌ی استاد و شاگردی و همکاری در سخن، دوستی داشت، در پاریس بود. از پسرخاله‌اش جمشید مفتاح که مستشار سفارت بود، خواهش کرد که پادرمیانی کند. به همت او ما را بخشیدند. اما چندی بعد سفیر کبیر، که با پدر من دوستی داشت، ما را به بهانه‌ای به سفارت خواست و سربسته از مزاحمت‌های بعضی محصلین شکوه کرد. البته ما، با قیافه‌ی معصوم طفلی که تازه از مادر زاده شده، هرگونه مسئولیت در این گونه قضایا را، با ابراز تنفر نسبت به شرارت محصلین مردم‌آزار، انکار کردیم. ولی چند ماه بعد، باز محصلی را که در جست‌وجوی راهی برای سقط جنین دوست دخترش بود، به سفارت فرستادیم.

پاریس
نوروز ۱۳۶۹

دوئل در پاریس

ما، یعنی من و تورج فرازمند، در دوران تحصیل در فرنگ، هر چند دیگر بچه نبودیم ولی، شاید از آن جا که در فرانسه سن رشد قانونی بیست و یک سالگی بود و ما زیر آن حد بودیم، خیلی بچگی می‌کردیم. گذشته از آزاری که برای تفریح به سفارتی‌ها می‌دادیم، و در حکایت «بارانی سفارتی» از آن یاد کردم، وقتی دیگر کسی دم دست نبود، مثل سلمانی‌های بیکار سر خودمان را می‌تراشیدیم و گاهی، بدون این‌که خواسته باشیم، برای یکدیگر دردسر درست می‌کردیم. به خصوص تورج بود که در این کار تخصصی داشت. یک نوع خلق و خوی جنگی و پرخاش‌جو داشت که برای خودش و برای من ماجرا می‌آفرید. مدام با مردم دعوا می‌کرد. کافی بود کسی به او بگوید بالای چشم ایران ابروست، که مثل خروس جنگی به او بپرد و چون جثه‌ی کوچکی داشت به فراوانی کتک می‌خورد. مکرر شاهد بودم که به دنبال یک برخورد بی‌معنی، مشت‌ها را به سبک «جان وین» گره می‌کرد و آماده زد و خورد می‌شد و مرا هم طوری به ورود در زد و خورد دعوت می‌کرد که انگار «رابرت میچوم» هم‌بازی او در فیلم غرب وحشی هستم. البته من با طبع ضد خشونتم زیر بار نمی‌رفتم. ولی خوب، گاهی احساس مرافقت آمیخته با خریت نوجوانی موجب می‌شد که به حمایت از او برخیزم و از کتک خوری حق او سهمی ببرم.

از این پرخاش جویی متحیر بودم. اگر از ذرّیه‌ی عباس میرزا نایب‌السلطنه، شاهزاده جنگ دیده و جنگ کرده قاجار بود می‌شد محملی برایش تراشید. ولی او از نوادگان محمدتقی میرزا حسام‌السلطنه، پسر فتحعلی شاه بود که هنر عمده‌اش شاعری و قصیده سرودن با تخلص «شوکت»، در مدح پدر

تاج‌دار بود، که این بیت مقطع یکی از قصائد اوست:
خاموش شوکتا که شهنشه به تیغ قهر
اجزای آسمان و زمین را عنان گرفت

باری، یکی از کتک خوردن‌ها به اهتمام ایشان را فراموش نمی‌کنم: برای گذارندن چند روز تعطیلات، کنار دریاچه شاراوین، نزدیک شهر گرونوبل چادر زده بودیم. جشن ۱٤ ژوئیه بود. در کافه کنار دریاچه بودیم. ساعت حدود ۳ صبح بود. آخرین مشتری‌ها مشغول رقص بودند. ولی ما دیگر در فکر رفتن بودیم. چند جوان فرانسوی ورزشکار، که بعدها دانستیم عضو اکیپ فوتبال شاراوین بودند، وارد شدند. همان‌طور ایستاده درباره‌ی ماندن یا رفتن مردد بودند. یک وقت یکی از آن‌ها زیر لب چیزی به دوستانش گفت. همه برگشتند ما را نگاه کردند و خندیدند. یک‌باره تورج از جا پرید و رفت توی دل آن‌ها که: چرا به ما می خندید؟ یکی از آن‌ها جواب داد: برای این‌که قیافه‌تان مضحک است. همین جواب کافی بود که حضرت والا، پیش از آن‌که من بتوانم دخالتی کنم، با مشت‌های گره کرده، به آن‌ها پیشنهاد بیرون رفتن از کافه بدهد. و پیش از آن‌که من بتوانم دهن باز کنم، اندام لاغر او را در محاصره جوان‌های ورزشکار و گردن کلفت فرانسوی، در حال خروج از کافه دیدم.

پنجره کنار میزمان بود. نگاهی به بیرون انداختم. این نگاه سریع مصادف بود با مشت جانانه‌ای که به صورت نواده خاقان مغفور خورد. دور خودش چرخی خورد و بی‌حرکت بر زمین افتاد. من تحت تأثیر یک بحران حماقت که شراب «ایزر» به آن حدّتی بخشیده بود، به حمایت او به میان جنگجویان فاتح پریدم. مشتی را که به طرف چانه‌ام می‌آمد دیدم ولی دیگر چیزی به یاد ندارم.

دو رفیق فرانسوی هم در این سفر با ما همراه بودند که آن‌شب برای

تفریح جای دیگر رفته بودند. حدود نیم ساعت بعد از جنگ‌آوری ما، موقع برگشتن به طرف چادرشان، به اندام بی‌حرکت ما دو نفر برخوردند. ما را تا کنار دریاچه کشاندند و مقداری آب به صورت‌مان زدند تا به هوش آمدیم. صبح بعد قیافه‌های ما دیدنی بود. سمت چپ صورت دردناک من به اندازه‌ی یک پرتقال متورم بود و دندان‌هایم از هم باز نمی‌شد. در صورت تورج دایره سیاهی جانشین چشم راست شده بود و فقط یک خط نازک افقی حکایت از وجود چشم در پس آن دایره می‌کرد. مراجعه به بیمارستان و عکس‌برداری و تحقیقات ژاندارمری تمام روز را گرفت. از همه بدتر، اصرار تورج بود که باید ضاربین را پیدا کنیم و انتقام ضرب و جرح را بگیریم. که بالاخره با هزار زحمت و مرارت و این استدلال که انتقام گرفتن از آن نره‌غول‌ها خطر بسته شدن تنها چشم باز او را دارد، منصرفش کردیم.

عکس‌برداری نشان داد که خوشبختانه شکستگی در استخوان نداریم. بقیه مدت تعطیلات را در شهر گرونوبل گذراندیم ولی این تعطیلات زهرمان شد. آنچه به‌خصوص مرا به سر حد عصیان می‌رساند این بود که در این روزها من به علت قفل شدن دندان‌ها ناچار بودم به عنوان ناهار و شام، سوپ را به‌وسیله‌ی نی بخورم. در حالی‌که تورج برای خوردن بیفتک و سیب‌زمینی سرخ‌کرده‌اش احتیاج به هر دو چشم نداشت. در نتیجه جلو چشم منِ گرسنه غذایش را با لذت می‌خورد و گاهی که اشتهایش صاف بود سهم مرا هم می‌خورد.

گفتنی است که در همین روزها و در همان حال نزار، با استفاده از قیافه‌ی مضروب، با کمک و هم‌دستی آقا کیوان (بعداً دکتر کیوان نجم‌آبادی رئیس پلی‌تکنیک تهران) قصه‌ای ساختیم و با آن، سیروس (بعداً دکتر سیروس ذکاء صاحب‌منصب وزارت خارجه) را آزار دادیم که فعلاً می‌گذرم تا به مناسبت دیگری نقلش کنم.

اما، مرافعه دیگری که تورج درست کرد و اگر تلاش من نبود احتمالاً

موضوع فقط به کتک خوردن خاتمه نمی‌یافت، مربوط به دعوای او با یک فرانسوی سرشناس و ذی‌نفوذ بود.

شبی در پاریس، دیروقت، آماده می‌شدم که بخوابم. تورج میرزا وارد شد. هر دو در هتل «دناسیون» در شماره ۲۹ «رو دزکول» (خیابان مدارس) در کارتیه لاتن مقیم بودیم. این، از هتل‌هایی بود که ماهانه اتاق اجاره می‌داد و غالباً مستأجرینش محصلین بودند. ابتدا بساکن گفت:

- ایرج جان، چند سال است با هم دوست هستیم؟

- چطور مگر؟ مقصود؟

- می‌دانی که تو نزدیک‌ترین دوست من هستی، من همیشه حتی بیشتر از برادرم روی تو حساب کرده‌ام.

نفهمیدم. این موقع شب منظور از این یادآوری با این لحن سوزناک چیه؟

تورج لحظه‌ای تردید کرد و بعد گفت:

- می‌خواهم تو شاهد من باشی.

- شاهد؟ می‌خواهی زن بگیری؟ مبارک است...

- نه، می‌خواهم دوئل کنم. شاهد دوئل.

- چی؟ نفهمیدم. دوئل؟ یعنی جنگ تن به تن؟

- بله، جنگ تن به تن.

- ها کن ببینم! چند تا گیلاس زده‌ای؟

- نه، مشروب نخورده‌ام. جدی هستم.

- پس کله‌ات به در و دیوار خورده! مگر نمی‌دانی که دوئل خلاف قانون است؟

آن زمان، گاهی در روزنامه‌ها می‌خواندیم که دو نفر با هم دوئل کرده‌اند. ولی از آن جا که قانون برای دوئل رسمیتی قائل نبود، اگر کسی در دوئل

مجروح یا کشته می‌شد، ضارب به اتهام جرح یا قتل عمد مورد تعقیب قرار می‌گرفت.

باز پرسیدم:

- حالا با کی می‌خواهی دوئل کنی؟

با «ژی بر» یعنی پسر صاحب ژی برژون.

بعد جزئیات برخوردی را که با پسر «ژی بر» یکی از بزرگ‌ترین کتاب‌فروش‌های پاریس داشته برایم حکایت کرد.

کتاب‌فروشی‌های «ژوزف ژی‌بر» و «ژی برژون» که در سطح وسیع به صورت زنجیره‌ای در شهرهای بزرگ فرانسه فعالیت می‌کنند از نیمه قرن نوزدهم سابقه کتاب‌فروشی دارند. در آغاز یک شرکت بزرگ خانوادگی بوده و پیش از جنگ دوم دو برادر از هم جدا شده و مؤسسه‌ی «ژی بر» به دو شرکت «ژوزف ژی‌بر» و «ژی برژون» تقسیم شده است. امروز «ژوزف ژی‌بر» در چند عمارت بزرگ شش طبقه، در بولوار سن‌میشل مستقر است و «ژی برژون» تقریباً تمام محوطه‌ی میدان سن‌میشل و قسمتی از کرانه‌ سن‌میشل رود سن را اشغال کرده است. منظور از پسر «ژی بر»، مورد بحث، پسر صاحب شرکت کتاب‌فروشی «ژی برژون» بود که جوانی خوش قد و بالا بود و مکرر او را در ماشین کورسی‌اش در حال دلبری از عابرین حسرت زده دیده بودیم. این آقا که پیدا بود از ما سه چهار سالی بیشتر داشت، دختر جوان ظاهراً بی‌کس و بسیار زیبایی را از یکی از شهرستان‌ها به پاریس آورده و به تازگی در هتل دناسیون، یعنی همان خانه‌ ما برایش اتاقی اجاره کرده بود.

اما... اما حضرت والای ما، نمی‌دانم با چه افسونی با این دختر که اسمش گمانم کریستین بود، باب آشنایی را باز کرده بود. حالا، این مادموازل در کنار آقای «ژی بر» جوان خوش قد و بالا و اسم و رسم‌دار ثروتمند چه کم و کسری داشت که برای رفیق ما سر و گوشش جنبیده بود، نمی‌دانستم.

ولی این را می‌دانستم که تورج نوجوان مهره‌ی مار داشت. به قول فرنگی‌ها واقعاً Charming بود. چند کلمه‌ی او کافی بود که مخاطبش را مجذوب و مسحور کند.

به هر حال، روز پیش از آن، وقتی تورج دخترک را برای صرف چای و شیرینی به اتاق خود دعوت کرده بود، ناگهان آقای «ژی‌بر» سر رسیده بود. شرح ماوقع و بگومگوی آن‌ها، آن‌طور که از اظهارات تورج و قرائن بعدی، فهمیدم به این قرار بوده است:

«ژی‌بر» در اتاق را می‌زند. ابتدا جوابی نمی‌شنود. وقتی فریاد می‌کشد که: کریستین، در را باز کن، صدایت را شنیدم! آن‌وقت تورج در را باز می‌کند. ژی‌بر، تورج را به کناری می‌زند و یک‌راست به طرف دختر می‌رود و همراه با ناسزایی، یک سیلی به صورت او می‌زند. تورج بعد از لحظه‌ای بهت، به خود می‌آید و با تعرض می‌گوید:

- به چه اجازه این‌طور وارد اتاق من می‌شوید؟ به چه اجازه به مهمان من سیلی می‌زنید؟ برویم بیرون تا جواب‌تان را بدهم، آقای وحشی!

«ژی‌بر» عصبانی فریاد می‌زند:

- خفه‌شو! حساب تو را هم می‌رسم.

- هر موقع و هرجا که بخواهی حاضرم با تو روبرو بشوم.

- منظورت دوئل است؟

تورج که نمی‌خواهد، به‌خصوص در حضور دختر جوان، که در گوشه‌ای تظاهر به گریه می‌کند، خود را از تک و تا بیندازد، می‌گوید:

- دوئل یا هر چه بخواهی! دوئل هم اگر بخواهی حاضرم. این هم اهانت برای بهانه‌ی دوئل!

در فیلم‌ها دیده است که با دست‌کش به صورت طرف می‌زنند که او را به دوئل تحریص کنند. چون دست‌کش در دسترس ندارد ناچار با جوراب شسته، که به جاحوله‌ای آویخته، به صورت «آقای ژی‌بر» می‌زند و ادامه

می‌دهد:

ـ چون انتخاب اسلحه با کسی است که بهش اهانت شده، اسلحه را انتخاب کنید! شمشیر یا رولورا!

«ژی‌بر» حین بیرون بردن دختر می‌گوید:

ـ خبرتان می‌کنم.

و در را به‌شدت به‌هم می‌کوبد.

تورج حالا خیلی جدی روبروی من نشسته و منتظر جواب من بود. گفتم:

ـ حالا، توی این شهر زن و دختر قحط بود که تو بروی رفیق پسر «ژی‌بر» را انگولک کنی؟

ـ باور کن مقصود بدی نداشتم. گفتم ایرانی هستم؛ اظهار علاقه به فرهنگ و تمدن ایران کرد. من هم ...

ـ البته از فداکاری‌های تو در راه بسط فرهنگ و تمدن ایران کاملاً اطلاع دارم!

ـ نه، به جان خودت...

ـ به جان مرحوم پدرت!... و اما در باب دوئل، خوب، یک چیزی تو گفتی یک چیزی هم او گفته، حتماً تا صبح یادش رفته، تو هم...

ـ نه، امروز رفته بودم بیرون، آمدم دیدم صاحب‌خانه یک یادداشتی توی غرفه‌ی پستم گذاشته بود که یک آقایی زنگ زده پیغام گذاشته که راجع به کار آقای«ژی‌بر» به او تلفن کنم. زنگ زدم برای دوئل قرار گذاشت ساعت ۵ صبح چهارشنبه آینده در جنگل فونتن بلو، جایش را هم توی جنگل معین کرد و نشانی داد. من هم قبول کردم.

ـ یعنی چه قبول کردم؟ این‌ها مخصوصاً جنگل فونتن‌بلو، جای به این دوری را گفته‌اند که تو منصرف بشوی، حالا یک جوری...

ـ چرا منصرف بشوم؟

- آخر چه‌طور می‌توانی ساعت ۵ صبح فونتن بلو باشی؟ مگر از شب پیشش بروی آنجا، که آن هم باید یک شب کلی پول هتل خودت و دو نفر شاهدت را بدهی. همچو پولی را از کجا می‌آوری؟ بچه نشو! همین الان برو پایین به همان آدم زنگ بزن، به بهانه این‌که فونتن‌بلو دور است و نمی‌توانی سر وقت برسی، دوباره موضوع را عنوان کن. بعد ضمن صحبت هم حرف توی حرف بیاور و مثلاً بگو یکی از شهودم آن روز امتحان دارد، خلاصه یک جوری قضیه را لَقّش کن، بعد هم یک مختصری عذرخواهی کن که که ...

- من عذرخواهی بکنم؟!

- پس چی؟ می‌خواهی واقعاً بروی دوئل کنی؟ یا او می‌زند چشم و چار تو را ناقص می‌کند یا تو می‌زنی دک و دماغ او را معیوب می‌کنی. دولت هم جفت‌تان را می‌اندازد زندان. گرچه پسر «ژی‌بر» را، با آن نفوذی که پدرش دارد، کاری نمی‌کنند، تو را می‌برند محکومت می‌کنند. تازه، تو که شمشیر بازی بلد نیستی!

- شمشیربازی کاری ندارد! صد دفعه توی فیلم‌های ارول فلین و کلارک گیبل دیده‌ام. تازه، خود آن یارو هم گمان نکنم بلد باشد. اگر بلد بود تا گفتم شمشیر یا رولور، می‌گفت شمشیر، در صورتی‌که من و من کرد.

- اگر یک بلایی به سرت بیاید فردا به من نمی‌گویند تو که رفیقش بودی چرا ...

حضرت والا برآشفت:

- این‌قدر نصیحت و دلالت نکن! اگر قبول نمی‌کنی شاهدم باشی بگو که تا دیر نشده برون سراغ بیژن!

مقصودش بیژن جلالی شاعر بود. اما من می‌دانستم که بیژن عاقل‌تر از آن است که وارد این بازی بشود.

فکر مرا حدس زد و گفت:

ـ بیژن هم قبول نکند نکند می‌روم سراغ دکتر شیلوی.

دکتر شیلوی به نسبت ما آدم جا افتاده‌ای بود. پیش از جنگ در فرانسه تا کلاس چهارم طب را در پاریس خوانده بود و با پیش آمدن جنگ نمی‌دانم چه‌طور به شیلی در آمریکای جنوبی رفته بود و بعد از جنگ برگشته بود که تحصیل طبش را تمام کند. در کلاس ششم طب بود. با این‌که شاید چهل سال از عمرش می‌گذشت خل‌خلی‌های بچه‌گانه‌ای داشت. چون همیشه از او به عنوان دکتر شیلوی یاد می‌کردیم اسمش را فراموش کرده‌ام. در این موقع فکر کردم که اگر به سراغ دکتر شیلوی برود، احتمالاً از او تشویق هم خواهد دید. گذشته از این‌که با قدرت بیان ـ که بعدها از او سخنور معروفی ساخت ـ از همان موقع داشت و به راحتی می‌توانست غیر از دکتر شیلوی، دیگری را هم مجاب کند. ناچار، با خیالی در سر، پذیرفتم که شاهد او باشم.

صبح روز بعد شال و کلاه کردم و راه افتادم. اول به فکر افتادم که همان دختر خانم مورد دعوی را واسطه‌ی آشتی قرار بدهم. اما «ژی‌بر» همان شب واقعه دختر را به محل دیگری منتقل کرده و به صاحب‌خانه سپرده بود که نشانی او را به کسی ندهد. با هزار تمهید آدرسش را هتلی در محله‌ی مونپارناس بود گرفتم. کریستین با قیافه ظاهراً مظلومی می‌گفت که نمی‌خواهد در این مرافعه دخالت کند. بعد از مدتی بگومگو، احساس کردم که هیچ بدش نمی‌آید که بر سر وجود نازنین او سر و صدایی بلند بشود و زد و خوردی درگیرد که قدر و قیمتش بالا برود. ناامید از او، چاره را در آن دیدم که به خود طرف دعوا، یعنی آقای «ژی‌بر» متوسل بشوم. جوان مغرور، به زحمتی پذیرفت که چند دقیقه به حرف من گوش بدهد. دفتری در بالاترین طبقه کتابخانه داشت که آن‌جا به سراغش رفتم. این آقا هم با آن‌که مسن‌تر از ما بود ولی درکله‌شقی دست کمی از حضرت والا

نداشت. هیچ‌کدام از دلایل من از قبیل ملاحظه آبرو و حیثیت خودش و پدرش، احتمال تعقیب جزایی عاملین دوئل و خطر زخم و جراحت، به خرجش نرفت و کارگر نیفتاد. چون به هر حال در کار کتاب بود به دلیل فرهنگی متوسل شدم:

ـ این را هم در نظر داشته باشید، آقای ژی بر، که علت ملاقات آن‌ها بحث درباره فرهنگ و تمدن ایران بوده است و اگر ...

ـ ببینم! مگر فرهنگ و تمدن ایران خنده‌دار است که صدای خنده‌ی آن‌ها تا توی راه‌پله‌ها می‌آمد؟

ـ آن کاری هم که شما نسبت به آن‌ها گمان برده بودید خنده‌دار نیست.

ـ به هرحال فارغ از اصل موضوع، این آقا به من در حضور نامزدم، اهانت کرده است.

ـ حالا، به نظر شما هیچ راهی غیر از دوئل برای رفع سوء تفاهم نیست؟

ـ چرا. باید بیاید و در حضور نامزدم از من عذرخواهی کند.

از پیش می‌دانستم که هیچ امیدی به این راه‌حل نیست.

ناچار برگ دیگری رو کردم:

ـ آقای «ژی‌بر»، خواهش می‌کنم دقت کنید. من ناچارم به خلاف قولی که برای حفظ یک راز به دوستم داده‌ام، واقعیت تلخی را افشاء کنم: این آدمی که شما می‌خواهید با او دوئل کنید یک بیمار روانی است.

ـ بیمار روانی؟

ـ بله، تعجب می‌کنم که شما چه‌طور متوجه نشدید که حرکاتش غیرعادی است.

ـ حرکاتش؟ ... نه... یعنی ... البته خوب که فکرش را می‌کنم... یعنی وقتی داشتم از اتاقش بیرون می‌آمدم، گفت صبر کنید و دوید جورایش را از روی بند برداشت زد به صورت من ...

- تازه خیال می‌کنید او قواعد دوئل حالیش هست؟ چه بسا تا خم شده‌اید بند کفش‌تان را ببندید، شمشیر را توی کمرتان فرو کند. چه توقع دارید؟ این جوان دو بار، هر دفعه نزدیک شش ماه در بیمارستان روانی بستری بوده است.

- واقعاً؟ بیمارستان روانی؟ کدام بیمارستان؟

خوشبختانه برقی هم در ذهنم درخشید و یاد اسم بیمارستان «سنتان» افتادم، که از قضا از خود تورج شنیده بودم. محصلین رشته روان شناسی سوربن را هر چند وقت یک بار، به عنوان درس عملی و مشاهده بیماران، به بیمارستان سنتان می بردند و تورج مکرر از این درس های روانشناسی در بیمارستان حکایت کرده بود. گفتم:

- بیمارستان سنتان.

چون دیدم واقعاً دارد سست می‌شود، برگ آخر را زدم و عکسی از تورج را از جیب درآوردم و روی میزی گذاشتم. تورج، سال پیش از آن، به سبک شاگرد مدرسه‌های تهران که نزدیک امتحان سر را می‌تراشیدند، سرش را از ته تراشیده بود که در خانه بماند و درس حاضر کند. برای یادگاری عکسی هم با این دستگاه‌های عکاسی اتوماتیک گرفته بود که من یکی از آن‌ها را برای تفریح برداشته بودم. صبح آن روز با مدتی جست‌و جو این عکس را میان کاغذهایم پیدا کرده احتیاطاً همراه برداشته بودم.

ژی‌بر مدتی به عکس تورج با سر تراشیده و پیراهن سفید، خیره شد و عاقبت سپر انداخت:

- من واقعاً متأسفم. اگر می‌دانستم که این بیچاره مشکل روانی دارد هیچ‌وقت با او در نمی‌افتادم.

- خوب، حالا که دانستید باید یک فکری بکنید.

- حالا گذشت می‌کنم. دیگر کاری با او ندارم.

- عجب! شما کاری با او ندارید اما او با شما کار دارد. خیال می‌کنید

آدم خل و چل به این آسانی ماجرا را فراموش می‌کند؟

- پس چه باید کرد؟

- شما باید از او عذرخواهی کنید.

ژی‌بر از جا پرید:

- من باید از او عذرخواهی کنم؟! آقا نامزد مرا از راه به در برده، جلو روی او به من اهانت کرده، جوراب به صورت من زده، تازه من باید از او عذرخواهی کنم؟!

- بله، اتفاقی است افتاده و حالا با اسم و رسمی که پدرتان دارد و خودتان دارید اگر نمی‌خواهید مضحکه مردم و روزنامه‌ها بشوید که با یک صغیر روانی دوئل کرده، تنها چاره‌اش این‌است که از او عذرخواهی کنید و هر طور هست رضایتش را جلب کنید.

ژی بر چند لحظه ساکت ماند. بعد گفت:

- بسیار خوب. وجداناً چاره دیگری ندارم.

گفتم:

- هر چه زودتر این کار را بکنید بهتر است.

ژی‌بر گوشی تلفن را برداشت. هتل دناسیون را که خوب می‌شناخت گرفت. از صاحبخانه خواست که تورج را صدا کند. وقتی ارتباط برقرار شد با کمال ادب و فروتنی از او عذرخواهی کرد و گناه برخورد را به گردن گرفت. از او تشکر کردم و به خانه برگشتم.

صاحبخانه گفت:

- دوست‌تان رفت بیرون و خواهش کرد که شما جایی نروید، باشید تا برگردد. با شما کار مهمی دارد.

کمی بعد حضرت والا تورج میرزا، با قیافه حسام‌السلطنه‌ی دوم هنگام ورود به شهر فتح شده‌ی هرات، وارد اتاق من شد که:

- دیدی که مرتیکه بزدل چه جور خودش را باخت؟!

- چطور مگر، شازده؟

- تلفن زد، به غلط کردن افتاد. آن‌قدر التماس و درخواست کرد تا از تقصیرش گذشتم. باید بودی و می‌دیدی که چه جور به جلز و ولز عذرخواهی و غلط کردن افتاده بود.

- لابد از یک جایی فهمیده که تو از نسل آن خاقان مغفور لشکرشکن دشمن‌گداز هستی!

پاریس نوروز ۱۳۷٤

جستجوی کار در وطن

اواخر سال ۱۳۳۰ بر ما، محصلین که در فرنگ درس می‌خواندیم روشن شده بود که زنگ رحیل را زده‌اند و هنگام بازگشت به آغوش مام میهن است. افزایش چند برابر بهای ارز خارجی - پوند از ۹ تومن به سی و چند تومن - نتیجه‌ی محاصره‌ی مملکت به وسیله‌ی دولت فخیمه‌ی انگلیس، به خانواده‌ها توانایی تأمین هزینه‌ی تحصیل بچه‌ها را نمی‌داد. از جمله معاودین دم بخت، من بودم و دوست همدم و همدل قدیم و ندیمم، تورج فرازمند که ضمن بحث و گفتگو درباره‌ی فعالیت‌مان در بازگشت به وطن، برنامه‌های بلندپایه‌ای برای ایجاد کارهای تولیدی ثروت‌زا، ریخته بودیم که اطمینان داشتیم نه تنها زندگی مرفه ما را تأمین می‌کند، که ضرر و زیان قطع صادرات نفت را در قلیل مدتی جبران خواهد کرد. در این برنامه‌ریزی، به‌خصوص قبول کار دولتی را با شعار «نوکری دولت ممنوع» از آینده‌ی خود طرد کرده بودیم. به هر حال اوایل سال ۳۱ احضاریه‌ی خانواده‌هامان رسید: بلیت هواپیما ارسال شد، ساعت ورود تلگراف‌ید!

با کلی باد و بروت برنامه‌هایی که برای ترقی و تعالی کشور ریخته بودیم، قدم به خاک وطن گذاشتیم. ولی تقریباً بلافاصله متوجه شدیم که چه اندازه از اوضاع و احوال مملکت بی‌خبر بوده‌ایم. به مناسبت مساله‌ی نفت گاهی روزنامه‌های فرانسوی خبری راجع به ایران منتشر می‌کردند. ولی روزنامه‌های ایران که به دستمان نمی‌رسید. از هیچ‌کدام از وسائل ارتباطی امروز هم خبری نبود. تنها ارتباط ما با داخل مملکت نامه‌های احوال‌پرسی خانوادگی بود که ماهی یک‌بار اتفاق می‌افتاد. از تغییرات و

تحولات پنج شش‌ساله به‌کلی بی‌خبر بودیم. تاتی‌تاتی، قدم به جامعه‌ی نو گذاشتیم. خیلی زود فهمیدیم که طرح‌های انقلابی‌مان برای ایجاد کار و ثروت، به علت نبودن حداقل سرمایه‌ی اولیه نقش بر آب است. جلوی صادرات نفت را گرفته بودند و صادرات برگه‌ی قیسی هم برای بیست میلیون جمعیت کفاف نمی‌کرد. نه تنها کاری برای ملت نمی‌توانستیم بکنیم که کار خودمان هم لنگ بود. باید برای امرار معاش فکری می‌کردیم. از پدر و مادر سالخورده و بازنشسته دیگر پول جیبی نمی‌توانستیم بگیریم. یک لقمه غذایی پیش آن‌ها می‌خوردیم ولی لازم بود که کاری پیدا کنیم. در این زمینه چیزی که توی ذوقمان زد این بود که شعار اصلی‌مان «نوکری دولت ممنوع» خودبخود از سکّه افتاد. زیرا حتی آن دسته از محصلینی که به عنوان بورسیه به خرج دولت تحصیل کرده و مکلف بودند در مقابل، فلان قدر سال برای دولت خدمت کنند، بیکار مانده بودند. ادارات دولتی در برابر مراجعه‌ی آن‌ها برای کار، با عرض معذرت ردشان کرده یا به معلمی بی‌ربط با تحصیل‌شان گماشته بودند.

اهالی شرافتمند تهران

محل اجتماع ما برای فکر کردن و مشورت و چاره‌جویی کافه فردوس – یا فردوسی – در خیابان اسلامبول بود. آن‌جا با خیلی‌ها، از شاعر و نویسنده و روزنامه‌نگار آشنا شدیم که کم و بیش مثل ما در مضیقه‌ی مالی بودند. سر میز این کافه در برابر فنجان چای یا قهوه، یا حین قدم زدن در خیابان اسلامبول و نادری در فکر پیدا کردن کار برای تأمین لااقل پول توجیبی و خرج کافه بودیم. ولی فکر کردن هم در آن ایام راحت نبود. تظاهرات خیابانی شهر را به یک میدان مداوم بدل کرده بود. به‌خصوص جوانان توده‌ای خیابان‌های مرکزی شهر را به محل تظاهرات سیاسی بدل کرده بودند. تا جمعیتی می‌دیدند، یکی از آن‌ها بالای چهارپایه یا نرده‌ای

قد می‌افراشت و با خطابیه‌ی «اهالی شرافتمند تهران...» سخنرانی سیاسی تند و تیزی را با شعارهای کوبنده شروع می‌کرد. به محض اولین شعارهای سخنران، کسبه‌ی خیابان که به تجربه می‌دانستند تا چند لحظه‌ی دیگر مأمورین حکومت نظامی برای مقابله با اجتماع ممنوع، هجوم می‌برند، با عجله کرکره‌های آهنی را با صدای گوشخراش تا قد یک آدم پائین می‌کشیدند که با رسیدن سربازان کاملاً ببندند. عابرین از این طرف و آن طرف فرار می‌کردند و آن‌ها که در دکان‌ها یا کافه‌ها بودند مدتی زندانی می‌شدند. در نتیجه ما هم به محض این‌که از گوشه‌ای صدای «اهالی شرافتمند تهران» می‌شنیدیم، برای این‌که آخرین لحظه میان برخوردها گیر نیفتیم پا را به فرار می‌گذاشتیم. تورج به تخصصی رسیده بود که قیافه‌ی افرادی را که احتمال رفتن روی بلندی و شروع سخنرانی از جانب آن‌ها می‌رفت، خوب تشخیص می‌داد؛ یک‌باره داد می‌زد: ایرج بدو! یک اهالی شرافتمند تهران می‌خواهد شروع کند! که بعد از فرار می‌دیدم درست تشخیص داده است. غیر از رویاروئی توده‌ای با مأمورین حکومت نظامی، یک میدان فرعی نبرد توده و سومکا هم وجود داشت. گاهی به محض این‌که جوانان توده‌ای و افراد دیگر دور سخنران جمع می‌شدند، گروه ضربت حزب سومکا سر می‌رسید. یک جیپ قراضه وسط خیابان ترمز می‌کرد و پیراهن سیاهان از آن پیاده می‌شدند. به پیراهن سفیدان حمله می‌بردند و بعد از سرکوبی و مبادله‌ی مقداری مشت و لگد، دوباره به داخل جیپ می‌پریدند و روانه می‌شدند. کرکره‌ی مغازه‌ها دوباره بالا می‌رفت. خاطرات مختلفی از آدم‌هایی که در این شلوغی‌ها دیده‌ام دارم. از جمله خاطره‌ی کتک خوردن نصرت رحمانی شاعر است. یک روز ما، به دنبال حمله‌ی گروه سومکا به کافه فردوس پناه برده بودیم. وقتی کرکره باز شد، نصرت رحمانی با سر و روی آسیب دیده‌ی خون‌آلود وارد شد، بعد از تحقیق دانستیم که گروه ضربت سومکا نصرت را با احمد شاملو عوضی

گرفته و کتک جانانه‌ای به او زده‌اند. در ماجرا، خود شاعر هم تقصیر داشت چون وقتی سومکائی‌ها پرسیده بودند: احمد شاملو توئی؟ لحن سؤال آن‌ها بر او گران آمده و جواب داده بود: بله، چه فرمایش؟ آن‌ها هم تنبیه شاملو را در حق او اجرا کرده بودند.

به این ترتیب، وقتی شعار «نوکری دولت ممنوع» از اعتبار افتاده و پروژه‌های انقلابی ثروت‌زای ما هم نقش بر آب شده بود، می‌بایستی راهی بینابین نوکری و آقائی پیدا می‌کردیم و برای فکر کردن و چاره‌جوئی و رایزنی، محل تشکیل جلسه لازم بود. ولی متأسفانه بی‌پولی به‌طوری حاد و فراگیر شده بود که برای پول چای و قهوه کافه فردوس هم لنگ مانده بودیم. پول چای را دیگر نمی‌توانستیم از پدر و مادر بازنشسته بخواهیم. من کمی سابقه‌ی مطبوعاتی داشتم. در دوران مدرسه‌ی متوسطه یک سالی برای مجله‌ی اطلاعات هفتگی قصه ترجمه می‌کردم یا می‌نوشتم، سری به این مجله کشیدم. سردبیر، مهندس کردبچه، با شرمندگی گفت البته هر چه بنویسید با کمال میل چاپ می‌کنیم ولی متأسفانه پرداخت حق‌التحریر فعلاً مقدورمان نیست.

فعالیت سینمائی

همان‌طور که در آن حکایت شیخ اجل، در عین شدت حَرّ تموز «همی ناگاه از ظلمت دهلیز خانه‌ای روشنیی بتافت»، بر ما هم، در نهایت نومیدی، از دهلیز خانه‌ای در خیابان شاپور روشنیی بتافت. خبر شدیم که آقای ابراهیم مرادی، که می‌گفتند اولین سینماگر و فیلم‌ساز ایران است، بعد از مدتی کناره‌گیری، قصد تجدید سازمان خود را برای دوبله‌ی فیلم، دارد. چون دنبال افراد تحصیل‌کرده‌ی زبان‌دان می‌گردیده، کسی من و تورج را به او معرفی کرده است. خبر، موجب شعف و شادی ما و دوستان شد. طبق قرار، با سر و وضع و فکل کراواتی مرتب به دیدن آقای مرادی رفتیم.

در خانه‌ای قدیمی در خیابان شاپور ساکن بود. با علاقه از ما استقبال کرد و از تحصیلات‌مان پرسید. گفت قصد دارد فعالیت تازه‌ی سینمائی‌اش را با دوبله‌ی فیلم‌های خارجی شروع کند. در مرحله‌ی اول کار ما ترجمه‌ی دیالوگ چند فیلم فرانسوی است. قرار شد کار را از همان روز شروع کنیم. استودیو که پشت دفترش بود، عبارت از یک اتاق کوچک بود که در آن یک آپارات بزرگ نمایش فیلم قرار داشت که بیشتر فضای اتاق را اشغال کرده بود. معلوم شد که دیالوگ فیلم‌ها را در اختیار ندارد و ما بایستی با تماشای فیلم، دیالوگ را روی کاغذ پیاده می‌کردیم و با توجه به حرکات لب و دهن بازیگران، به فارسی همنوائی ترجمه می‌کردیم. شروع به کار کردیم. اولین فیلم یک فیلم فرانسوی قدیمی با شرکت شارل بوایه و دانیل داریو بود. یک حلقه یا به اصطلاح یک پرده از فیلم را دیدیم ولی از موضوع آن چیزی نفهمیدیم. زیرا صدای فیلم کهنه بسیار خراب بود و تصویری که روی پرده می‌افتاد خیلی کوچک بود و نور کم پروژکتور اجازه نمی‌داد حرکات لب و دهن هنرپیشگان را درست ببینیم. مضافاً به این‌که آقای مرادی برای خنک کردن اتاق خفه، یک پروانه‌ی ماشین روی آپارات سوار کرده بود که همراه چرخش فیلم می‌چرخید، که متأسفانه هوا را زیاد خنک نمی‌کرد ولی صدای تلق‌تلوقش صدای فیلم را می‌پوشاند. خلاصه این‌که با چند ساعت کار و مکرر دیدن، توانستیم فقط چند دقیقه از دیالوگ فیلم را روی کاغذ بیاوریم. شب، در مراجعت از کار، سؤالی را که روی نشده بود از آقای ابراهیم مرادی بکنیم، بین خودمان مطرح کردیم: چه مقدار دستمزد و چه موقع می‌دهد؟ احتیاجات فوری بود. تصمیم گرفتیم عقده‌ی کمروئی را زیر پا له کنیم و درباره‌ی دستمزدمان صحبت کنیم. قرارمان این بود که به‌خصوص خواهش کنیم مقداری از حقوق‌مان را مساعده بپردازد. که پول چای و قهوه‌مان تأمین بشود. روز بعد وقتی کارمان تمام شد، برای گزارش پیشرفت کار به آقای مرادی، به

۵۸

دفترش رفتیم. بعد از سؤال من که برای کار و زحمت ما چه دستمزدی در نظر گرفته شده است، آقای مرادی، با لهجه‌ی اصیل رشتی‌اش گفت: اگر آقایان یک قدری بیشتر پشت کار بگذارند، به‌طوری که ما بتوانیم دوبله را برای قبل از چهارم آبان آماده کنیم، من به هر کدام از آقایان یک دانه قلم خودنویس تقدیم می‌کنم. من آمدم چیزی بگویم ولی تورج مهلت نداد. گفت: جناب آقای مرادی، شما ماشاءالله چه دل گنده هستید، حالا کی، چهارم آبان کی؟ تا آن موقع انشاءالله فیلم دوم هم باید حاضر شده باشد. لطف عالی زیاد تا به زودی زود!

در صحنه‌ی تآتر

بعد از فراغت از این فعالیت سینمائی، باز چند روزی به تفکر و چاره‌جوئی گذشت. ولی انگار ستاره‌ی اقبال‌مان به‌کلی فراموش‌مان نکرده بود. این بار روشنی همی ناگاه از دهلیز خانه‌ای در لاله‌زار بتافت. خبر رسید که تآتر تهران تصمیم گرفته است نمایش‌نامه‌ی خسیس اثر مولیر را که در گذشته به صورت یک اقتباس فارسی نمایش داده شده، به صورت کاملاً کلاسیک با دکور و لباس وقت روی صحنه ببرد، و از آن‌جا که من قبل از فرنگ، در دوران تحصیل، نمایشنامه‌هایی ترجمه کرده بودم و سابقه‌اش در آن تآتر بود، ترجمه‌ی تازه‌ی پیس را به عهده‌ی من بگذارند. خبر مسرت‌انگیزی بود. درباره‌ی دستمزد ترجمه، چهارصد تومن، هیچ چانه نزدم و بلافاصله مشغول کار شدم. ظرف دو هفته، با سیزده چهارده ساعت کار روزانه، ترجمه تمام شد. متن را در جلد شکیلی نزد مدیر تآتر بردم. گفت باشد تا کارگردان، آقای حالتی، ببیند و نظر بدهد. کی؟ فردا عصر. به بچه‌ها که در کافه فردوس منتظر سور و سات بودند خبر ناخوشایند تأخیر را رساندم. روز بعد طبق قرار، برای گرفن نتیجه، در تآتر به دیدن کارگردان رفتم. هیچ راضی نبود. گفت: آقا، ما می‌خواهیم این نمایشنامه

را به شیوه‌ی کلاسیک با دکور و لباس وقت با بهترین هنرپیشگان روی صحنه ببریم. این ترجمه‌ی شما کلاسیک نیست. متن را به من نشان داد. جابه‌جا کنار صفحه علامت گذاشته بود. از نکاتی که یادداشت کرده بود و ایراداتی که گرفته بود. دانستم، که از نمایش به سبک کلاسیک که مکرّر بر آن تکیه می‌کرد، تصور دقیق و روشنی ندارد. ولی جای بگومگو نبود. گفتم بسیار خوب، ایرادات را رفع می‌کنم. و راه افتادم. در موقعیت ناجوری گیر افتاده بودم با تورج مشورت کردم. گفتم نه می‌توانم از چهارصد تومن که بسیار بسیار لازم است، بگذرم، نه به خودم اجازه می‌دهم طبق نظر کارگردان متن ترجمه‌ام را اصلاح کنم. مولیر این نمایش‌نامه را به زبان رایج قرن هفدهم قابل فهم برای همه‌ی مردم نوشته، من هم به زبان قابل فهم برای مردم در دهن همان طبقه آدم‌ها گذاشته‌ام. آن‌طور که کارگردان می‌خواهد درست نیست و مورد ایراد اهل تآتر و اهل قلم قرار می‌گیرد. یادم نمی‌رود که چند سال پیش که یکی از مترجمین، نمایشنامه‌ی معروف «له فم ساوانت» مولیر را به فارسی به عنوان «زنان دانشمند» ترجمه و چاپ کرده بود، عباس اقبال در مقاله‌ای در روزنامه‌ی اطلاعات، از عنوان تا متن ترجمه را به باد انتقاد گرفت. نمی‌دانم چه کارش کنم. برای مثال من نوشته‌ام «تصمیم بگیرم» کارگردان معتقد است برای این‌که کلاسیک بشود باید بنویسم: «اخذ تصمیم نمایم». تورج گفت: یک جائی خوانده‌ام که یک نویسنده‌ی انگلیسی، که اسمش یادم نیست، از ناچاری به ناشر وعده داد که طبق نظر او دستنوشته‌اش را تصحیح کند ولی عین آن را با جوهر دیگری رونویس کرد و از تصویب ناشر گذراند. تو هم که متن ترجمه را با جوهر آبی نوشته‌ای با جوهر سیاه رونویس کن و ببر تحویل بده، چه بسا شانس بیاوری قبول بشود. من حاضرم دیکته کنم که سریعاً تمام بشود.

سه روز بعد متن جدید را به تآتر بردم. مدیر تآتر آقای عبدالله والا گرفت که به نظر کارگردان برساند. چون جوان خوشروئی بود، بی

رودروایسی گفتم که سخت پول لازم دارم. حواله‌ای نوشت که دویست تومن از گیشه‌ی تآتر گرفتم و به سراغ دوستان رفتم. البته دویست بعدی را هم چند روز بعد وصول کردم. ظاهراً کارگردان فرصت نکرده بود متن تازه را بخواند. چون چند ماه بعد که نمایش‌نامه روی صحنه رفت، دیدم که از عین متن من استفاده کرده‌اند.

در چند ماهی که به آغوش میهن بلادیده برگشته بودیم، این چهارصد تومن اولین و آخرین درآمدمان بود. محاصره‌ی اقتصادی ادامه داشت. تنگنای بی‌پولی هر روز بدتر می‌شد. از دو سه تدبیر دیگرمان که بعد از فعالیت سینمائی و تآتری‌مان ناموفق ماند، می‌گذرم.

پاریس ۱۳۷۸

توسل به وام بی‌بهره

دوستان اهل قلم حاجی آقایی را معرفی کرده بودند که بدون گرویی قرض می‌داد و بابت ربح هیچ چیزی نمی‌گرفت. فقط ملزم بودیم یک قالیچه از فرش‌فروشی او بخریم. عنوانش حاجی تقی بود ولی ما بین خودمان اسمش را گذاشته بودیم «حاجی‌بین‌الله» چون تکیه کلام دائمی‌اش «بینی و بین‌الله» بود. قرضی که می‌داد، معمولاً سیصد، چهارصد، پانصد... و استثنائاً حداکثر هزار تومن بود. به این ترتیب که معرف ضمانت شما را می‌کرد. به دیدن جناب حاجی در مغازه‌ی بزرگ چند دهنه‌ی فرش فروشی‌اش می‌رفتید. با روی خوش برای شما دستور چای می‌داد. بعد ورقه‌ای را به عنوان یادداشت قرض‌الحسنه به امضای شما می‌رساند که حوصله‌ی خواندن جملات دراز فارسی و عربی‌اش را نمی‌کردید. آن وقت، برای مثلاً هزار تومن یک چک هزار تومنی به تاریخ یک ماه بعد از شما می‌گرفت. بعد، از صندوق هزار تومن اسکناس درمی‌آورد، می‌شمرد و روی میز می‌گذاشت و می‌پرسید:

- ببینم، شما برای منزل قالی، قالیچه‌ای لازم ندارید؟

دفعه اول، شما، بدون توجه به الزامی که قبلاً به اطلاعتان رسیده بود، جواب می‌دادید:

- نخیر، خیلی ممنونم.

- شما قالیچه‌های ما را ندیده‌اید. وقتی ببینید نظرتان عوض می‌شود. آهای، مَمَد! آن قالیچه‌ها را نشان آقا بده!

لحن صحبت، تکلیف را به یادتان می‌آورد. شاگرد مغازه شما را به تماشای یک پشته‌ی مخصوص قالیچه می‌برد. این قالیچه‌ها در واقع

خرسک‌های بنجل بسیار بدشکلی بود که رغبت نمی‌کردید حتی به عنوان کفش پاک‌کن جلوی در خانه بیندازید. ولی گزیری نبود. باید یکی از آن‌ها را انتخاب می‌کردید. شاگرد قالیچه را بلند می‌کرد و می‌آورد کنار میز حاجی‌آقا پهن می‌کرد. حاجی نگاهی به آن می‌انداخت وزبان به تحسین شما می‌گشود:

ـ ماشاءالله! شما آقا انگار تو کار فرش بوده‌اید. چون بینی و بین‌الله درجه یکش را انتخاب کرده‌اید. از قضا من توی فکر بودم که این را ببرم منزل برای خودمان.چون یک همچو نقشی به این قیمت! اینقدر مفت!

ـ چیه قیمتش، حاجی‌آقا؟

ـ خیلی بیشتر از این‌هاست. اما چون به معرّفتان ارادت دارم به خودتان هم ارادت پیدا کردم، مایه‌کاری حساب می‌کنم: دویست تومن. مبارکتان باشد. انشاءالله سفره‌ی عقد روی این قالیچه بیندازید.

جای حرفی نمی‌ماند. حاجی‌آقا شروع به شمارش مجدد دسته‌ی هزار تومنی اسکناس می‌کرد. دویست تومن را از آن جدا می‌کرد، بابت پول قالیچه، همراه با تعهدنامه به اضافه‌ی چک شما، دوباره در صندوق می‌گذاشت. باقیمانده‌ی اسکناس‌ها را یک دفعه‌ی دیگر با صدای بلند می‌شمرد. البته از شماره‌ی ۱۰۲ شروع می‌کرد و عاقبت دودستی تقدیم شما می‌کرد. اما، اگر شما، وام خواه تازه‌کار، برای رهایـی از گرفتاری حمل این بنجل خریداری شده، پیشنهاد می‌کردید که آن را بگذارید و بروید، حاجی از جا می‌پرید و با لحن رنجش می‌گفت:

ـ بله، ارزان خریدی به چشمت نمی‌آید. به مرگ سه تا پسرم اگر وضع بازار به این خرابی نبود، محال بود کمتر از چهارصد بدهم. بینی و بین‌الله شانس خوبی داری که این موقع به صرافت فرش خریدن افتادی. بازار فرش رو به ترقی است. دو ماه دیگر اگر نخواستی بیاورش، خودم با صد منفعت ازت می‌خرم. مبارکت باشد. آی مَمَّد! یک ماشین کرایه واسه‌ی

آقا صدا کن.

اگر رقم وام چهارصد یا پانصد تومن بود، مکلف بودید یک قالیچه‌ی کوچک‌تر و زمخت‌تر، به اسم «جانمازی» به قیمت صد تومن بردارید که بیست سی تومن هم نمی‌ارزید. ولی حاجی همچنان از شانس و زرنگی شما تعریف می‌کرد. باری، وقتی شما با یکی از این به اصطلاح قالیچه‌ها، در تاکسی به سوی خانه می‌رفتید، اولین فکرتان این بود که این بنجل را به کدام خدمتکاری هدیه کنید که سلیقه‌ی شما را مسخره نکند. وقتی آدمش را پیدا می‌کردید و خیالتان از این بابت راحت می‌شد، می‌توانستید سرانگشتی حساب کنید که به فرض این که می‌شد روی این شاهکار هنر قالی‌بافی، بیست، سی، چهل یا حداکثر پنجاه تومن قیمت گذاشت، شما در واقع و بینی و بین‌الله، ربحی بین صد و هشتاد تا دویست درصد می‌پرداختید، شاید هم بیشتر، چون من هیچ وقت حوصله‌ی محاسبه‌اش را نکردم.

از گرفتاری‌های وام‌خواه در صورت تأخیر در پرداخت اصل و فرع این قرض‌الحسنه و مراسم تجدید چک با خرید قالیچه جدید می‌گذرم. چون موجب تکدر خاطر می‌شود.

من ظرف یک سال و اندی، دو قالیچه به نوکر خواهرم هدیه کردم. چون از ماجرای این وام بی‌بهره مطلع نبود، سر قالیچه‌ی دوم، دیگر به شک افتاده بود که من چه منظوری دارم.

چون وضع مالی، با پیدا کردن کار کمی بهتر شد و ضمناً نزول‌خورهای با انصاف‌تری سراغ کردیم، از سال بعد دیگر سروقت این عنصر «نیکوکار» یا به قول سعدی «حاجی مردم‌گزای» نرفتم و به مرور فراموشش کردم.

ولی خواهیم دید که این آخرین دیدار با حاجی بین‌الله نبود.

پاریس ۱۳۹۰

قاضی در هیاهوی کودتا

من و تورج شرمنده از خودمان، تابلو «نوکری دولت ممنوع» را بی‌سر و صدا پائین آوردیم. من به خدمت دادگستری و تورج به استخدام ابتدا خبرگزاری فرانسه و بعد روزنامه‌ی اطلاعات، تن در دادیم.

من، بعد از طی ماه‌ها کارآموزی قضائی که از شرح آن می‌گذرم، در مرداد ماه ۱۳۳۲، حکم دادیاری دادسرای تهران را گرفتم. قرار بود دادستان تهران پست خدمت مرا معین کند. صبح ۲۸ مرداد که یک چهارشنبه به یادماندنی بود، من مثل روزهای دیگر، به حکم نومنصبی، سرساعت در دادسرا بودم. قضات دادسرا، این‌جا و آن‌جا دور هم جمع شده و درباره‌ی وقایع روز، به‌خصوص میتینگ جبهه‌ی ملی و تظاهرات حزب توده و احتمالات آینده بحث می‌کردند.

وقایع فوق‌العاده‌ای ظرف سه روز گذشته با سرعت گیج‌کننده‌ای اتفاق افتاده بود. صبح ۲۵ مرداد از رادیو خبر یک کودتای ناموفق علیه دولت را شنیدیم. بعد خبر خروج شاه از مملکت را شنیدیم و صحبت شورای سلطنت به ریاست دهخدا به میان آمد. شاهد میتینگ جبهه‌ی ملی و تظاهرات توده و پائین کشیدن مجسمه‌ها بودیم.

باری، آن روز در دادسرا نگرانی برای وقایع آینده، عمومی بود و در چهره‌ها خوانده می‌شد. دادسرا به شلوغی روزهای معمولی نبود، کلانتری‌ها که غالب مشتری‌های روزانه‌ی دادسرا را تأمین می‌کردند انگار گرفتاری‌های دیگری داشتند. من که هنوز کار مکلفی بر عهده نداشتم با یکی از همکاران، که مثل من نومنصب بود، بحث می‌کردیم. یک وقتی شنیدیم که آقای مسعودی، رئیس اجرائیات دادسرا به این اتاق و آن اتاق

سر کشیده و هشداری می‌دهد. پرسیدیم؛ حرفش این بود: می‌گفت یکی از پاسبان‌های من که صبح دنبال مأموریتی رفته، تلفنی به من اطلاع داد که در جنوب شهر یک گروه مردم با چوب و چماق، به سردستگی مهندس، که همه می‌شناسیدش، با شعار مرگ بر قضات توده‌ای به راه افتاده‌اند. شعارشان نشان می‌دهد که قصد کاخ دادگستری را دارند. سر دسته‌ی گروه که آقای مسعودی از او به اسم «مهندس» یاد می‌کرد، از مشتریان دائمی دادسرا بود که تخصصی در صدور چک بلامحل داشت. مکرر به زندان افتاده بود. اسامی مختلفی داشت. آخرین اسمی که روی خودش گذاشته بود مهندس افراشته بود. از شیوه‌ی اختصاصی‌اش برای تسهیل کلاهبرداری حذف نقطه از املای فارسی بود و از این هنرش غالباً در صدور چک استفاده می‌کرد. مسعودی بعد از این هشدار، یادآوری می‌کرد که خبر حرکت گروه را به گارد نظامی محافظ کاخ اطلاع داده است ولی معلوم نیست این‌ها که سه چهار نفرند، بتوانند جلوی جمعیتی را بگیرند. این را گفتم که خودتان تصمیم بگیرید که چه کنید. همکارم که گفتم مثل من جوان و نومنصب بود گردن گرفت که ما قاضی هستیم، اگر آمدند جواب‌شان را می‌دهیم. گفتم این‌ها که می‌آیند برای سؤال که ما جواب‌شان را بدهیم. شعارشان که «مرگ بر قضات توده‌ای» است حکایت می‌کند که از مراحل اصلی سؤال و جواب و اعلام اتهام و صدور حکم گذشته‌اند و حالا برای اجرای حکم می‌آیند. زیاد وقتی نگذشته بود که از پنجره‌های جنوبی کاخ هیاهوی جمعیتی از دور به گوشمان رسید. همکارم که انگار از جوابگویی منصرف شده بود، چشم به دهن من دوخته بود. گفتم بله، خودشانند. حالا باید تصمیم بگیریم که چه کنیم. پرسید نظر شما چیست؟ گفتم نظر من همان نظر حکیم طوس است که فرمود: گریزی به هنگام، با سر به‌جای—به از پهلوانی و سر، زیر پای. دیگر حرف زیادی نزدیم و راه افتادیم. در خیابان شمالی کاخ دادگستری او به چپ به طرف

خیابان خیام رفت و من به راست به طرف خیابان ناصرخسرو، که راه عادی‌ام بود، رفتم.

شمشیر رضاشاه

در ناصرخسرو یک کامیونی را دیدم که به طرف میدان سپه در حرکت بود و مسافران ایستاده‌اش شعار جاوید شاه می‌دادند. این مسافران غالباً و لابد برای دفاع از خود به چوب و باتون مسلح بودند. این کامیون و شاید کامیونی قبل از آن که من ندیده بودم، کسبه را ترسانده بود. مغازه‌ها بسته و یا در حال بستن بودند. صاحب یک مغازه نزدیک میدان سپه تلاش می‌کرد کرکره‌ی آهنی را که در نیم‌متری زمین گیر کرده و پائین‌تر نمی‌رفت، پائین بیاورد. چون ضمن زور آوردن فحش‌های رکیک و مضحکی نثار سیّد جد به کمر زده، لابد سازنده‌ی کرکره، می‌کرد، توجهم را لحظه‌ای جلب کرد. همان موقع برای جلب کمک، همسایه‌اش را صدا زد. چون صدایش را شنیدم و رویش را دیدم، او را شناختم. دو روز پیش حین عبور، او را جلوی مغازه‌اش در میان جمعی از مردم که گردش حلقه زده بودند، دیده و چند لحظه به تماشا ایستاده بودم. این شخص، بعد از این‌که مردم مجسمه‌ی رضاشاه را پائین آورده بودند، با ارّه‌ی آهن‌بری، کونه‌ی شمشیر مجسمه- البته غلاف شمشیر- را بریده بود. این بریده را که شاید بیست و دو سه سانتی‌متر طول داشت، با افتخار به مردم نشان می‌داد. در میان جمع حلقه‌زده به دورش شنیدم که بعضی پیشنهاد خرید آن را کردند. قبول نکرد. گفت می‌خواهد به عنوان یادگار شرکتش در مبارزه، برای بچه‌هایش بگذارد. روز ۲۸ مرداد، در آن لحظات حالش را بعد از دیدن کامیون جاوید شاهی‌ها می‌فهمیدم. چون آن طور که روز مجسمه، سر و صدا راه‌انداخته بود، بی‌تردید همه اهل محل تا بازار و سبزه‌میدان، از شاهکارش خبردار شده بودند و نگران بود که اگر تظاهرات امروز به تغییراتی منجر بشود، با

آن کونه شمشیر چه بلائی سرش می‌آورند. به راهم ادامه دادم.

یادآوری می‌کنم که من نظرم راجع به کودتای ۲۸ مرداد ۳۲ را مکرّر در مقالاتم ابراز کرده‌ام. و این‌جا، در این متن که از خاطراتم خلاصه می‌کنم، احساساتم را درباره‌ی واقعه کنار گذاشته‌ام. فقط مشاهداتم و برخوردهایم با افراد و روحیات آن‌ها را گزارش می‌کنم، آن هم به نرمی، به‌طوری که شیرینی عید در کام خواننده تلخ نشود.

نماینده‌ی صنف بستنی فروش

با این‌که هیچ شوقی به شرکت یا حتی حضور در هیجانات انقلابی نداشتم، گفتم ببینم این تظاهرکنندگان جنوب شهر به بالای شهر هم می‌رسند و اگر برسند، آن جماعت جوانان برآشفته‌ای که دیشب و پریشب دیده بودم در خیابان فردوسی و اسلامبول تمام پیاده‌روها حتی سواره‌روها را اشغال کرده و با شور و حرارت تا دیروقت به بحث و جدل درباره‌ی آینده مشغول بودند، چه عکس‌العملی از خود نشان می‌دهند. از آن گروه‌ها اثری ندیدم... و وقتی دیدم یک جیپ و یک ماشین شخصی با پرچم‌های برافراشته و شعار جاویدشاه از جنوب به طرف شمال رفتند و مغازه‌ها شروع به پائین کشیدن کرکره‌های آهنی کردند، گفتم انگار احساسات آن طرف به این طرف هم رسیده و دیگر جای ماندن نیست. به‌خصوص که بین مردم زمزمه‌هایی از حمله به ادارات و روزنامه‌ها شنیده می‌شد. برای سلامت دوستم تورج نگران شدم. به قصد خانه قدم تند کردم. در خیابان فردوسی یک ماشین آمریکائی در کنارم ترمز کرد. یکی از دوستان قدیم، حسن دادگر بود که تعارف کرد سوار بشوم. حسن دادگر را از خیلی پیش، می‌شناختم. این ایام یک روزنامه‌ی بی‌طرف را که کسی در اختیارش گذاشته بود، البته گاه‌گاه منتشر می‌کرد. سرمقاله‌ها را با امضای مستعار خودش می‌نوشت. باقی مطالب را هم از دوستان و آشنایانش می‌گرفت.

دو سه بار من به خواهش او مقالاتی از لوموند و نوول ابسرواتور برایش ترجمه کرده بودم. آن روز وقتی تعارف کرد که سوار بشوم گفتم اگر به راهتان می‌خورد سوار می‌شوم. گفت اول سری یک جائی می‌زنیم بعد می‌رسانمت به منزل. پرسیدم کجا؟ گفت بی‌سیم پهلوی.

آن‌موقع، از محل بی‌سیم پهلوی که از آن روز به بعد مشهور شد، تصور دقیقی نداشتم، فکر کردم جائی در خیابان پهلوی است. گفتم، نه، خانه‌ی ما از این طرف است. خانم خوش‌بر و روئی هم در ماشین بود که تعارف کرد سوار بشوم. بعد دانستم خانم ملکه اعتضادی شاعر و به اصطلاح امروز- فعال سیاسی است. تشکر کردم و راه افتادم. آن‌ها هم رفتند.

با پرهیز از نقاطی که می‌گفتند شلوغ شده، خود را به خانه رساندم. ساعت خبرهای رادیو گذشته و صدائی بلند نشده بود. بیش از پیش نگران و ناراحت به دو سه نفر تلفن کردم. علت سکوت رادیو را نمی‌دانستند. تا ساعت شاید سه بعدازظهر بود که رادیو به صدا درآمد. خبرهای شلوغ و نامرتبی از سقوط دولت و کشته شدن وزیر خارجه درهم و برهم شنیدیم. تا تیمسار زاهدی به عنوان رئیس دولت جدید صحبت کرد. بعد از او عده‌ی زیادی از نظامی و شخصی حرف زدند. در میان آن‌ها کسی که با تعجب صدایش را شنیدم، حسن دادگر بود که ساعتی پیش مرا دعوت به سوار شدن به ماشینش کرده بود. اما آن‌چه بیشتر تعجب‌انگیز بود موضع‌گیری او علیه دولت مصدق به طرفداری دولت زاهدی بود. و از همه این‌ها تعجب‌انگیزتر برای من، عنوانی بود که در شروع صحبت به خودش داد: «اینجانب حسن دادگر نماینده‌ی صنف بستنی‌فروش...» و ظرف دو سه دقیقه صحبت، وفاداری صنف را به دولت تیمسار اعلام کرد.

در پایان برنامه‌ی سخنرانی‌های انقلابی، عاقبت نوبت به گوینده‌ای رسید که با لحن عادی اعلام کرد: این‌جا تهران است. شنوندگان گرامی؛ امشب برنامه‌ی موسیقی ایرانی، به علت تصادف با شهادت حضرت مسلم‌بن

عقیل، اجرا نخواهد شد. خبر غم‌انگیزی بود. ولی تاریخ شهادت حضرت مسلم‌بن عقیل در ۲۸ مرداد، انگار در گوشه‌ی ذهن من یادداشت شده بود که سال‌ها بعد، در قصه‌ی دائی جان ناپلئون، آن را برای کمک به رفع گرفتاری دائی جان به اطلاع آسید ابوالقاسم واعظ رساندم.

حیوانات هار

روز اول شهریور تیمسار زاهدی دولت جدید را به شاه که از خارج برگشته بود، معرفی کرد و ما به طور جدی سر کارمان برگشتیم.

جائی که من می‌نشستم رنگ دیوار طوری رفته بود که وقتی از جا پا می‌شدم پشت کتم به‌کلی گچ‌آلوده بود. فکر کردم یک جلد مقوائی پرونده را روی ریختگی رنگ بچسبانم. پیشخدمت جوانی داشتیم به اسم چابک، فرستادمش از قسمت ملزومات چند پونز یا میخ بگیرد. برگشت گفت می‌گویند نداریم. عصبانی گفتم سرت دوانده‌اند. برو پیش یک آدم مسؤول، مدیر کل، رئیس، کفیل، معاون، بگو فلانی گفت چند تا پونز یا میخ فوری لازم است. کمی بعد باز با دست خالی برگشت. اما این بار ناراحت و منقلب. بغض در گلو گفت آقای رئیس یک اداره‌ای که رفتم عصبانی شد. پیش از این‌که چیزی بگویم داد زد مرتیکه نفهم، کی به تو اجازه داد مثل گاو سرت را بیندازی پائین، بیائی اتاق من؟ گفتم قربان، ببخشید. در نیمه باز بود. در زدم فرمودید بله، آمدم تو. باز داد زد: حالا چی می‌خواهی؟ گفتم من در دادسرا پیشخدمتم. رفتم ملزومات پونز برای آقای پزشک‌زاد که لازم دارند بگیرم، نگذاشت حرفم را بزنم، داد زد: برو گمشو بیرون! پونز می‌خواهد برود ناصریه بخرد. داشتم می‌آمدم بیرون شنیدم به معاونش که کنار میزش وایستاده بود گفت آن پیرمرد مجنون همه‌ی این حیوانات را هار کرده. پیشخدمت جوان فحش‌خورده را تا توانستم دلداری دادم. پونز را می‌توانستم از خانه بیاورم. ولی به این رئیس اداره‌ی بی‌ادب باید جوابی

می‌دادم.

صبح روز بعد، اول وقت اداری که اتاق خلوت بود، پونزهای دور عکس شاه را کندم و از پنجره بیرون انداختم. توضیح آن‌که بعد از ۲۸ مرداد یک عکس شاه را روی کاغذ چاپ کرده و به جای قاب عکس رسمی شاه که از بین رفته بود به دیوارها چسبانده بودند. عکس شاه را روی میز گذاشتم، بعد نشستم و نامه‌ای به این مضمون به آن رئیس بی‌ادب نوشتم: جناب آقای فلانی رئیس اداره‌ی فلان (عنوان دقیق اداره یادم نیست) برای نصب عکس اعلیحضرت همایون شاهنشاه ـ که بر اثر کوران هوا، یا علت نامعلوم دیگری از دیوار کنده شده روی زمین افتاده، تعدادی پونز مورد نیاز فوری است که با وجود مراجعه مکرر و تذکر فوریت موضوع در تأمین آن، کوتاهی شده است. لذا خواهشمند است ضمن ارسال فوری مقداری پونز مقاوم، دقیقاً علت تأخیر و تعلل را تحقیق نموده و برای اقدام مقتضی اعلام نمایند. رونوشت برای ملاحظه‌ی مقام وزارت ـ رونوشت برای استحضار جناب آقای دادستان تهران ارسال می‌گردد. نامه را به عنوان دادیار دادسرای تهران امضاء کردم و در پاکت گذاشتم. چابک را صدا زدم گفتم کوران هوا عکس اعلیحضرت را کنده، برای نصب دوباره‌اش نامه به آن آقا نوشته‌ام که پونز بدهد. به مستخدم اتاقش بده و بگو فوری است. ترتیبی داده‌ام که بیاید از تو عذرخواهی کند. باید آن توهین را از دلت دربیاورد. گفته پیرمرد مجنون ترا هار کرده، هاری‌ات را باید نشانش بدهی.

چند دقیقه‌ای نگذشته بود که رئیس بی‌ادب زنگ زد: جناب آقای پزشک زاد، سلام عرض می‌کنم. بنده فلانی، می‌خواستم اگر وقت داشته باشید برای یک عرض فوری خدمتتان برسم. سه چهار دقیقه بعد با یک جعبه پونز به دست آمد. به محض ورود عکس شاه را که روی میز بود قاپید و به دیوار کوبید. در حالی که فکر کرده بودم او را ندیده‌ام، وقتی به طرف من برگشت شناختمش.

روز ۲۷ مرداد مستخدمی تحت نظارت او عکس‌های شاه را از اتاق‌ها پائین می‌آورد. آن موقع او را فقط چند لحظه دیده بودم. اگر قیافه‌اش در خاطرم مانده بود، برای این بود که وقتی قاب عکس شاه را پائین کشیدند، شنیدم که خطاب به صاحب عکس گفت: «برو آقا، برو که برنگردی! ملت نمی‌خواهدت، برو آقا! آن روز، ظاهراً مرا که سرم توی یک پرونده بود، ندیده بود. نشست و گفت: جناب آقای دادیار، شرمنده‌ام که سوء تفاهم شده ولی باور بفرمائید که تعللی در کار نبوده. اصولاً تصور تعلل از جانب من فدائی شاهنشاه، در امری مربوط به شاهنشاه گناه است. گفتم ولی من گفته بودم که پیشخدمت مورد مصرف پونز را به شما بگوید. از جا جست و با هیجان گفت: به روح پدرم، به مرگ یگانه فرزندم اگر به من گفته باشد. با این‌که دلم به حالش سوخت، و ندادم. گفتم به هر حال باید تحقیق کنیم اگر قصور از پیشخدمت است که او مسؤول است. در غیر این‌صورت... خلاصه، بعد از این‌که مدتی در هول و ولا باقی گذاشتمش، تا وقتی از چابک عذرخواهی چربی نکرد، رونوشت‌های خیالی را پاره نکردم.

چرخ خیاطی خانم ضیاءالسلطنه

حکم خدمت من در شعبه‌ی ۱۲ دادگاه جنحه‌ی تهران صادر شده بود. یکی از اولین پرونده‌هایی که در آن دادگاه باید از ادعانامه دفاع می‌کردم، به حوادث ۲۸ مرداد مربوط بود. طبق مندرجات پرونده که قبل از شروع محاکمه مرور کردم و عنوانش سرقت از خانه‌ی دکتر محمد مصدق بود، مرد جوانی در خیابان شاپور، با یک چرخ خیاطی زنانه دستگیر شده، در بازجویی کلانتری اظهار کرده بود که حین عبور از خیابان کاخ برای تماشای خانه‌ی بی‌در و پیکری، که روز پیش مورد غارت مردم قرار گرفته، وارد شده، در یک گوشه زیر تیر و تخته و خاک و خاشاک چشمش به یک چرخ خیاطی دستی افتاده، فکر کرده آن را برای مادرش که برایش

پیراهن و زیرشلواری می‌دوخته ببرد. نزدیک منزلش پاسبان محل که با او خرده حساب قدیمی داشته او را گرفته و برایش پرونده‌ی غارت و سرقت درست کرده است. ندیده دلم به حال متهم که فراش یک دبستان بود، سوخت. زیرا قاضی آدمی بسیار خشک و جدّی و مجری مو به موی قانون بود. ضمن صحبت، نظرش را راجع به متهم دانستم. گزارش پاسبان برایش وحی منزل بود. برای نرم کردن او، گفتم لابد همان چرخ خیاطی است که ضیاءالسلطنه خانم مصدق، برای دکتر غلامحسین و احمد مصدق وقتی بچه بوده‌اند، زیرشلواری می‌دوخته؛ اخمش هیچ باز نشد. گفت لابد توده‌ای هم هست. با توده بسیار بد بود. چون نتوانستم او را از جا تکان بدهم، گفتم آقا، توجه داشته باشید که با محکوم کردن این جوان، هم شما و هم من مضحکه‌ی مردم می‌شویم. فکر انعکاس خبرش در جراید را کرده‌اید؟ بی‌حوصله سری تکان داد، گفت جراید با حکومت نظامی فعلی جرأت نمی‌کنند انتقاد کنند. گفتم اما جرأت تحسین و تبریک که دارند.

صبر کنید نشانتان بدهم. قلم برداشتم و خبری نوشتم و برایش خواندم:

«غارت‌گران در پنجه‌ی قدرتمند قانون ـ پیرو اخطار رئیس دولت جدید و دستور مؤکد آقای جمال اخوی وزیر دادگستری مبنی بر پیگرد قانونی بی‌گذشت، کسانی که با استفاده از آشفتگی ایام اخیر، به غارت و سرقت و تخریب منازل مردم و دفاتر جراید مبادرت کرده‌اند، و اهتمام شبانه‌روزی مأموران انتظامی، به گزارش خبرنگار قضائی ما، دیروز دادگاه جنحه‌ی تهران به ریاست آقای ابراهیم صفائی و دادستانی آقای ایرج پزشک‌زاد، برای محاکمه‌ی یکی از متهمان غارت و سرقت منازل مردم تشکیل شد. پس از اعلام اتهام و بیانات مؤثر دادستان و استماع شهود و گزارش مأموران انتظامی و دفاعیات وکیل تسخیری متهم و شنیدن آخرین دفاع متهم، دادگاه، وقوع بزه انتسابی غارت و سرقت یک چرخ خیاطی زنانه از منزل دکتر محمد مصدق فرزند هدایت‌الله، شغل نخست‌وزیر سابق، از

ناحیه‌ی متهم غلامحسین جوزاری فرزند براتعلی، شغل فراش دبستان را محرز دانسته و متهم را به سه سال زندان تأدیبی محکوم می‌نماید و مقرر می‌دارد که چرخ خیاطی زنانه مسروقه به صاحبش دکتر محمد مصدق فرزند هدایت‌الله مسترد گردد.»

این های و هوی من، مختصری از خشکی و یبوست قانونی قاضی کاست. در نتیجه، ادعانامه‌ی مساعد من به وکیل تسخیری جوان و دلسوز کمک کرد که به خوبی از متهم دفاع کند. علاوه بر این، خود متهم آخرین دفاع شیرینی کرد. گفت جناب آقای رئیس دادگاه، برای من پرونده‌سازی کردند. اما فرض بفرمائید من دزد غارتگر، اما این دزد غارتگر می‌خواهد بداند که این آقای دکتر نخست‌وزیر که می‌گفتند آنقدر ملک و آب دارد که حقوق دولتی هم نمی‌گیرد، توی خانه‌ی به آن بزرگی‌اش فقط یک چرخ خیاطی داشت؟

قاضی، متهم را به همان مدت حبس گذشته محکوم کرد که از زندان خلاص شد. خیلی دلم می‌خواست می‌توانستم چرخ‌خیاطی خانم ضیاءالسلطنه را از دکتر محمد مصدق فرزند هدایت‌الله، برای غلامحسین جوزاری فرزند براتعلی بگیرم که برای مادرش ببرد. اما متأسفانه به زندان لشکر دوم زرهی راهی نداشتم.

پاریس نوروز ۱۳۹۱

بچه پُررو

من، با اسم و عنوان و خصوصیات بچه‌پررو، وقتی آشنا شدم که تازه خدمتم را در دادگستری به عنوان قاضی جزائی شروع کرده بودم. برای جوانان فارسی زبان دور افتاده از ایران، توضیح می‌دهم که «بچه‌پررو» را نباید با بچه‌ی پررو، یعنی بچه‌ای با صفت پررویی، اشتباه کرد. این لفظ، مفهوم مشخص مستقلی دارد و با بچه به معنای طفل، خویشاوندی نزدیکی ندارد. مهم‌ترین تفاوتش، این است که بچه نیست، آدم بزرگ است.

باری، یک روز تعطیل، قاضی کشیک دادسرای تهران بودم. از کلانتری ناحیه‌ی دروازه قزوین یک پرونده‌ی نزاع منجر به ضرب و جرح، همراه تعدادی متهم و شاکی و شاهد به دادسرا آوردند. یک کافه رستوران ناحیه را جمعی اوباش به هم ریخته بودند و در زد و خورد متعاقب آن، دو نفر مجروح شده بودند.

صاحب کافه به‌عنوان شاکی اصلی، با سر شکسته‌ی باندپیچی شده، مدعی بود که چون در پرداخت باج به باج‌گیر محل، معروف به اکبرشیر، کوتاهی کرده، ایادی‌اش آمده بودند کافه را شلوغ کنند. شلوغی از حد تجاوز کرده و کار به زد و خورد کشیده است. به عنوان دلیل دخالت اکبر شیر، می‌گفت که قبلاً به او پیغام داده که یک روز کافه را به هم می‌ریزد. از آن‌جا که در توضیحات مفصّلش به تکرار، از نقش «بچه‌پررو» در شروع و بالا گرفتن دعوا یاد می‌کرد، من، ناشیانه سؤالی کردم که بعد خجالت نادانی‌ام را کشیدم. پرسیدم:

- مگر در کافه رستوران‌تان که می‌گوئید برنامه‌های تفریحی، یا به قول خودتان ساز ضربی، دارید، بچه هم راه می‌دهید؟

– نخیر آقا، عرض کردم بچه‌پررو، که ربطی به بچه ندارد. هر کدام از این باج‌گیرها چند تا نوچه‌ی بزن‌بهادر و یک بچه‌پررو در اختیار دارند. وقتی می‌خواهند کافه‌ای را به هم بریزند، اول نوچه‌ها می‌آیند به عنوان مشتری می‌نشینند. بعد بچه‌پررو می‌آید. یک کارهائی می‌کند که بین آن‌ها و سایر مشتری‌ها دعوا راه بیندازد. آخرسر، جاهل باج‌گیر، مثلاً اتفاقی، وارد می‌شود و صلحشان می‌دهد. دیشب هم همین شد. نوچه‌های اکبرشیر آمدند؛ بعد بچه‌پررویش آمد سر یک میز تنها نشست. ودکا و کباب دنبلان سفارش داد. بعد به یک بهانه‌ای، به دو سه تا از مشتری‌ها بد و بیراه گفت، تا این‌که از یکی از آن‌ها یک توسری خورد و با هم گلاویز شدند. آن وقت نوچه‌های اکبرشیر صداشان درآمد که فلان فلان شده‌ها، چرا یک جوان مظلوم تنها را می‌زنید؟ تا من آمدم خودم را برسانم به میان‌شان، زد و خورد و پرتاب بطری و بشقاب شروع شد. بعد اکبرشیر وارد شد و میانه را گرفت. همه‌ی این‌ها واسه‌ی این‌که ما بفهمیم اگر باج ماهانه‌اش دیر بشود چه جوری کافه را به هم می‌ریزد یا به قول خودش، کافه را کوفه می‌کند. توی این زد و خورد، غیر از من که سرم را شکسته‌اند، دو نفر زخمی شده‌اند. به اثاث کافه کلّی ضرر خورده، امّا، آقای رئیس، آن چیزی که بیشتر از همه ضررها برایم کون‌سوزه داشته، این بود که این بچه‌پررو، که دعوا را راه انداخته بود، حساب میزش هیچی، توی شلوغی پول هم از صندوق ما بلند کرده بود، هیچی، توی کلانتری به من می‌گفت گارسون‌های کافه وقتی آمدند جدامان کنند ساعت مرا دزدیدند. تو باید خسارتش را بدهی.

– این آقا با شخص شما هم حساب‌خرده‌ای داشت؟

– نخیر آقا، این ذات بچه‌پرروست. جیب شما را می‌زنند، دستش را توی جیبتان می‌گیرید. ناله می‌کند که ببخشید، زن و بچه‌ام گرسنه بودند. تا دلتان می‌سوزد و ولش می‌کنید، هوار می‌کند که این آقا جیب مرا زده، شرم و حیا که سرش نمی‌شود. واسه‌ی یک دستمال قیصریه را آتش می‌زند.

کسی حرف راست از دهنش نمی‌شنود...

توضیحاتش درباره‌ی هنرهای بچه‌پررو تمامی نداشت. گفتم بیرون باشد. بچه‌پررو را خواستم. جوانی بیست و دو سه ساله بود. خودش را این طور معرفی کرد:

شناسنامه‌ام غلامحسین، اسمم امیرهوشنگ.

سؤال و جواب تقریباً به این صورت انجام شد:

ـ آقای غلامحسین امیرهوشنگ، به موجب گزارش مأمورین، شما باعث و محرک این نزاع منجر به ضرب و جرح شده‌اید.

ـ چی؟! ما باعث دعوا شدیم؟ ای بی‌شرف‌های دروغگو! خدا شاهد است که ما موقع شروع دعوا اصلاً توی کافه نبودیم. آبجی‌مان برایش مهمان رسیده بود ما را فرستاد برایش کباب بخریم. وقتی دیدیم توی کافه دعوا است، اصلاً تو نرفتیم.

ـ چند نفر شهادت داده‌اند که شما به یکی از مشتری‌های کافه فحاشی کرده‌اید و با او گلاویز شده‌اید.

ـ دروغ گفته‌اند، آقا. به این قبله‌ی محمدی، به حضرت عباس، دروغ گفته‌اند. ما موقع دعوا اصلاً آن‌جا نبودیم که به کسی فحش بدهیم.

ـ صاحب کافه می‌گوید که شما نیم ساعت قبل از شروع زد و خورد آمده‌اید، میز گرفته‌اید، ودکا و کباب سفارش داده‌اید.

ـ ای بی‌شرف دروغگو! از همین جا دروغش معلوم می‌شود که ما هیچ‌وقت لب به ودکا نمی‌زنیم. ما ورزشکاریم، آقا!

ـ ولی بنا به گزارش پلیس، وقتی مأمورین رسیده‌اند، شما در حال مستی با پاسبان گلاویز شده‌اید.

ـ صاحب کافه پول بهشان داده واسه‌ی ما پرونده ساخته‌اند، به این سوی چراغ، به صاحب‌الزمان، پرونده‌سازی است.

ـ این آقا با شما چه خصومتی دارد که پول بدهد براتان پرونده بسازند؟

- برای این‌که خیال کرده ما با اکبرشیر رفیقیم. او ما را فرستاده کافه را به‌هم بزنیم. ما، اکبر شیر را گاهی که توی کوچه رد می‌شده دیده‌ایم. اما به امیرالمؤمنین، به قمر بنی‌هاشم، اگر تا حالا باهاش یک چای خورده باشم.

- پول برداشتن از صندوق کافه را چه می‌گوئید؟ صاحب کافه می‌گوید توی شلوغی، یک دقیقه در صندوق باز مانده، یکی از گارسون‌ها دیده که شما چند تا اسکناس از صندوق برداشته‌اید. که بعد پلیس در بازرسی بدنی در جیب شما پیدا کرده.

- این را هم دروغ می‌گوید. به ناموس زهرا، اگر ما به صندوقش دست زده باشیم. این پولی که توی جیب ما بود، آبجی‌مان داده بود برایش از کافه غذا بخریم.

- درکلانتری هم همین را گفته‌اید. اما از خواهرتان که پرسیده‌اند گفته یک ماه است که شما را ندیده.

- این سید ممد قابساز، رفیق آبجی‌مان برای خصومت با ما، به آبجی‌مان گفته دروغ بگوید که ما را گیر بیندازد.

- آقای امیرهوشنگ، بگوئید ببینم، بالاخره دیشب شما به این کافه رستوران رفته‌اید یا این‌ها همه خواب دیده‌اند؟

- رفتیم؛ اما به امام غریب توی دعوا نرفتیم. فقط یک گوشه وایستادیم. کباب آبجی‌مان حاضر بشود بگیریم برویم.

- ولی درکلانتری لااقل سر میز نشستن و غذا خوردن توی این کافه را قبول کرده‌اید!

- بی‌ناموس‌ها دروغ می‌گویند، واسه‌ی ما حرف می‌سازند. به سیدالشهدا، دروغ می‌گویند.

- ولی خودتان زیر حرفتان امضاء کرده‌اید!

- بی‌شرف‌ها جای ما امضاء کرده‌اند. این امضای ما نیست.

صاحب کافه حق داشت. هیچ تیری به زره فولادی بچه‌پررو کارگر نبود. اکبرشیر را اخواستم وارد شد. مردی قوی‌هیکل با سر تراشیده و سبیل

پرپشت، تیپ کامل کلاه مخملی‌های آن دوران، که ادعای باج‌گیری و فرستادن امیرهوشنگ برای به هم زدن کافه را تکذیب کرد و گفت که اگر کسی دعوا راه انداخته خودش باید جوابش را بدهد.

امیرهوشنگ با خونسردی گفت:

- این آقا با صاحب کافه ساخته که دعوا را گردن من بیندازد. من از این آقا هم شکایت دارم.

اکبرشیر، بطوری‌که نمی‌خواست من بشنوم- ولی شنیدم- زیر لب گفت: ای پررو!

انگار این عکس‌العمل اکبرشیر به امیرهوشنگ برخورد. چون در حالی که تا چند لحظه پیش به مقدسات عالم قسم می‌خورد که اکبرشیر را دو سه بار تصادفاً حین عبور دیده، ناگهان تغییر موضع داد، برآشفته شروع به انتقاد از خلاف‌کاری‌های او کرد:

- اگر راستش را بخواهید، آقای رئیس، همه‌ی این کثافت‌کاری‌ها زیر سر این جناب اکبرشیر است. توی محله هیچ‌کس از دست این آقا و نوچه‌هایش خواب راحت ندارد. با زورگویی و چاقوکشی روزگار همه را سیاه کرده. چند دفعه خواسته مرا هم بکشد. توی دار و دسته‌اش نرفته‌ام. تهدیدم کرده پول وعده داده، هر کاری کرده گفته‌ام نمی‌آیم. من از گرسنگی بمیرم نان باج‌گیری و بی‌ناموسی نمی‌خورم...

در این لحظه، ناگهان اکبرشیر با آن هیکل عظیم، مثل ترقه از جا پرید و قبل از این‌که پاسبان مراقبش بتواند دخالتی بکند، آن‌چنان سیلی صداداری به گوش جوانک زد که دور خودش چرخید. در مقابل عتاب و خطاب شدید من، به خاطر این تجاوز در محضر دادسرا، تمام عصیان و دل‌سوزه‌اش را در یک عبارت کوتاه فریاد زد:

- آخه آقا، بچه‌پررو به این پرروئی؟!

پاریس ۱۳۹۱

دعوای زن و شوهر

من قاضی کشیک بودم. پاسبان، پرونده زیر بغل، زن و شوهری را وارد کرد. مرد نسبتاً مسن ولی عیالش جوان و خوش بَر و رو بود. چادر به سر داشت ولی رویی نمی‌گرفت. موضوع را پیش از مطالعه‌ی پرونده می‌شد حدس زد. زن جوان با لب شکافته کمی خون‌آلود، نگاه‌های غضب‌آلودی به مرد می‌انداخت. خیلی زود شوهر را شناختم حاجی بین‌الله خودمان بود، با آرایش تازه، یعنی ته ریش سیاه و سفید را یکدست سیاه کرده بود. اما حاجی مرا نشناخت، دلیلی هم نداشت که بشناسد. چند سال گذشته بود. وانگهی او برای ما مرکزیت و مرجعیتی داشت. قیافه‌اش در ذهنمان با روزهای بی‌پولی و گرفتاری و بعد گشایش موقت، همنشین بود. ولی او از صبح تا شب ده‌ها کارمند و پیشه‌ور و روزنامه‌نگار گرفتار بی‌پولی را راه می‌انداخت که هر کدام را یک دفعه موقع گرفتن قرض می‌دید وعلتی نداشت که تصویرشان در ذهنش بماند.

پرونده حکایت از این داشت که حاجی، سر سفره‌ی ناهار، با ملاقه به صورت زن جوان زده و یک دندان او را شکسته است. شکستن دندان یک نقص عضو است، که آن موقع، طبق قانون جزا، در صورت اثبات، جرم جنایی با چند سال زندان بود.

تلاش مأمورین کلانتری برای آشتی و سازش دادن آن‌ها به جایی نرسیده بود. زن جوان آشفته‌تر از آن بود که حاضر به گذشت بشود. در دادسرا هم با اولین سؤال درباره‌ی امکان گذشت، فریادش به آسمان رفت. علاوه بر شکایت ضربتی که از حاجی خورده بود، او را به انواع منهیات و منکرات، که با شخصیت ظاهری حاجی نمی‌خواند، متهم می‌کرد. حاجی

چیزی نمی‌گفت. با حرکات عصبی تسبیح می‌گرداند و در برابر اتهامات زنش، زیر لب «لااله‌الاالله» می‌گفت.

چــون ضمن اظهارات طرفین در کلانتری، ذکری از شـــخصی به نام جمال شده بود، پرسیدم:

ـ خانم، این جمال که انگار موجب اختلاف شـــما با شوهرتان شده، کیه؟

خانم بیشتر برآشفت:

ـ از آقا بپرسید! از آقا بپرسید!... دِه بپرسید ازش! دِه بپرسید دیگه!

حاجی آقا باز سری تکان داد و گفت: «لااله‌الاالله»!

ـ حاجی آقا، از شـــما می‌پرسم، این جمال که ظاهراً باعث بگومگوی شما شده، کیه؟

ـ این زن سلیطه‌گری می‌کند، آقا، جمال شاگرد مغازه‌ی فرش فروشی بنده است، کارگر بنده است. چه ربطی به موضوع دارد؟

خانم باز آتشی شد:

ـ بله، بله، کارگر است! شاگرد است! آقای رئیس، شما را به خدا بفرستید این شاگرد دکان بیاید تماشایش کنید! کارگر بیچاره‌ی زن و بچه‌دارش را بعد از چند سال، بیرون کرد که این پسره‌ی هجده نوزده ساله را بیاورد....

حاجی حرف او را برید:

ـ مزخرف می‌گوید، آقا بیست و چند ساله است.

گفتم:

ـ خانم، شما ایرادتان به سن این آدم است؟

ـ دِه نه! عرض کردم بفرســتید بیاید ببینید. بفرستید جمال جون بیاید ببینید این قیافه مال قالی بلند کردن است؟!

برای این که میانه را گرفته باشم گفتم:

ـ خانم، چرا تعویض شاگرد مغازه را بد تعبیر می‌کنید؟ شاید که..

زن جوان عصبانی‌تر، میان حرفم دوید:

- ببینم، آقا، شما به شاگردی که جلوی اوسایش زنجیر بچرخاند و سوت بزند، می‌گویید شاگرد؟

حاجی دخالت کرد:

- حیا کن، زن!

من، باز برای آرام کردن زن گفتم:

- خانم، توجه داشته باشید، دیگر آن آداب و رسوم قدیم احترام شاگرد به اوسا در این دور و زمانه...

این دفعه حاجی تو حرف من دوید:

- ملاحظه می‌فرمایید، بی‌حیایی و بی‌آبرویی تا کجاست؟

خانم از کوره در رفت. فریاد زد:

- خفه شو، مرد! من بی‌آبرویی می‌کنم یا جمال جونت؟

بعد رو به من کرد:

- آقا، من بو برده بودم که یک جیک و پیکی با هم دارند. چون جمعه‌ها من باید قابلمه می‌بستم آقازاده را می‌برد کرج صبح تا شب، به هوای اینکه قالی می‌برند واسه‌ی شستن. تا این که دیروز رفتم در مغازه، ازش واسه‌ی یک کاری پول بگیرم. مغازه خلوت بود. جمال هم نبود. پرسیدم کجاست. اول گفت همین جاست. گفتم این جا که نیست. آن وقت برگشت گفت تشنه‌اش شده بود رفته یک سینالکو بخورد. من با جون کندن، صنّار از آقا گرفتم. می‌خواستم از مغازه بروم بیرون، دیدم چادرم گلی شده، یک گوشه نشستم پاکش کنم. همین وقت آقاجمال برگشت. پیدا بود که سینالکو را خالی نخورده، چون خیلی شنگول بود. وقتی آمد توی مغازه مرا پشت عدل فرش‌ها ندید، خیال کرد حاجی تنهاست. تا پایش را گذاشت تو، یک دفعه شروع کرد رنگ گرفتن و بشکن زدن و خواندن. بگو چی می‌خواند؟ تصنیفش را واسه این که یادم نرود، تا رفتم خانه حاشیه‌ی مجله نوشتم.

بشـــکن می‌زد و قِر می‌داد و می‌خواند: حاجی تقی، زیر سبیلت هیش، هیش، هیش مو نداره- سـرخی لپ ترا نا...نا... نارنگی و لی... لی... لیمو نداره...

حاجی باز اعتراض کرد:

- حیا کن، زن! از خدا بترس!

ولی خانم ادامه داد:

- بشـــکن می‌زد و می‌خواند. حاجی هم که خیال می‌کرد من رفته‌ام و کسـی توی مغازه نیست، وایستاده بود با خنده قر و قنبیل این تحفه را تماشـا می‌کرد. حالا رویم نمی‌شود بگویم تصنیفش از زیر سبیل حاجی به چه جاهای بدتری هم می‌رفت. وقتی هم می‌خواند زیر سبیلت هیش هیش مو نداره، همراه هر هیش چه کار زشت دیگر هم می‌کرد. بعد شنیدم که حاجی بهش با خنده گفت: باز از آن زهرماری خوردی؟ گفت خوب کردم. بعد هم، نمی‌دانم حاجی چه انگولکی بهش کرد که جیغ زد: نکن! می‌زنمت ها! من، که پشت فرش‌ها قایم شده بودم و می‌ترسیدم از جایم تکان بخورم، دیگر طاقت نیاوردم. داشـت حالم به هم می‌خورد. نزدیک بود بالا بیاورم. از جا پریدم، به دو خودم را از مغازه انداختم بیرون، برگشتم خانه.

حاجی مرتباً لااله‌الاالله می‌گفت و زنش را به بی‌حیایی متهم می‌کرد. اما وقتـی خانم، در باب منهیـات و منکرات حاجی، بعد از اشاره به مشـروب‌خوری پنهانی او، به فصل نزول‌خوری‌اش رسید، انگار کارد به جگر حاجی خورد. از جا پرید و به طرف زنش حمله برد و فریاد زد:

- ببند این دهن صاحب مرده را، پدرسوخته!

اگر منشی جلوی دستش را نگرفته بود، شاید یک دندان دیگر زنش را هم شکسته بود. خانم، با خنده‌ی تلخی این عکس‌العمل شدید حاجی را تفسیر کرد:

- دیدید، آقا؟ همه‌ی پدر سوختگی‌هایش یک طرف، این نزول‌خوری یک طرف! دیدید چطور پرید به من؟ واسه‌ی این که آن کثافتکاری‌هایش اگر رو بشـــود برایش ضرر پولی ندارد. اما این یکی، یعنی نزول‌خوری، دکان پول درآوردنش اسـت. باید زیرجُل بماند. اگر مردم بفهمند با پول نزول‌خوری مسجد ساخته، دیگر تُف هم به رویش نمی‌اندازند چه رسد به این که سِفته و براتش را قبول کنند.

حاجی گفت:

- لال بشـــی زن! کور بشـــی زن! من نزول می‌خورم؟ آقا، به شـــرفم، به ناموسـم، به انبیاء و اولیاءالله قسـم، اگر من همـــه‌ی عمرم یک دینار نزول‌خوری کرده باشم. الهی سه تا پسرم زیر ماشین بروند اگر من دیناری نزول گرفته باشم...

حاجی بعد دست‌ها را به آسمان بلند کرد و بغض در گلو نالید:

- خدایا! از تو چیزی پوشـــیده نیست. اگر من همه‌ی عمرم یک دینار نزول‌خوری کرده باشم، به عزت و شرفت، به بزرگی‌ات قسمت می‌دهم، همین جا قبض روحم کنی، همین جا طاق این دادسرا را روی سرم خراب کن!

گفتم:

- حاجی‌آقا، شـــما نزول خورده‌اید یـــا نخورده‌اید، بقیه چه تقصیری دارند؟ سـقف روی سر شما خراب بشود، من هیچی، این آقای منشی با چند سر عیال زیر آوار می‌رود!

- باید ببخشید، اما شما نمی‌دانید یک همچو بهتانی به یک مسلمان چه می‌کند، کجایش را الو می‌زند!

قسم‌های حاجی درباره‌ی پرهیزش از رباخواری و فحش و نفرین به رباخواران عالم تمام شدنی نبود. باز تلاش کردم میانه را بگیرم. خانم فقط به این شرط حاضر بود از گناه حاجی بگذرد که او را فوراً طلاق بدهد و

حاجی می‌گفت اگر شاه رگش را هم بزنند حاضر به طلاق دادن نیست و زنش باید آن قدر بنشیند که موی سرش مثل دندان‌هایش سفید بشود. ولی من به حکم وظیفه برای ایجاد سازش بین آن‌ها پافشاری می‌کردم.

خانم، وقتی اصرار زیاد مرا به ایجاد صلح و آشتی دید، مشت روی میز کوبید و فریاد زد:

ـ نمی‌خواهم، آقا، مگر زور است. من شوهری که زیرسبیلش هیش مو نداره نمی‌خواهم. این خودش شوهر دارد. من شوهر شوهردار نمی‌خواهم.

عاقبت، حاجی را با وجه‌الضمان سنگینی به زندان فرستادیم. که البته روز بعد تأدیه کرد و آزاد شـد. ولی تصوّر می‌کنم یک شـب استراحت در زندان فرصتی بود که به زندان طولانی در صورت محکومیت به جرم نقص عضو، فکر کند. چون بعد، شنیدم که قضیه به طلاق ختم شد.

من، مثـل معمول که موارد جالب توجه را در دفترچه‌ای یادداشت می‌کردم، مورد حاجی و عیالش را زیرعنوان «شوهر شوهردار» ضبط کردم و حاجی، برای بار دوم از صحنه‌ی ذهن من بیرون رفت.

ولی انگار این حاجی بین‌الله در سرنوشـت من، به حکم ازلی، نقشی داشت، بطوری که خواهیم دید.

جرم درجهٔ زیر بغل

از الزامات شغل قاضی، با همه احترام و تشریفی که داشت، چون با طبع احساساتی من سازگار نبود، سخت به تنگ آمده بودم و راه فراری می‌جستم، از قضا یک کنکور ورودی وزارت امور خارجه پیش آمد. شرکت کردم و قبول شدم. قرار بود بعد از انجام تشریفات اداری، از دادگستری به آنجا منتقل بشوم. آخرین ایام دادگستری را سپری می‌کردم. دادستان دادگاه جنحه‌ی شهرستان تهران بودم.

یکی از آخرین پرونده‌هایـی که در دست رسیدگی داشتیم، پرونده‌ی شکایت خلیل آقا –یا به قول خودش حاجی‌خلیل‌آقا – آشپز سفارت یکی از کشورهای شرقی در تهران، از همسر جوانش، زهرا، و دکتر جوان همسایه، به جرم داشتن روابط نامشروع بود.

از خصوصیات این پرونده که آن را از پرونده‌های مشابه کاملاً متمایز می‌کرد، یکی زیبایـی افسانه‌ای زهرا، زن خلیل‌آقا بود. این زن که شاید بیست‌ودو سه سالی داشت نه آن چنان زیبا بود که هر کس بتواند توصیفش کند. توصیف‌های حافظی – نوگل خندان، بالا بلند عشوه‌گر، روی خوش و موی دلکش، نرگس مست نوازش کن مردم‌دار – را به یاد می‌آورد. چادری بود اما به حکم آنکه پریرو تاب مستوری ندارد، رو نمی‌گرفت. در نتیجه – این را دیده بودم – که سر راه عبور او، آن همهمه و ولوله‌ی جمعیت همیشه حاضر در راهروهای کاخ دادگستری ناگهان ساکت می‌شد. انگار مردها با دیدن او و نفس‌ها را در سینه حبس می‌کردند. این اولین باری بود که در مدت پنج سال خدمت قضایـی به چنین لعبتی در دادگستری برمی‌خوردم. نمی‌دانم خلیل‌آقا این آیت زیبایـی را در کدام گوشه‌ی کرمان پیدا کرده

بود. خصوصیت دیگر پرونده زمختی و زنندگی حالات و حرکات خود خلیل‌آقا بود که نقطه‌ی مقابل رفتار نرم و آرام زن جوانش بود.

خلیل‌آقا از آن زمره ارباب رجوع بود که در کنار راه‌های قانونی یعنی استدلال و ارائه شواهد و مدارک ادعاشان، از سروصدا و داد و فریاد به عنوان یک تاکتیک دفاعی، استفاده می‌کردند. هر بار که در دادگاه حاضر می‌شد یک پیت حلبی همراه داشت. از نوع پیت‌های کوچک پهن مخصوص روغن ماشین، که در پیچی داشت. آن را می‌آورد و جلوی پایش می‌گذاشت. تکیه‌کلامی هم داشت که «هر کس یک تکلیفی دارد» و همیشه همراه لفظ «تکلیف» به پیت حلبی اشاره می‌کرد.

نمی‌دانم از خودش یا از زبان وکیلش شنیده بودیم، به هرحال از جلسه اول این را می‌دانستیم که پیت حلبی محتوی بنزین بود. خلیل‌آقا آن را همراه می‌آورد و با تأکیدی که بر لفظ «تکلیف» می‌کرد، می‌خواست بفهماند که اگر دادگاه تکلیفش را آنطور که او می‌خواهد معین نکند، خودش تکلیف خود را انجام می‌دهد، یعنی فی‌المجلس خود را آتش می‌زند. مکمل پیت بنزین یک کبریت بود که آن را هم کنار دستش می‌گذاشت. علاوه بر این صحنه‌آرایـی تهدیدآمیز، شگرد دیگری هم برای ارعاب دادگاه داشت. به قصد نشان دادن حساسیتش در مسائل ناموسی، روی جای زخم قدیمی بزرگی که روی سر داشت می‌زد و می‌گفت: «این باج و خراج ناموس است.»

آنطور که از اشاراتش می‌فهمیدیم، میزان مجازات طرف‌های خود را هم خودش پیشاپیش به نمایندگی از طرف دادگاه معین کرده بود: زنش زهرا به سه ماه و دکتر جوان به سه سال زندان باید محکوم می‌شدند تا وجود گرامی او از سوختن در شعله‌های آتش بنزین در امان می‌ماند. مشکل این بود که اولاً از نظر قانون جزای آن موقع، مجازات هر کدام، از زن شوهردار و مردی که با زن شوهردار رابطه نامشروع برقرار می‌کرد،

متساویاً شش ماه تا سه سال زندان بود. ثانیاً در پرونده دلیل محکم و به اصطلاح محکمه پسندی بر وقوع جرم رابطه‌ی نامشروع وجود نداشت. خلیل‌آقا یک روز در مراجعت به خانه خبر شده بود که دکتر همسایه در غیاب او از زنش زهرا عیادت کرده است. به وجود رابطه‌ای بین آنها شک برده بود. با دیدن ته لیوان فالوده‌ی سیب روی میز، که زهرا با آن از دکتر پذیرایـی کرده بود، سوءظنش تقویت شده بود. وقتی موضوع را با پسر عمویش، که راننده کامیون بود و چند خانه آن طرف‌تر منزل داشت در میان گذاشته بود، پسر عمو گفته بود که چند وقت پیش یک شب از بالای پشت‌بام خانه‌اش دیده که زهرا جلوی در خانه با دکتر مشغول بگو بخند است. زنش را سخت کتک زده بود. زن از ترس به خانه‌ی مادر خود در آن نزدیکی پناه برده و به خانه برنگشته بود. در نتیجه خلیل‌آقا از زهرا و دکتر همسایه به دادسرای تهران شکایت کرده بود. زن جوان و دکتر عیادت را تأیید می‌کردند ولی بگوبخند در کوچه و هر گونه رابطه‌ای را منکر بودند.

این مشکلات پرونده، یک مشکل هم ازطرف ما داشت. آقای شهرستانی، رئیس دادگاه که از قضات قدیمی دادگستری بود، از اولین جلسه با دیدن پیت بنزین روحیه‌ی خود را باخته بود. علت هم داشت. چندی پیش از آن، در یک محاکمه، وقتی حکم محکومیت متهمی را صادرکرده بود، متهم به محض شنیدن حکم، ناگهان با چاقویـی که معلوم نبود چطور به دست آورده، جلوی چشم قاضی رگ گردن خود را زده بود. آقای شهرستانی از دیدن گردن خون آلود آن جوان حالش بهم خورده و غش کرده بود. بعد هم هر چند مجروح از حادثه جان بدر برده بود، او بر اثر شوک روحی چند روز بیمار و بستری شده بود. با شروع رسیدگی به شکایت خلیل‌آقا و دیدن پیت بنزین ناراحتی روحی‌اش کاملاً محسوس بود. من پیشنهاد کردم که به مأمورین دستور بدهیم به خلیل‌آقا اجازه ندهند پیت بنزین را به دادگاه بیاورد. آقای شهرستانی موافقت نکرد. به میان حرفم دوید:

- نه، نه. خواهش می‌کنم همچون کاری نکن! به وکیلش گفته اگر نگذارند پیت را توی دادگاه بیاورد خودش را توی سرسرا آتش می‌زند. اگر دم در کاخ هم جلویش را بگیرند توی خیابان آتش می‌زند.

من با آقای شهرستانی رابطه‌ی دوستانه‌ای داشتم. او هم به من به علت تفاوت زیاد سنی، به چشم پسرش نگاه می‌کرد تا آنجا که گاهی به من «تو» می‌گفت.

چون نگران ناراحتی قلبی‌اش بودم ول نکردم:

- آقای شهرستانی، این مرد این سروصدا را می‌کند که طرفش را بهتر تیغ بزند و یک پول بیشتری از او تلکه کند. به شما اطمینان می‌دهم که این مرد خود بسوزان نیست، دروغ می‌گوید. اجازه بدهید بگویم جلوی پیت بنزینش را بگیرند.

زیر بار نرفت و گفت:

- اگر ده درصد، حتی پنج درصد احتمالش باشد، من این دفعه دیگر سکته می‌کنم.

ناچار خلیل آقا و پیت بنزینش را راحت گذاشتم. جلسه‌ی اول به علت تصادف کامیون پسرعمو در جاده‌ی خراسان و حاضر نشدن او که شاهد اصلی بود، جلسه‌ی محاکمه تجدید شد.

در جلسه‌ی دوم، خلیل آقا قبل از همه آمد و با پیت بنزینش سر جایش نشست. پیش از رسمی شدن جلسه‌ی دادگاه، آقای شهرستانی، طبق معمول که طرفین دعوا را به صلح و آشتی دعوت می‌کرد، گفت:

- آقای خلیل آقا، توجه داشته باشید که محکوم شدن همسرتان به حیثیت خود شما لطمه می‌زند. وانگهی شاید این تصور و سوءظن شما در مورد خانم زائیده توهم و خیالات باشد. خانم شما کسالتی داشته، حالش خوب نبوده تلفن زده دکتر آمده عیادتش کرده، و دکتر هم از قدیم گفته‌اند محرم است. وقتی...

خلیل‌آقا طاقت نیاورد تا آخر گوش کند. برافروخته به میان حرف رئیس دادگاه دوید:

– آقای رئیس، چرا تلفن نزده برود به شوهرش آن دکتر محرم را بیاورد؟

– خوب، لابد درد داشته، تاشما، که می‌گوئید محل کارتان شمران است، به شهر می‌آمدید و دنبال دکتر می‌رفتید شاید دیر می‌شده، یک دردهایـی هست که...

– زن مسلمان ازدرد می‌میرد، بی‌شوهرش دکتر خبر نمی‌کند که بیاید زیربغلش درجه بگذارد.

– حالا شما هم، آقای خلیل‌آقا، این قدر درجه زیر بغل گذاشتن رابه دل نگیرید. این چه اهمیتی دارد؟

خلیل‌آقا ازکوره در رفت. فریاد زد:

– چی؟ اهمیت ندارد؟ آقای رئیس، خودتان را جای من بگذارید. جسارت است اگر دکتر پشت‌سر شما خدای نکرده زیر بغل عیالتان درجه بگذارد چه حالی پیدا می‌کنید؟ اگر عیالتان واسه‌ی دکتر فالوده‌ی سیب درست کند، شما باکی‌تان نمی‌شود؟

آقای شهرستانی با لبخند جواب داد:

– والله، حاجی‌آقا، دکتر پشت سر ما و جلوی روی ما، زیر بغل عیالمان که هیچی، جای دیگرش هم درجه گذاشته برای هر درجه گذاشتن هم پول صدتا فالوده‌ی سیب از ما گرفته.

خلیل‌آقا یک لحظه بغض کرد و ناگهان اشکش جاری شد. البته بعد دانستیم که گریه کردن به میل و اراده، تخصص شناخته شده‌ی او بود که همه خوب می‌دانستند. اشک‌ریزان، در حالیکه دو دستی بر سر خلوت رنگ و حنا بسته خود می‌زد، نوحه‌وار گفت:

– ای خدا! ای خدای بیچاره‌ها! نه آبست نه آبادانی، نه گلبانگ مسلمانی.

پس چرا من باید باج و خراج ناموس بدهم؟ وقتی زیر بغل عیال رئیس دادگاه هم درجه می‌گذارند، من باید تکلیفم را بدانم...

این را گفت و در پیت حلبی را باز کرد. وکیلش که تازه از راه رسیده بود، دستش را گرفت. آقای شهرستانی با رنگ و روی پریده شروع به رفع و رجوع کرد. ولی خلیل‌آقا که می‌خواست از اول کار میخ زورگویی را محکم کند، فریاد کشید:

– آهای مردم! آهای مسلمان‌ها! کلاهتان را کج بگذارید! می‌گویند درجه زیر بغل مهم نیست. بروید دکتر بیاورید زیربغل زنتان درجه بگذارد. یک خرده هم سیب دماوندی ببرید خانه، زنتان واسه‌ی دکتر فالوده‌ی سیب درست کند.

این های‌وهوی خلیل‌آقا آرامش‌ناپذیر بود. تا آنجا که من بجای رئیس دادگاه، به او تشر زدم. اما همین موقع، خوشبختانه قال و مقال اعصاب خردکن شاکی را ورود تماشایی متهمان جبران کرد. زن و مرد جوان به اتفاق وکلای مدافعشان وارد شدند و با طراوت و زیبایی و جوانی خود فضای گرفته‌ی دادگاه را روشن کردند. دکتر جوان هم پای زیبایی زهرا در می‌آمد. جمال مردانه‌ی کم‌نظیری داشت. من تا آن موقع زن و مردی به این زیبایی و این قدر جور، یک جا جمع جز روی پرده سینما ندیده بودم. این آخری‌ها هم که فیلم تازه‌ی تایتانیک را دیده‌ام می‌توانم با اطمینان بگویم که بازیگران زیبایش، کیت وینسلت و لئوناردو دیکاپریو، هیچ از زهرا و دکتر محاکمه‌ی ما سر نبودند. در این جلسه موجبات رسیدگی و صدور حکم فراهم بود. ولی چون خلیل‌آقا وکیلش را عزل کرد محاکمه انجام نشد. منظور واقعی خلیل آقا را نفهمیدیم. ولی بهانه‌ی ظاهری‌اش این بود که دیده وکیلش توی راهرو با طرف پچ‌وپچ می‌کرده است.

وکیل خلیل‌آقا یک وکیل تسخیری بود. خلیل آقا، با اینکه آدم فقیری نبود و خانه‌ی شخصی و ماشین فولکس واگن داشت، آنقدر ناله‌ی نداری

کرده بود که دادگاه یک وکیل مجانی برایش تعیین کرده بود. بهرحال جلسه تا تعیین وکیل تازه تجدید شد.

وقتی تنها شدیم، باز سعی کردم با یادآوری جزئیات حرف‌ها و حرکات خلیل‌آقا، که همه حکایت از دورویـی وریاکاری داشت، خیال آقای شهرستانی را راحت کنم. ولی او گوش شنوا نداشت. درنهایت با بی‌حوصلگی گفت:

ـ ولم کن، برادر. شاید تا جلسه‌ی آینده من مردم و از دست این مردکه خلاص شدم.

❊❊❊

عاقبت روز محاکمه رسید. وقتی من به کاخ دادگستری رسیدم، با اینکه هنوز خیلی به وقت شروع محاکمه داشتیم، خلیل‌آقا با پیت بنزینش در سرسرا نشسته بود. آقای شهرستانی هم مدتی بود که آمده و باز مشغول ورق زدن پرونده بود. می‌گفت که از فکر و خیال این پرونده درست نخوابیده و تاریک روشن بیدار شده است. گفتم:

ـ بهرحال امروز باید حکم بدهید. آنچه مربوط به من است، از ادعانامه طوری دفاع می‌کنم که اگر خواستید بتوانید راحت حکم تبرئه متهمین را صادر کنید.

آقای شهرستانی تکانی خورد:

ـ شما چه راحت از تبرئه صحبت می‌کنید! هیچ فکر این مردکه‌ی دیوانه را کرده‌اید؟

ـ راه دیگری ندارید. با دلیل درجه‌ی زیربغل و فالوده‌ی سیب چطور می‌توانید این زن و این مرد را محکوم کنید؟

ـ داشتم به همین موضوع فکر می‌کردم. حالا خودمانیم، به اعتقاد تو این‌ها رابطه داشته‌اند یا نه؟

گفتم:

۹۲

ـ اعتقاد من یک چیز است و دلایل پرونده یک چیز دیگر. شما روی دلایل موجود در پرونده حکم می‌دهید. اما چون اعتقاد مرا می‌پرسید باید عرض کنم من علم غیب ندارم که بدانم اینها کارشان به عشق‌بازی کشیده است یا نه. اما از یک موضوع کاملاً اطمینان دارم که دلشان پیش هم است. آن جلسه‌ی اول را به یاد بیاورید. این دختر وقتی با آن لهجه‌ی کشدار کرمانی‌اش می‌گفت که به آقای خسروخان فقط به چشم دکتر نگاه می‌کند و برای او احترام زیاد دارد، آدم باید کر و کور باشد تا موقع تلفظ خسروخان، آن ارتعاش عاشقانه صدایش و برق چشم‌هایش را نشنیده و ندیده باشد. این خسروخان او به گوش من «خسروجان» بلکه «خسروجان عزیز دلم» رسید.

آقای شهرستانی آمد یک چیزی بگوید اما من ادامه دادم:

ـ اما دوست داشتن دلیل رابطه‌ی نامشروع نمی‌شود. حکایت پرونده اینست که زن جوان ناخوش بوده، دکتر صدا زده، دکتر به عیادت او رفته، البته درجه زیربغل او گذاشته فالوده‌ی سیب هم خورده، ولی آیا اینها دلیل وجود رابطه‌ی نامشروع است؟ می‌ماند ادعای پسر عموی خلیل آقا که گفته ساعت ۸ شب از بالای پشت‌بام از فاصله‌ی دور دیده که دکتر و زهرا با هم بگوبخند می‌کنند. هرچند از ریخت این راننده‌ی کامیون در جلسه‌ی پیش پیدا بود که خودش به زهرا نظر دارد، اما ملاحظه کرده‌اید که وکیل دکتر شهادت او را کاملاً بی‌اعتبار کرده، چون از شهرداری محل گواهی آورده که آن موقع مدتی بوده که تنها چراغ کوچه شکسته بوده و تاریکی کوچه مکرر مورد اعتراض شفاهی و کتبی اهل محل قرار گرفته است، در نتیجه در کوچه‌ی تاریک آن موقع شب هیچ قیافه‌ای قابل رؤیت و تشخیص نبوده است.

آقای شهرستانی با قیافه‌ی درمانده‌ای گفت:

ـ اینها را می‌دانم. ولی چه کنیم که یک جنازه‌ی سوخته روی دستمان

نماند؟

گفتم:

- ببینید، الان تا شروع محاکمه حدود نیم ساعت مانده است. اجازه بفرمایید من در حضور شما با خلیل‌آقا صحبت کنم تا به شما ثابت بشود که این پیت بنزین تاکتیک این آقا برای تیغ زدن دکتر است.

- بسیار خوب، اما مرگ من مواظب باش یک حرفی نزنی که یک وقت این دیوانه...

- قول می‌دهم. من دور از شما می‌نشینم با او صحبت می‌کنم. شما سرتان را به پرونده گرم کنید اما گوشتان به ما باشد. اگر دیدید من دارم خطر حریق را زیاد می‌کنم می‌توانید حرفم را قطع کنید.

خلیل‌آقا را خواستم. در ردیف صندلی‌های مخصوص تماشاچیان، کنار دست او نشستم و گفتم:

- آقای حاجی خلیل‌آقا، می‌دانید که من به عنوان دادستان وظیفه دارم که نگذارم حقی از شما ضایع بشود.

- خدا از بزرگی کمتان نکند. باور بفرمایید، جناب دادستان، اینها مرا از زندگی ساقط کرده‌اند. از زور بیچارگی دیگر حواس برایم نمانده است. خدا شاهد است به ناموسم، به مرگ سه فرزندم، شب تا صبح از فکر و خیال خواب ندارم.

- آقازاده‌ها کجا هستند، حاجی‌آقا؟

- همان طرف‌های گلپایگان خودمان یک مختصر علاقه‌ای داریم، همان جا کشت و زرع می‌کنند.

- مادرشان فوت شده؟

- نخیر، هست. ولی ما این زهرا را که خواستیم بگیریم، مادرش گفت به مرد زن‌دار دختر نمی‌دهم، ما هم ناچاری مادر بچه‌ها را که اینجا بود طلاق دادیم رفت پیش پسرهایش.

- عجب! خوب، حاجی‌آقا، شما باید هر خبری و اطلاعی از قضیه دارید که به روشن شدن موضوع کمک می‌کند به من بفرمائید تا بتوانم اجرای عدالت را تسهیل کنم. اولاً بفرمائید ببینم، شما این دکتر را قبلاً می‌شناختید و رابطه‌ای با او داشتید؟

- والله، عرض کنم که این دکتر همسایه‌ی ماست. چند وقت پیش یک دفعه نصف شب ما حالمان بهم خورده بود، نفسمان بالا نمی‌آمد. زهرا را فرستادیم دنبال آقای آصف‌الحکما، چون تلفنش جواب نمی‌داد.نبود یا شبی در را روی زهرا وا نکرد. ناچاری گفتم رفت این دکتر را آورد، آمپول زد نفسمان جا آمد....

خلیل‌آقا بغض کرد و ادامه داد:

- بشکند این گردنم! خودم کردم که لعنت بر خودم باد. من چه می‌دانستم. خیال کردم دکتر است شرف دارد. چه می‌دانستم که بعد پشت سر ما می‌آید زیر بغل ناموس ما درجه می‌گذارد و فالوده‌ی سیب می‌خورد.

- حالا بفرمائید اوضاع و احوال و قرائنی که باعث شد شما به وجود یک رابطه‌ای بین آنها ظن ببرید چه بوده؟

- والله، جناب دادستان، عرضم به حضورتان که ما، غیر از یک روز هفته، باقی روزها صبح تا شب تو سفارت‌خانه گرفتاریم. یک روز چند تا ادویه‌جات کم داشتیم با راننده سفارت رفتم سبزه‌میدان که تهیه کنم. برگشتنی، نمی‌دانم چطور شد، انگار به دلم افتاد که سر راه یک سری به منزل بزنم. به راننده گفتم سرکوچه نگه داشت. اول در زدم، اما چون خیلی عجله داشتم، با کلید وا کردم. با این دکتر خسروخان توی راهرو سینه به سینه شدم. گفت خانم کسالت دارند اما مهم نیست. رفتم تو، دیدم زهرا نشسته پای رادیوساز و آواز گوش می‌کند. گفتم دکتر واسه‌ی چی آمده بود؟

گفت: دلم درد می‌کرد تلفن زدم آمد. گفتم تو که دلت درد می‌کند

چرا ساز و آواز گوش می‌کنی؟ گفت: مگر ساز و آواز واسه‌ی دل درد بد است؟ چشمم افتاد، دیدم یک ته لیوان مثل شربت روی میز است. گفتم: این چیه؟ گفت: یک خرده فالوده‌ی سیب واسه دکتر درست کردم. گفتم: پس در زدم نیامدی واکنی، داشتی فالوده‌ی سیب درست می‌کردی؟ گفت: نه، درجه زیربغلم بود.

خیال کردم عوضی شنیدم. گفتم چی زیر بغلت بود؟ گفت: درجه. این را که شنیدم انگار خون جلوی چشمم را گرفت. یک جفت سیلی بهش زدم که دور خودش چرخید و خورد زمین... شما که مرد هستی حال مرا می‌فهمی، جناب دادستان.

گفتم:

- البته، البته.

- فکرش را بکنید. پشت سر شوهر درجه زیر بغل زن بگذارند. زن هم جای اینکه بزند توی گوشش، برایش فالوده‌ی سیب درست کند. دنبالش کردم فرار کرد رفت خانه‌ی مادرش که همسایه‌ی ماست. می‌خواستم بکشمش.

- به هر حال کار عاقلانه‌ای کرده‌اید که او را نکشتید.

- یعنی وقتش را هم نداشتم. باید برمی‌گشتم سفارت شام را درست می‌کردم.

- بالاخره خانم چی شد؟ برگشت منزل؟

- نخیر دیگر برنگشت، می‌گوید طلاق می‌خواهم. اما مگر من طلاق می‌دهم؟ بگذارید جرمش ثابت بشود، با پس گردنی برش می‌گردانم. صبر می‌کنم مخصوصاً جرم آن دکتر نادکتر ثابت بشود... فکرش را بفرمائید!... بگو بی‌همه چیز، چطور جرئت می‌کنی پشت سر من زیر بغل ناموس من درجه بگذاری؟... یک درجه‌ای زیر بغل خواهر و مادرت بگذارم که دکتری از یادت برود!

خلیل آقا مکث کرد. بعد از چند لحظه با صدای آهسته‌ای که انگار می‌خواست آقای شهرستانی نشنود گفت:

- جناب دادستان، این را به شما که آدم بامعرفتی هستید می‌توانم بگویم. باور کنید که تا ته جگرم می‌سوزد که این دکتر زیر بغل زهرا درجه گذاشته... آخر، من همیشه بهش می‌گفتم: زهرا، این زیربغلت مرا می‌کشد. یعنی شما نمی‌دانید چه زیر بغلی دارد! به شما که محرم اهل و عیال مردم هستید، این را می‌توانم بگویم.

طبیعی است که حرف خلیل‌آقا را که به محرمیت من نسبت به اهل و عیالش حکم می‌داد صمیمانه تصدیق کردم. ولی در سن و سال پیشرفته‌ی امروزی باید اعتراف کنم که آن موقع، تخیل زورمند و سرکش جوانی، بدون آنکه خواسته باشم، «زیر بغل کشنده»ی زهرا را در نظرم آورد. آرواره‌ام تیر کشید و گلویم خشک شد.

بهرحال، پس از این اعتراف خلیل‌آقا، در این فکر بودم که شاید احساسات لطیف او را دست کم گرفته‌ام، که خودش چرتم را پاره کرد. باصدای بغض‌آلودی گفت:

- اینها مرا از زندگی انداخته‌اند. من بیچاره کلی درآمد داشتم. همه از دستم رفته.

- چطور؟ مگر از کار بیکارتان کرده‌اند؟

- نخیر، ولی من، ورای حقوقم ازمهمانی‌های آقای سفیر کبیر کلی درآمد داشتم. مهمان‌های اینها وقتی از شام راضی هستند یک مشت لیره‌ی طلای جورج کف دست آشپز می‌ریزند. من بعد از هر مهمانی به اندازه‌ی پانصد تومان و هزار تومان انعام داشتم که از دستم رفته.

- بعد از این گرفتاری خانوادگی شما، مهمان‌ها دیگر انعام نمی‌دهند؟

- انعام را آخر شب وقتی می‌خواستند بروند می‌دادند. حالا طوری شده که من تا شام تمام می‌شود دسر و چای وشربت را می‌گذارم عهده‌ی سر

پیشخدمت، خودم را می‌رسانم شهر، که هوای زهرا را داشته باشم.

- وضع ناجوری دارید، حاجی‌آقا. از یک طرف عذاب روحی درجه‌ی زیربغل، از طرف دیگر ضرر لیره‌های جورج. کاش می‌شد دادگاه این دکتر را علاوه بر زندان، به پرداخت خسارت مادی شما هم محکوم می‌کرد. لابد در این مدت از سه چهار هزار تومان انعام محروم شده‌اید.

- مگر نمی‌شود ازش گرفت؟

- شما، حاجی‌آقا، دلیل و مدرکی برای این خسارت ندارید. مگر اینکه سفیر کتباً گواهی کند که شما از فلان مبلغ انعام محروم شده‌اید.

- چی؟ آقای سفیر گواهی کند؟! آقای سفیر اگر بفهمد من انعام می‌گیرم پدرم را می‌سوزاند. من موقع خداحافظی مهمان‌ها، دم در خروجی به هوای اینکه پالتویشان را بگیرم بپوشند یا کتشان را ماهوت‌پاک‌کن بزنم، با کت و کلاه سفید آشپزی می‌روم جلو، یواشکی سکه‌ها را می‌گذارند کف دستم.

- حیف، واقعاً حیف!

- حالا، آقای دادستان، نمی‌شود دادگاه همین طوری خسارت بنده را، که قسم پایش بخورم حساب کند و حکم بدهد؟

- نه، متأسفانه نمی‌شود. مگر اینکه این دکتر بیاید وجداناً قبول کند خسارت شما را تأمین کند.

خلیل‌آقا یا نفهمید یا خودش را به نفهمی زد:

- خوب، این که باید سه سال زندان برود، دیگر پول نمی‌دهد.

- البته این هم هست. مگر اینکه شما بزرگواری کنید و زندانش را ببخشید که در آن صورت...

نگذاشت حرف من تمام بشود نعره زد:

- فهمیدم می‌خواهید بفرمائید به من پول بدهد از ناموسم بگذرم. ای خدا! این هم دادگاه و دادستان! به ما می‌گویند بیا ناموست را بفروش! پس ناموس فروختنی است!

بعد سیلی صداداری به سر خلوت خود زد و گفت:

- این باج و خراج ناموس است. اگر این هم حساب نیست ما تکلیف خودمان را بدانیم.

من آمدم حکایت «باج و خراج ناموس» را از او بپرسم ولی آقای شهرستانی که دیده بود خلیل‌آقا دست به پیچ پیت بنزین برده از جا پرید و گفت:

آقای دادستان وقت محاکمه تقریباً رسیده، اگر موافق باشید شروع کنیم. با اشاره‌ای او را آرام کردم. دست خلیل‌آقا را گرفتم و کمکش کردم که در پیت بنزین را سرجایش بگذارد. گفتم:

- حاجی‌آقا، چرا خودتان را ناراحت می‌کنید؟ من ناچارم همه ی امکانات حل و فصل دعوا را برای شما روشن کنم. گفتم، که اگر این آدم بیاید چهار پنج هزار تومن خسارت شما را بدهد گذشت می‌کنید یا نه. فرمودید نه، نمی‌کنم. این دعوا ندارد.

- شما از اصل نمی‌باید این حرف را می‌زدید. شما باید آدم خودتان را بشناسید.

- حاجی‌آقا، من از لحظه‌ی اول شما را شناختم. فهمیدم یک مسلمان معتقد و یک آدم اصولی هستید. اول، روی دلسوزی فکر کردم شما از صبح تا شب پای اجاق عرق می‌ریزید چرا باید از این انعامی که پول عرق جبیتتان است محروم شده باشید، اما بعد که فکرش را می‌کنم می‌بینم هفت‌هشت هزار تومن دردی را از شما دوا نمی‌کند.

- قربان محبت شما... می‌دانم که از روی دلسوزی این فرمایش را فرمودید.

- اصلاً اگر شما به این معامله رضایت می‌دادید چطور می‌توانستید جلوی مردم سربلند کنید و بگوئید بله، من بعد از این همه بی‌ناموسی آمدم هشت نه هزار تومان گرفتم از متجاوز به ناموسم گذشتم؟

خلیل آقا که ظاهراً به مذاکره علاقه‌مند شده بود گفت:

- حالا این جا هیچی، اگر به گوش خویش و قوممان برسد خون راه می‌اندازند. ما اهل گلپایگانیم. گلپایگانی اگر زنش بی‌اجازه حمام برود خونش مباح است.

- پس اصلاً فکرش را نفرمائید، حاجی‌آقا، بگذارید محکوم بشود برود زندان تا چشمش هشت تا بشود تا بشود از این غلط‌ها نکند. این که نشد. دیگر سنگ روی سنگ بند نمی‌شود که یکی بیاید زیربغل زن مردم درجه بگذارد، بنشیند باناموس مردم فالوده‌ی سیب بخورد، بعد هم بیاید توی دادگاه دم آخر ده‌هزار تومن به شوهر بدهد و گذشت بگیرد...

بعد از جا بلند شدم، در حینی که بطرف جایگاه خودم می‌رفتم ادامه دادم:

- شما گفتید اهل گلپایگان هستید. چه شهر سرسبز قشنگی است گلپایگان. من دو دفعه گلپایگان بوده‌ام، چه مردم مهمان‌نوازی دارد. مهمان خانواده‌ی معظمی بودم. لابد شما معظمی‌های گلپایگان را می‌شناسید؟

خلیل‌آقا که از جا بلند شده و دنبال من راه افتاده بود، آهسته گفت:

- جناب دادستان فرمودید که...؟

- عرض کردم که گلپایگان چه شهر قشنگی است. آن رودخانه قبله و آن امامزاده هفده تن و...

- نه، پیش از آن چی می‌فرمودید؟

- پیش از آن... گفتم مهمان خانواده‌ی معظمی بودم... آقای شهرستانی، محاکمه را شروع نمی‌فرمائید؟

- نه، پیش‌تر...؟ راجع به این دکتر چی فرمودید؟

- راجع به دکتر؟... چی عرض می‌کردم؟

آقای شهرستانی دخالت کرد:

- من شنیدم که می‌گفتید اگر دکتر خسارت ایشان را بپردازد...

دیگر وقت آن بود که تکلیف دادگاه را روشن کنم. بازوی خلیل‌آقا را گرفتم. چشم در چشم، با لحن تندی گفتم:

– آقای حاجی خلیل‌آقا، دیگر وقتی نمانده. یک سؤالی می‌کنم، خیلی صریح زود تند فوری، آره یا نه جواب بدهید. اگر دادگاه به این دکتر فشار بیاورد که بیست‌هزار تومن نقد خسارت شما را بدهد از شکایتتان گذشت می‌کنید یا نه؟

خلیل‌آقا یک لحظه مبهوت برجا ماند. بعد ناگهان تسبیحی را که در دست داشت به دیوار کوبید و فریاد زد:

– ندارد، آقا ندارد. من می‌دانم ندارد. تازه از دانشکده درآمده، بیست‌هزار تومنش کجا بود؟

سر جایم نشستم و گفتم:

– نه، جناب شهرستانی محاکمه را شروع بفرمائید. امکان سازش نیست.

– خلیل‌آقا جمله‌ای را شروع کرد:

– حالا البته اگر...

ولی آقای شهرستانی نگذاشت تمام کند. دستور شروع محاکمه را داد. زهرا و بعد دکتر و وکلای آنها وارد شدند.

از جریان محاکمه می‌گذرم. همین قدر باید بگویم که وکلای متهمان چهره‌ی خلیل‌آقا را از آنچه بود تیره‌تر کردند. اولاً معلوم شد که حاجی خلیل‌آقا مثل آن شیاد گیسو بافته‌ی حکایت گلستان، که «با قافله‌ی حجاز به شهر درآمد که از حج می‌آیم»، حاجی نیست. و مثل سلف شیاد خود که – «شعرش به دیوان انوری یافتند»– با آن همه ادعای مسلمانی، نزول‌خور است و معمولاً برای وصول طلبش از آدم‌های آبرودار تنگدست، از تاکتیک پیت بنزین استفاده می‌کند. ازطرفی جای زخم سرش، که آن را «باج و خراج ناموس» می‌دانست، جای ضربت یک قندشکن بود. خلیل‌آقا، قبل از گرفتن زهرا، روی زن اولش یک زن دومی گرفته بود. چون بو برده

بود که این زن یک گردن‌بند طلای چل سکه دارد، مکرر با آزار و کتک و شکنجه این گردن‌بند او را خواسته بود. یک روز که به این منظور، طناب به گردن عیالش انداخته بود، زن بیچاره در آخرین لحظه، برای نجات جان خود با قندشکنی که حین تقلا به دستش افتاده بود، ضربت سختی به سر خلیل‌آقا زده بود، بطوری که زخمش را با ده دوازده بخیه بهم آورده بودند.

باری، وقتی منشی رأی دادگاه را می‌خواند، تا به اینجا رسید که: «به علت فقد دلیل متهمان از بزه انتسابی تبرئه می‌شوند»، در حالی که تبسم خفیفی بر چهره‌های زهرا و دکتر نقش بست، نعره‌ی خلیل‌آقا در و پنجره را لرزاند.

- چی؟ تبرئه؟ ای خدا! ای مسلمان‌ها! بدادم برسید! کفر و ظلم دنیا را گرفته. درجه زیربغل زن مردم...

ولی آقای شهرستانی با جرأت و شهامت تازه‌ای صدای او را، با این اخطار که اگر به عربده‌جویی ادامه بدهد به جرم اخلال نظم دادگاه یکسر به زندان می‌رود، ساکت کرد.

صدایش را برید. اما تا بیرون رفت داد و فریاد تظلم و ناله و نفرین به ما را در سرسرای کاخ از سر گرفت.

وقتی تنها شدیم آقای شهرستانی، که انگار یک بار سنگین صد کیلویی را زمین گذاشته بود، روی صندلی ریاست ولو شد. گفتم:

- ملاحظه فرمودید که خیلی مشکل نبود.

- اما دیدی که به من و تو در محکمه‌ی عدل الهی وعده‌ی ملاقات داد.
گفتم:

- در محکمه‌ی عدل الهی هم مطمئن باشید نه تنها حکم شما را تأیید می‌کنند، بلکه آن چیزهایی را که ما، به ملاحظه سنت‌ها و مقررات زمینی جرأت نکردیم به او بگوئیم، رئیس محکمه با وارستگی آسمانی به او خواهد گفت: «پیرمرد متجاوز! حضرت باریتعالی این دو جوان را برای

هم خَلق فرموده بود. تو غلط کردی با آن سر آفت زده‌ات خودت را انداختی وسط، به زور پدرسوختگی و پول نزول‌خوری حق این طفلک‌ها را غصب کردی!» البته خلیل‌آقا به عدالت محکمه‌ی عدل الهی سخت اعتراض می‌کند که چرا به یک آشپز شرافتمند زحمتکش ظلم می‌کنند. ولی تا می‌آید در پیت بنزینش را باز کند، رئیس محکمه صدا می‌زند:

آهای، نگهبان! بیائید این آشپز زحمتکش را با پس گردنی ببرید با پیت بنزینش بیندازید طبقه هفتم زیر جهنم توی هاویه‌ی مخصوص هیتلر و آیشمن، که برای آنها آش زهرمار بپزد!

***

خیلی بعد، وقتی دیگر در دادگستری نبودم، یک روز تصادفاً وکیل زهرا را دیدم. از او پایان ماجرا را جویا شدم. گفت: این بچه‌ها در محکمه‌ی استیناف هم تبرئه شدند و خلیل‌آقا خودش را نسوزاند. زهرا، با گذشتن از مهریه‌اش و بخشیدن همه زر و زیورش به او، طلاق گرفت. خلیل‌آقا نمی‌دانم به چه ملاحظه‌ای، شاید اشتباه محاسبه، با یک بیوه‌زن مسنی ازدواج کرد. این زن انتقام همه را از او گرفته، روزگارش را سیاه کرده، ولی او از ترس مهریه‌ی سنگین و برادرزن، که قصاب خشنی است و یک بار او را به قصد کشت کتک زده، جرئت نمی‌کند طلاقش بدهد.

از زهرای ماهرو پرسیدم، گفت:

- زهرا با یکی از همکاران ما ازدواج کرده و فعلاً باهم به اروپا رفته‌اند.

پاریس
نوروز ۱۳۷۸

مکمل خاطرات دیپلماتیک

عاقبت فرصت کردم کتاب خاطرات دکتر اصلان افشار، آخرین رییس تشریفات دربار محمدرضا شاه را بخوانم. منظورم از این تذکار معرفی کتاب نیست و نمی‌تواند باشد. چون بیش از یک سال از انتشارش می‌گذرد و از قرار، بسیار موفق بوده، به طوری که به چاپ مکرر رسیده است قصد نقد مطالب آن را هم ندارم. در این باب، از من صالح‌تر بسیارند. اما از آنجا که خدمت اداری نویسنده در وزارت امور خارجه بوده و بیشترِ خاطراتش از وقایع ماموریت‌های خارج سفارت در اتریش، امریکا، آلمان، حکایت دارد، کتاب برای من که عمده‌ی خدمت اداری‌ام در همان وزارتخانه ‌-البته در سطح کمرنگ‌تری- گذشته، بسیار خاطره‌انگیز است. شرح وقایع و گرفتاری‌های نویسنده موجب شده که بعضی خاطره‌های جوانی، جا خوش کرده در پستوی ذهنم، جلوی دست بیایند. خاطره‌ی گرفتاری‌های خودم یا وقایع و حوادث وارده بر دیگران که از نزدیک شاهد وقوعشان بوده‌ام. از آنجا که بعضی از این خاطره‌ها مشابه یا مکمل خاطرات آقای افشارند، به سیاق عناوین باب روز، مثل «ضد خاطرات»، به این نوشته، عنوان «کمک خاطرات» داده‌ام. اما اگر اینجا و آنجا گوشه‌ای از خاطرات آقای افشار را به اختصار یا به اشاره می‌آورم، تنها به عنوان انگیزه و یادآورنده‌ی خاطره‌ای است که نقل می‌کنم و نباید به موافقت یا مخالفت با نظریات ابراز شده تعبیر گردد.

بسیاری از رجال دوران شاهنشاهی در خاطرات خود از ناروایی‌های گذشته، به عذر این که در حکومت کنونی نارواترش را دیده‌اند، آسان می‌گذرند. در حالی که این، تقصیر در حق نسل جوانی است که نبوده و

حق دارد بداند، چگونه و چرا رژیمی که به ظاهر سخت پابرجا می‌نمود،
آن‌طور آسان از هم پاشید. آقای افشار چنین نمی‌کند. جابه‌جا، از بعضی
ناحقی‌ها در آن دوران انتقاد ملایمی می‌کند. ولی از دو مسئول تباهی، یکی
اسدالله علم وزیر دربار و دیگری نصیری رییس سازمان امنیت، لااقل آنجا
که از نزدیک شاهد فسادشان بوده، به شدت انتقاد می‌کند. می‌گوید این دو
با هم هر کاری می‌خواستند می‌کردند. ولی بلافاصله متذکر می‌شود که اگر
به عنوان نماینده و کارگزار شاه شلتاق می‌کردند، شاه خودش خبر نداشت.

باری، آقای افشار بعد از ایراد به سیاست ساواک که می‌خواسته در هر
سفارتخانه‌ی شاهنشاهی یک نماینده داشته باشد و این که ماموران ساواک
بیشتر از زندگی خصوصی کارمندان سفارت گزارش می‌دادند، به اولین
گرفتاری خود با این سازمان می‌رسد. آن وقتی است که سفیر در اتریش
بوده و ساواک اصرار داشته سرهنگی به نام گلسرخی را به سفارت تحمیل
کند که سفیر با زحمات زیاد مانع می‌شود، ولی این سرهنگ با سرمایه‌ی
ساواک یک چلوکبابی در وین راه می‌اندازد، که وظایف امنیتی‌اش را در
کنار منقل انجام دهد.

گرفتاری بعدی نویسنده وقتی است که به سمت رییس کل تشریفات
دربار منصوب می‌شود. ساواک طی نامه‌ای، یکی از همکاران او – بیژن
اصلانی – را فاقد صلاحیت اشتغال در تشریفات دربار اعلام می‌کند. آقای
افشار به دفاع از صلاحیت بیژن اصلانی – که از قضا من هم در زمان
ماموریتم در وین می‌شناختم و او را جوانی نجیب و محترم یافته بودم-
برمی‌خیزد. از یک دوست قدیمی خانوادگی در سازمان امنیت می‌خواهد
که پرونده‌ی این شخص را به او نشان بدهد، عاقبت با مشکلات بسیار
به پرونده دسترسی می‌یابد و ملاحظه می‌کند که تنها سند عدم صلاحیت
جوان، بنا برگزارش همان سرهنگ چلوکبابی، عضویت او در کنفدراسیون
دانشجویان ایرانی در دوران تحصیل است. که در نهایت، بر اثر تهدید

عارض شدن به اعلیحضرت، ساواک کوتاه می‌آید و می‌نویسد اشتباه شده و نتیجه‌ی تشابه اسمی بوده است. نویسنده به عنوان نتیجه‌ی حکایت می‌نویسد:

«ببینید چقدر آدم‌ها بودند که زورشان به سازمان امنیت نمی‌رسید که حقیقت را بگویند».

من برای پررنگ کردن این نتیجه‌گیری آقای افشار، می‌خواهم یک نفر از این جماعت «چقدر آدم‌ها» را که زورش نرسید و دیدم چطور به سزای بی‌زوری‌اش رسید، معرفی کنم. اما می‌ماند برای بعد از حکایت حساب سوزی‌های آقای علم. آقای افشار از سوء استفاده‌ی مالی علم نسبت به یک بازرگان ایرانی مقیم آلمان به نام حسن قریشی، به میزان هشت میلیون فرانک سوییس، به تفصیل حکایت می‌کند. و جای دیگری به شرح بی‌حسابی علم نسبت به خود، وقتی سفیر در واشنگتن بوده می‌پردازد: «دکتر اقبال، رییس شرکت نفت، مبلغ یک میلیون دلار به واسطه‌ی آقای علم برای مخارج سفارت ایران در واشنگتن حواله می‌کند که آقای علم دویست هزار دلارش را فرستاده، ولی هشتصد هزار دلار آن ته کیسه‌ی واسطه مانده و سفیر از ترس گوشمالی جرات نکرده آن هشتصد هزار دلار باقی مانده را از آقای علم مطالبه کند. تا بعد از انقلاب در مراکش، یک بار این موضوع را با شاه درمیان می‌گذارد: اعلیحضرت با پریشانی فرمودند تقصیر خودتان است که این گونه موارد را اطلاع نمی‌دادید تا من شخصا پی‌گیری کنم. گفتم: اعلیحضرتا، اگر عرض می‌کردم، یک ماه بعد نامه‌ای از مقامات مربوطه به من می‌رسید که: «با تشکر از زحماتی که تا حال انجام داده‌اید، چون شغل دیگری برای شما در نظر گرفته شده سفارت را به کاردار تحویل دهید». اعلیحضرت فرمودند بله، همه چیز ممکن بوده است».

آقای افشار با همه‌ی ملاحظه کاری، این واقعیت شناخته شده‌ی رژیم گذشته را آشکارا عنوان می‌کند که اگر آن موقع از بی حسابی و

نادرستی ندیم و مشاور و وزیر همه کاره‌ی دربار شکایت به شاه می‌برد، باید بی‌درنگ جامه‌دان خود را می‌بست و به انتظار حکم عزل و احضار می‌نشست. به یادماندنی این است که شاه این واقعیت را انکار نکرده و فرموده بله، همه چیز ممکن بوده است! و ظاهرا آقای افشار نخواسته از شاه بیمار و سرگردان بپرسد چرا همه چیز ممکن بوده است؟

به هر حال، نگرانی آقای افشار از «ممکن شدن» یک مورد ممکن شده در باره‌ی یک سفیر، همان سفیری که به اشاره گفتم زورش به ساواک نرسید، را به یاد من می‌آورد اما پیش از نقل حکایت، بد نیست به نحوه‌ی تنبیه این چنین سفیرانی بی‌زور نگاهی بیاندازیم. چون این کار، مثل همه‌ی کارهای جدی قاعده و رسم و رسومی دارد و وزیر دربار، یا هر ندیم خاص، قاعده‌دان است و از راه معقول وارد می‌شود. مثلا برای تنبیه سفیر بی‌احتیاطی که طلبش را مطالبه کرده یا به کاری ایراد گرفته و یا دستوری را آن‌طور که باید خالصانه انجام نداده، شکایت بردن به اعلیحضرت مطلقا مطرح نیست. رسم و سنت جاری و ساری ندیمان خاصه، در این باب است که به لطف تیمسار، برای مقصر پرونده‌ی سفارشی قتالی آماده می‌کنند و برای به عرض رساندن، منتظر روز نحس شاه می‌مانند. چون شاه هم آدم است و مثل هر آدم دیگری روز سعد و نحس دارد. دقیقا یک روز کج خلقی، که شاه فرضا با شهبانو بگومگو داشته و یا از عوارض مزاجی مثل میگرن، یا ترشی معده ناراحت است و یا مثلا بر اثر خارش بیضتین تا دم صبح نخوابیده (مثلا روز ۱۳۵۳/۸/۲۶، به گزارش علم) و خلقش فوق‌العاده تنگ است، با ظاهری بی‌غرض، پرونده‌ی سفارشی ساواک را به شرف عرض می‌رسانند. عکس‌العمل شاه عصبی و عصبانی معلوم است: این مردکه را کی به سفارت فرستاده؟ بگویید این سفیر احمق- نادان- کمونیست- مصدقی (بسته به میزان روغن داغ ساواک) را از سفارت بیندازند بیرون، اصلا دیگر به وزارت خارجه راهش ندهند!

باری، از نامه‌ی فرضی احضار تأدیبی، که آقای افشار برای احتراز از آن، خردمندانه قید هشت‌صدهزار دلار را زده است، به یک نامه واقعی احضار برسیم که من شخصا دیده‌ام و شاهد موجبات و عواقب آن بوده‌ام. و آن حکم عزل و احضار سفیر بی‌زور، محمود میرفخرایی است که با یک دوره فاصله، پیش از آقای افشار سفیر در اتریش بود.

میرفخرایی در مهرماه ۱۳۳۹ به وین وارد شد. این شخص نه از بازماندگان اشراف قجر، بلکه از نسل جوان درس خوانده ، از یک خانواده‌ی متوسط گیلانی بود.مقامات اداری را پله‌پله، ظرف بیست و چند سال، تا مدیر کلی وزارت خارجه طی کرده بود. انسانی شریف و به حد اعلی پای‌بند عزت و آبروی ایران و ایرانی بود. خیلی زود نزد هموطنان مقیم اتریش اعتباری یافت. تا آنجا که می‌توانم بگویم دانشجویان مخالف و معترض، در تظاهرات‌شان هرچه می‌گفتند، به شخص او بی‌احترامی نمی‌کردند. این آقای سفیر با این که آدم بی‌هوش و بی‌فراستی نبود و در باب کاردانی در امور سیاسی و دیپلماسی کم‌وکسری نداشت، متاسفانه اقتدار زیرورو کننده‌ی ندیمان خاصه و درباریان نازک کار را نمی‌شناخت. در نتیجه، خیلی آسان قربانی سرسختی خود در دفاع از اعتقاداتش شد. در حالی که دو سال از ماموریت چهار ساله‌اش می‌گذشت، حکم عزل و احضارش را «حسب‌الامر ذات مبارک ملوکانه» دریافت کرد. عاقبتی که ما همکارانش، حسین شهیدزاده رایزن اول و من، دبیر سوم سفارت، از مدتی پیش خطرش را احساس کرده و به او هشدار داده بودیم.

همان‌طور که گفتم، من حاضر و ناظر و شاهد این واقعه‌ی احضار سفیر بودم. و از آنجا که شاهد ابتدا باید خود را معرفی کند، یادآور می‌شوم که من از بهار سال ۱۳۳۹، چند روز بعد از پایان سفر رسمی شاه به اتریش، به عنوان دبیر سوم سفارت وارد وین شدم. سفیر میرزا جوادخان عامری، از رجال سالخورده‌ی دوران رضاشاه بود که تا آخر تابستان بیشتر نماند و

به ایران برگشت. سفارت در عمارت بزرگی در یکی از محله‌های خوب وین قرار داشت. طبقه‌ی بالا اقامتگاه سفیر و دفتر سفارت در طبقه‌ی زیر آن بود. ابواب جمع سفارت، سه عضو کادر سیاسی و دو کارمند محلی بود. علاوه بر آن‌ها، سه نفر دیگر که عضو وزارت خارجه نبودند، در سفارت مشغول فعالیت یا بروبیا بودند. یکی سرهنگ ژیان زیبایی، نماینده‌ی رسمی ساواک که به عنوان دبیر اول سفارت معرفی شده بود. یکی آقای دکتر عزیزی بود که اصلا مقیم اتریش و دارای همسر اتریشی بود و نمی‌دانم از طرف کدام وزارت یا سازمان، حتی قبل از تاسیس سفارت، به مستشاری فرهنگی سفارت مامور شده بود. سومی آقای سجادی، معروف به پروفسور سجادی، که سمت مشخصی نداشت و می‌گفت نقاش مخصوص اعلیحضرت است، و نفهمیدیم از کجا حقوق می‌گرفت. سرهنگ زیبایی زیاد آن جا دوام نیاورد. کمی بعد از ورود من، به تهران احضار شد. علت هم به طوری که می‌گفتند، این بود که در سفر رسمی شاه به اتریش، یک قدری روغن داغ تدابیر امنیتی را زیاد کرده بود. به این معنی که معلوم نیست با چه تدبیر و به کمک چه آجیل و نقل و نباتی، پلیس اتریش را واداشته بود که دو سه روزه‌ی سفر شاه، به بهانه‌های مختلف چهار پنج نفر از دانشجویان مخالف و معترض را توقیف کنند و این امر زیاد مورد تایید قرار نگرفته بود. از آنچه درباره‌ی تخصص او در کار «مقربیاری» گفته‌اند، چه اندازه واقعیت داشته باشد، نمی‌دانم. ولی این را فراموش نمی‌کنم که یک روز از هشتاد ضربه شلاقی که برای مقر آوردن، به اسماعیل پوروالی روزنامه‌نگار معروف زده بود، به عنوان انجام یک وظیفه‌ی اداری یاد کرد.

باری، سرهنگ زیبایی از وین رفت و نمی‌دانم وظائفش را به عهده‌ی کدام نایب سرهنگی گذاشت. باید یادآوری کنم که اتریش خیلی مورد توجه سازمان امنیت بود. چون تعداد دانشجویان ایرانی در وین و شهرهای

اتریش، شاید به علت ارزانی نسبی زندگی نسبت به سایر کشورهای اروپایی، خیلی زیاد بود.

در میان این دانشجویان یک دانشجویی بود که علاقه داشت به عنوان کارمند محلی در سفارت استخدام شود. درباره‌ی این منظور او، از تهران به سفیر ندایی دادند. ولی او زیر بار نرفت. و متعاقبا در برابر پیام‌های توصیه‌ی مقامات بلند پایه، مشکل کار را روی کاغذ آورد. به وزارت خارجه نوشت که این جوان عنوان دانشجو دارد، ولی درسی نخوانده و امتحانی نداده است. از آنجا که نسبت خویشی با شهبانو دارد و سایر دانشجویان از این بستگی آگاهند، استخدام او به عنوان کارمند سفارت، به اعتبار دولت و حیثیت خانواده‌ی وی لطمه می‌زند. از طرفی، بهانه‌ی تازه‌ای به دست دانشجویان مخالف برای ابراز مخالفت و جاروجنجال می‌دهد. اگر وزارت خارجه استخدام او را لازم می‌داند، بهتر است به سفارت دیگری در یکی از کشورهای اروپایی مامورش کنند. به جای جواب، حکم این دانشجو از تهران رسید که در سفارت به خدمت مشغول شود. جوان که همه جا گفته بود که چه سفیر بخواهند و چه نخواهند، در سفارت مشغول خواهد شد آمد و نشست، حالا بر سفیر چه گذشت، بماند. تنها کاری که او کرد، از معرفی او به وزارت خارجه‌ی اتریش امتناع کرد. کاری هم به او ارجاع نمی‌کرد. محیط ناسالم و متشنجی در سفارت به وجود آمده بود. من که متصدی امور کنسولی سفارت بودم، برای خواباندن سروصدا، دخالت کردم. به سفیر گفتم کارهای کنسولی زیاد است، موافقت کند که من این جوان را وردست بگیرم که نوشتن متن تجدید و تمدید و تفکیک گذرنامه‌ها را به عهده‌ی او بگذارم که بنویسد و برای امضای من بیاورد. بعد از کمی تردید، موافقت کرد. فکر کردیم حالا که این دانشجو به مقصودش رسیده و مشغول کار شده، دیگر قال قضیه کنده شده. اما بعد از مدتی خیلی کوتاهی دانستیم که دستخوشِ خیال شده بودیم. چون ناگهان

حکم احضار سفیر رسید. ظاهراً شاه طوری عصبانی دستور احضار داده بود که عباس آرام، وزیر خارجه‌ی هیچ در هیچ، که میرفخرایی را خوب می‌شناخت، ترسیده بود حتی آن فرمول احضاریه‌ی فرضی آقای افشار، یعنی «با تشکر از زحمات شما...» را به آن اضافه کند. سفیر معزول که هنوز به سن پنجاه سالگی نرسیده بود، در نیمه‌ی این اولین ماموریت به ایران برگشت و دیگر به هیچ ماموریتی فرستاده نشد، تا جایی که تقریباً در سنین جوانی به بازنشستگی رسید. من و دوستم دکتر شهیدزاده، از همان موقع به هر دری که زدیم که اطلاعی از علت مغضوب شدن او به دست بیاوریم، ولی موفق نشدیم. به هر حال برای ما معمایی بود. فکر می‌کردیم که شاه به تازگی سفیر قدیم را قبل از موقع احضار کرده و سفارت را به درجه‌ی سفارت کبری ارتقاء داده و سفیر کبیر تازه‌ای با عنوان اعزام خدمتگزاری صدیق و مورد اعتماد به منظور تشدید روابط مودت دو کشور، به اتریش فرستاده، نمی‌آید برای خاطر یک دانشجوی خویشاوند شهبانو– که شاید خود شهبانو هم از قضیه خبر نداشته– این سفیر را به طور ناگهانی، نصفه کاره وسط ماموریتش معزول و احضار کند، آن هم وقتی که آن دانشجوی مورد نظر در سفارت کاری و میزی پیدا کرده است! ظن پرونده‌سازی ماموران و حقوق بگیران ساواک، البته از ذهن‌مان غایب نبود. ولی آخر چرا!؟ و به چه محتوایی؟

باید بگویم که من و دوستم شهیدزاده، به علت بی‌تجربگی جوانی، از یکی از کیفیات انفعالی سیستم توصیه کاری‌های سطح بالا غافل بودیم، و آن عکس‌العمل حامی مقتدر آن دانشجوی به آرزو رسیده بود، که بعدها با مکانیسم آن آشنا شدیم. زیاد پیچیده نیست. بزرگی که در آغاز توصیه‌ی آن دانشجو را کرده و البته با این اقدام، پیش بستگان او و برای خود حسابی باز کرده، وقتی می‌بیند که بین توصیه و انجام آن مدتی فاصله افتاده و احتمالاً با فشاری اضافی از جانب دیگری، توصیه در راه مانده را هل داده‌اند، به

ملاحظه‌ی احتراز از این قبیل سرکشی‌ها در آینده، مجازات سفیر نافرمان یا کندکار را برنامه‌ریزی می‌کند. بله آقا! این که نشد! اگر یک سفیر، آن هم یک سفیر بی‌پشت و پناه، توصیه‌ی مرا پشت گوش بیندازد، دیگر سنگ روی سنگ بند نمی‌شود! تیمسار، لطفا یک نگاهی پرونده‌ی محمود میرفخرائی، سفیر در اتریش بیندازید ببینید چیزِ دندانگیری دارد؟

در مراجعت به ایران در پایانِ مأموریت، باز موضوعِ علتِ احضار را پی گرفتیم. اطلاعی که دوستم شهیدزاده توانست از طریقِ یکی از قدرتمندانِ وزارت خارجه به دست بیاورد، در این حد بود که پرونده‌های ساواکش خراب بوده که با آن کج تابی با قوم خویش ملکه، روی هم قلنبه شده و کارش را ساخته است.

این پرونده‌ی خراب ساواک را خیلی بعد، زمان تق و لق شدن ساواک، یکی از خود سازمانی‌ها، روی بعضی دودستگی‌ها و اختلافات شغلی ، به میرفخرایی بروز داد. ولی وقتی بود که دیگر دستش به هیچ جا بند نبود و کسی گوش شنوا به حرف‌هایش نداشت. این مدارک «خیانت» موجود در پرونده یکی، یک عکس میرفخرایی با یکی از سران دانشجویان مخالف بود. دیگری گزارشی مبنی بر این که در سفارت وین مخالفینی را که علیه کشور و شاهنشاه شعار داده‌اند، با شام و ناهار پذیرایی کرده است، من همان‌طور که شاهد حاضر و ناظر جرم اصلی سفیر، یعنی کج‌تابی با دانشجوی خویشاوند شهبانو بوده‌ام، از قضا شاهد عینی این دو علت مشّدده جرم، یعنی عکس با سردسته‌ی دانشجویان مخالف و پذیرایی شام و ناهار دشمنان کشور و شاهنشاه هم بوده‌ام که برای تکمیل این ماجرای عبرت انگیز، اکنون ادای شهادت می‌کنم.

عکس با دشمن که یکی از علل مشّدده‌ی جرم است، اگر به طور کامل چاپ شده بود، من هم باید جزء مجرمین حساب پس می‌دادم. زیرا دو متر آن طرف‌تر ایستاده بودم. پذیرایی عید سفارت بود که به به روی

همه‌ی هم‌وطنان باز بود. سه چهار نفر از سران دانشجویان مخالف هم حضور یافته بودند. تصور می‌کنم قصد داشتند در فرصت مناسب نزد مهمانان خارجی علیه رژیم شعار بدهند و مطالبی بگویند. ولی وقتی دیدند خارجی در مجلس نیست و از طرفی سفیر با روی گشاده تبریک عید گفته، تظاهرات در برابر یک عده زن و بچه‌ی ایرانی را بی‌حاصل دیدند و سروصدایی نکردند. حتی از عکاسی که عکس‌های یادگاری می‌گرفت، رو پنهان نکردند. عکسی که بعدا به عنوان سند خیانت سفیر، نمی‌دانم، به اهتمام کدام یک از وظیفه‌خوارهای لباس شخصی وارد پرونده‌ی ساواک شد. جزیی از عکس یک صحنه‌ی پذیرایی است که میرفخرایی را در حال صحبت با یکی از سران دانشجویان مخالف نشان می‌دهد. این دانشجو که متاسفانه اسمش را فراموش کرده‌ام، بعد از پایان تحصیلات و بازگشت به ایران از فضلای برجسته و نامدار مملکت شد که آثار مختلفی از او در مجلات علمی و ادبی دیده‌ام.

اما علت مشدده‌ی دوم، یعنی خیانت پذیرایی شام و ناهار از دشمنان اعلیحضرت، از اولی وسیع‌تر و پیچیده‌تر است. زیرا علاوه بر سفیر میرفخرایی، پرسناژهای متعدد دیگری، از دانشجو و غیر دانشجو، زن و مرد و پیر و جوان و ایرانی و خارجی، حتی شاعر نوپرداز، در آن نقش داشته‌اند که باید آن‌ها را شریک جرم به حساب آورد. از آنجا که من هم یکی از پرسناژهای مذکور بوده‌ام نمی‌دانم شهادتم پذیرفتنی است یا نه، ولی به هر حال ادا می‌کنم.

محمود میرفخرایی مجرد بود و تنها زندگی می‌کرد. اما یک وقتی، برای مدت کوتاهی از این تنهایی درآمد. از طرفی، برادرش از لندن و مادرش از رشت، به دیدنش آمدند.

برادرش دکتر مجدالدین میرفخرایی طبیب و شاعر نوپرداز، معروف به گلچین گیلانی، از زمان جنگ دوم مقیم دائمی انگلستان بود. من که بعضی

سروده‌هایش از جمله قطعه‌ی معروف «باران» او را در مجله‌ی «سخن» خوانده بودم، چند شبی صحبتش را غنیمت شمردم. مادر میرفخرایی زن سالخورده و مهربان، یک گیلک خالص ساده بود. دو سه بار ما را به غذای رشتی مهمان کرد. البته خیلی از اصطلاحات گیلکی‌اش را نمی‌فهمیدیم که سفیر یا همکارمان جلال صالحی رشتی برامان ترجمه می‌کردند.

در همین ایام مهمانداری سفیر، ناگهان یک روزی سفارت مورد هجوم عده‌ی زیادی از دانشجویان مخالف قرار گرفت. در حیاط سفارت اجتماع کردند و شعار دادند. سفیر نمایندگانی از آن‌ها را پذیرفت و وعده داد که تقاضای‌شان را که سیاسی بود، به تهران گزارش کند. دانشجویان قبول کردند که حیاط سفارت را تخلیه کنند، ولی تصمیم گرفتند که چند نفرشان تا رسیدن پاسخ تقاضای‌شان، در سفارتْ متحصن شوند و بی‌تعارف در ساختمان اتراق کردند. سفیر وقتی از این تصمیم مطلع شد، به آن‌ها پیغام داد که تا وقتی سفارت باز است، مثل سایر ارباب رجوع می‌توانند بمانند. ولی بعد باید بروند و ماندن‌شان جرم است.

در این میان، مادر میرفخرایی، که از قضا در اقامتگاه تنها مانده بود و صدای جمعیت و بگومگوها در سفارت را شنیده سخت ترسیده بود. از «هرمینه»، مستخدمه‌ی اتریشی رزیدانس — که تهمینه صدایش می‌زد — به زبان بی‌زبانی خواسته بود که صالحی همشهری‌اش را خبر کند که بیاید بگوید چه خبر شده است، صالحی رفت و آمد. پرسیدم، گفت: این خانم که از رشت پا بیرون نگذاشته، از شعارهای حقوق بشر و زندانی سیاسی و تحصن و این چیزها سردر نمی‌آورد . در حد امکان توضیح دادم که نترسد. پرسید: این محصلین که می‌گویی می‌خواهند این جا بمانند، درس و مشق‌شان چه می‌شود؟ شام و ناهار کجا می‌خورند؟ کجا می‌خوابند، اصلا پدر و مادرشان کجا هستند؟ وقتی گفتم که پدر مادرها در ایرانند، ناراحت شد. برای تنهایی و بی‌کسی‌شان به گریه افتاد. به هرحال گمان

نمی‌کنم درست متوجه موضوع شده باشد.

اما تحصن دانشجویان طولانی نشد، نمی‌دانم در نتیجه‌ی چه اتفاقی یا چه تصمیمی، شش هفت نفری که مانده بودند، قبل از پایان کار ما، سفارت را ترک کردند و ما خوشحال شدیم که قضیه به همین‌جا ختم شد و به جای باریک‌تری نکشید. روز بعد، من برای کاری به دفتر سفیر رفتم، و به واقعه‌ی دیروز اشاره کردم، خندید و گفت: چیزی نمانده بود که دیشب من و برادرم گرسنه بمانیم. چون مادرم پلو رشتی مخصوصی را که با تدارک قبلی و زحمت زیاد برای ما پخته بود، خیلی سخاوت‌مندانه قابلمه کرده بود و به هرمینه داده بود که برای دانشجویان، به قول خودش طفلک‌های دور از ننه بابا، ببرد. که خوشبختانه آن‌ها با بی‌اعتنایی دست نزده رد کرده بودند و ما به شاممان رسیدیم. به هر حال، چون تا میرفخرایی بود، تظاهرات و تحصن دیگری در سفارت نداشتیم و مادر میرفخرایی هم دوبار به وین نیامد، من تردیدی ندارم که گزارش پذیرایی شام و ناهار دشمنان اعلیحضرت، احتمالاً با پیش غذا و سالاد و دسر به اهتمام یکی از شخصی پوش‌ها، از لای همین پلو رشتی دست‌نخورده، لای پرونده‌ی سفارشی ساواک سر خورده و در موقع مناسب به شرف عرض رسیده است.

نتیجه آن که اگر محمود میرفخرایی، مثل آقای افشار، یک آشنای خانوادگی در ساواک داشت که به کمک او موفق می‌شدند پرونده‌ی سّری او را ورق بزنند، این انسان نجیب و خدمتگزار بی‌سبب مغضوب و مطرود نمی‌شد و کارش به پریشیدگی نمی‌کشید.

❋❋❋

خاطرات آقای افشار آنجا که به واقعه‌ی اشغال کنسولگری ایران در ژنو به وسیله‌ی کنفدراسیون دانشجویان اشاره می‌کند، مرا به آخرین سال‌های فعالیت دیپلماتیکم برمی‌گرداند. در این باب به اختصار می‌نویسد:

«موقعی که آقای خوانساری در ژنو بودند، تعدادی از دانشجویان به سر کنسولگری ایران در ژنو ریختند و مقداری از اوراق سفارت را بردند و در حقیقت، کنسولگری را اشغال کردند تا این‌که پلیس آن‌ها را بیرون کرد. بعد معلوم شد این دانشجویان چه کسانی هستند». سپس اضافه می‌کند که آقای خوانساری (سفیر سیار شاه و مامور سرپرستی دانشجویان ایرانی در اروپا) اسامی آن‌ها را به سفارت‌خانه‌ها بخشنامه کرده که اگر مراجعه کردند، گذرنامه‌شان را تمدید نکنند، حتی از آن‌ها بگیرند».

توضیح می‌دهم که این واقعه در خرداد ماه ۱۳۵۵ ‑ ژوئن ۱۹۷۶ ‑ اتفاق افتاد. من در آن موقع رییس اداره‌ی سوم سیاسی وزارت خارجه، یعنی اداره‌ی مسئول روابط با کشورهای اروپای غربی، از جمله سوییس بودم. با این که طبق مسئولیت نظام‌نامه‌ای‌ام، باید در جریان واقعه قرار می‌گرفتم، تا سه ماه بعد یعنی تا نیمه‌ی شهریور ماه کوچک‌ترین خبری به من داده نشد. در نیمه‌ی شهریور هم جریان واقعه را در روزنامه‌های اطلاعات و کیهان خواندم. در این تاریخ، این روزنامه‌ها با تیتر درشت از قول سخنگوی وزارت خارجه نوشتند که دولت سوییس نماینده‌ی ساواک را که به عنوان دبیر اول نمایندگی دائمی ایران در دفتر اروپایی سازمان ملل معرفی شده بود، به علت عملیات خلاف قوانین سوییس از آن کشور اخراج کرده است و در مقابل، دولت شاهنشاهی، ضمن رد اتهام مزبور، بر اساس معامله‌ی متقابل، وابسته‌ی سفارت سوییس در تهران را به عنوان عنصر نامطلوب، حکم به اخراج می‌دهد.

در این اطلاعیه‌ی وزارت خارجه بود که خبر اشغال کنسولگری اتفاق افتاده در سه ماه قبل را خواندیم، تعدادی افراد، منحرف وارد سرکنسولگری شاهنشاهی شده و کارمندان سرکنسولگری را در همان محل بازداشت کرده و اسناد و اوراق سرکنسوگری را ربوده‌اند. دولت سوییس هم دست روی دست گذاشته و به خلافکاران اجازه داد با راحتی سوییس را ترک کنند. در

این اطلاعیه‌ی سخنگوی وزارت خارجه، همچنین خواندیم و مطلع شدیم که دولت ایران به خاطر این اشغال سرکنسولگری به دادستان ژنو شکایت کرده، ولی متعاقبا شکایت خود را پس گرفته است.

من، مسئول روابط با اروپای غربی در وزارت خارجه، مثل هر خواننده‌ی اطلاعات و کیهان خبری در این حد و نه بیشتر به دست آوردم. وقتی دنباله‌ی حکایت را بیاورم، خواهید دید که وزیر خارجه هم خیلی بیش از من به دست نیاورده بود. طبیعی است، همان طور که تا اینجا از جریان کار بی‌خبر مانده بودم، از اقدامات بعدی هم باید بی‌اطلاع می‌ماندم. همین طور هم شد. تا این‌که مدت‌ها بعد به مناسبتی، از ماوقع مطلع شدم. اما باید به ترتیب جلو برویم. اول ببینیم جریان واقعی اشغال کنسولگری، آن‌طور که خارجی‌ها از آن آگاه شدند و ما بی‌خبر ماندیم، چه بوده است. این‌را وقتی توانستیم یک شماره‌ی قدیمی «ژورنال دوژنو» مورخ ۲ ژوئن ۱۹۷٦، یعنی فردای واقعه، به دست بیاوریم، خواندیم:

«سیزده دانشجوی ایرانی دیروز به عنوان اعتراض به اقدامات رژیم شاه سرکنسولگری ایران در ژنو را اشغال کردند. اشغال که حدود ساعت ۱۰ صبح شروع شده بود، به مدت تقریبا یک ساعت و نیم ادامه یافته است. پلیس پس از اطلاع از واقعه، به محل رسیده و این افراد را جلب کرده است. به قرار اطلاع، تا پایان روز، ماموران مشغول تحقیق از آن‌ها بوده‌اند. بنا بر اظهار کارمندان سرکنسوگری، سرکنسول و همه‌ی کارمندان که تعدادشان به ۱۰ تن بالغ می‌شود، در محل بازداشت بوده‌اند. اشغال کنندگان به وسیله‌ی اسپری به در و دیوار اتاق‌های سرکنسولگری شعارهای مختلف نوشته و عکس‌های شاه را شکسته‌اند. پرونده‌ها را پاره کرده و تعدادی از آن‌ها را همراه برده‌اند. در اعلامیه‌ای که به امضای کنفدراسیون جهانی دانشجویان ایرانی به مطبوعات داده‌اند. اعلام شده که فقط در چند ماهه‌ی اخیر، تعداد قربانیان ترور و وحشت حاکم بر ایران به سی‌صد و شصت

نفر بالغ شده است».

بنا به نوشته‌ی روزنامه‌های سوییسی در شماره‌های بعدی، در اسنادی که به وسیله‌ی دانشجویان از کنسولگری ایران بیرون آورده شده، دلایل کافی از تمرکز فعالیت ساواک در ژنو و دخالت‌های غیر قانونی آقای مالک، نماینده‌ی سازمان در ژنو، به دست آمده و همین امر موجب اخراج نامبرده از سوییس شده است.

موضوع دیگری که توجه روزنامه‌های سوییسی را جلب کرده بود، این بود که دولت ایران در روز بعد از اشغال کنسولگری از طرف دانشجویان، شکایتی به وسیله‌ی سرکنسول به دادستان ژنو تقدیم کرده و به عنوان مدعی خصوصی، حضور در جریان دادرسی را خواسته بود ولی دوازده روز بعد، یعنی در تاریخ ۱۴ ژوئن، سرکنسول در نامه‌ای به دادستان، نه تنها شکایت خود را پس گرفته که تقاضا کرده بود تعقیب قضیه به کلی موقوف شود.

ما، در وزارت خارجه، از خبر این حمله‌ی اولیه و عقب نشینی بعدی سرکنسول، تا وقتی به روزنامه‌های سوییسی دسترسی یافتیم، به کلی بی‌اطلاع بودیم. علت را البته می‌توانستیم حدس بزنیم ولی به طور یقین، سی و دو سال بعد، یعنی بعد از انتشار جلد ششم «یادداشت‌های علم» دانستیم از متن یادداشت‌های علم مقارن واقعه، دانستیم که اشغال کنسولگری، به وسیله‌ی آقای خوانساری به اطلاع آقای علم، وزیر دربار، رسیده و تصمیم به شکایت از اشغال‌کنندگان همان موقع و همان جا گرفته شده است، و وزیر خارجه بعد از اخذ تصمیم، احتمالا برای این در جریان قرار گرفته که تلگراف رمز به آقای خوانساری، در کنسولگری ژنو، بایستی از طریق وزارت خارجه مخابره می‌شده!

در یادداشت روز دوشنبه ۱۷ خرداد ۱۳۵۵ آقای علم ـ یعنی روز ششم بعد از واقعه‌ی اشغال کنسولگری و چهار روز بعد از شکایت به دادستان

ژنو-می‌خوانیم:

«عرض کردم چنان که دیشب با تلفن به عرض مبارک رساندم، دیروز یک ساعت‌ونیم با نیکوله، که از مبرزترین وکلای حقوق ژنو است، درباره‌ی اشغال کنسولگری ایران و تعقیب اشغال‌گران صحبت کردیم، او هیچ عقیده به این کار ندارد. می‌گوید چون دوست شما هستم، به خرج خودم آمده‌ام به شما بگویم که این کار جز ضرر برای شما نتیجه‌ای ندارد. برای چند هفته بهترین تریبون‌ها را به دست ۱۳ نفر پدر سوخته می‌دهید که ۱۳ نفر وکیل کمونیست و سوسیالیست انتخاب کرده‌اند و در دادگاه ژنو هر چه دلشان بخواهد و هر مدت که بخواهند بگویند و عکاس و خبرنگار از تمام دنیا بیاورند و مسائل راست و دروغشان را به تمام دنیا برسانند. تازه شما می‌توانید هر یک از آن‌ها را به پرداخت یک‌صد فرانک و یا پنج روز حبس محکوم بکنید، نیکوله عقیده دارد باید دولت ایران با پروتست از باز شدن مجدد کنسولگری خودداری کند تا دولت سوییس دستپاچه بشود و این پدر سوخته‌ها را از ژنو بیرون کند. بعد ما آن‌ها را یکی یکی به دام می‌اندازیم. شاهنشاه فرمودند این چه مملکتی است؟ مگر ممکن است یک عده کنسولگری را اشغال بکنند، دزدی بکنند، خرابکاری بکنند، اسناد بدزدند، بعد هم از تعقیب مصون بمانند؟ عرض کردم این‌ها ادعای ماست و آن‌ها هم منکرند. بنابراین باید محکمه قضاوت بکند و تازه نتیجه‌ی قضاوت محکمه هم اگر بر فرض بی‌طرف بماند، همان محکومیت کذایی است که قبلاً عرض کردم، باید قطعاً موقوف بشود و بالاخره شاهنشاه را متقاعد کردم. چون محال است شاه در قضاوت اشتباه بکنند. با کمال تعادل مسائل را سبک سنگین می‌کنند. بعد مرخص شدم و به کارهای جاری رسیدم. دستوراتم را به ژنو و وزارت خارجه دادم. گویی بهشت را به آن‌ها داده‌ام. چون این بدبخت‌ها هم مطلب را احساس کرده بودند. منتها آن‌قدر ضعیف و مستضعف هستند که جرات حرف زدن نمی‌کنند و در نتیجه،

کار به ضرر کشور تمام می‌شود».

از عبارت «دستوراتم را به ژنو و وزارت خارجه دادم»، روشن است که منظور، دستور نوشتن همان نامه‌ای است که سرکنسول به دادستان ژنو نوشته و ضمن پس گرفتن شکایت، تقاضا کرده که تعقیب به کلی موقوف شود.

آقای علم در اوج لذت و کیف حمله به ضعف مسئولان وزارت خارجه در مقابل امریه‌ی صادر شده به روی خود نمی‌آورد که امریه‌ی شکایت به دادستان ژنو، چهار روز پیش به صلاحدید خود او صادر شده و بی‌خبر وزارت خارجه، مستقیما به ژنو ابلاغ شده است. به هر حال، فرصتی است برای او که مثل همیشه با حمله به دولت و به خصوص به وزارت خارجه‌ی هیچ‌کاره، کاردانی استثنایی خود را پیش خود تحسین کند.

اصولا برای تشخیص عقده‌های شخصیتی علم، نیازی به روان‌شناس و روانکاو نیست. شش جلد یادداشت‌های روزانه‌ی او از علائم و عوارض عقده‌ی خود بزرگ‌نمایی از طریق کوچک کردن و تحقیر دیگران مالامال است.

اما پیش از دنبال کردن این حکایت قایم موشک بازی دولت شاهنشاهی، بیجا نیست بگویم که من بعد از انقلاب، در خارج از ایران، عده‌ای از سیزده دانشجویی که کنسولگری را اشغال کرده بودند، شناختم. غالبا سرخورده از حاصل مبارزات‌شان، پرچم مبارزه‌ی تازه‌ای با حکومت جمهوری اسلامی را بلند کرده‌اند. بعضی از آن‌ها در حیات شاپور بختیار، به نهضت مقاومت ملی او پیوستند. این را هم اضافه کنم که از یکی از این به قول علم «سیزده پدر سوخته» حمید صدر، که امروزه یکی از نویسندگان نامدارِ آلمانی زبان است و از شرکت کنندگان فعال اشغال کنسولگری بوده، جزییات واقعه را که بسیار شنیدنی است، شنیده‌ام.

به تهران و دنباله‌ی واقعه برگردیم:

آخرین خبری که از واقعه منتشر شده بود، همان بود که روزنامه‌های کیهان و اطلاعات در نیمه‌ی شهریور راجع به اخراج آقای مالک، نماینده‌ی ساواک در سوییس، نوشتند. چیزی نمانده بود که من، همچنان رییس اداره‌ی سوم سیاسی – اروپای غربی – قضیه را به کلی فراموش کنم که یک روز وزیر خارجه، دکتر عباسعلی خلعتبری، که هر روز پیش شاه می‌رفت، در مراجعت از شرفیابی، مرا خواست، گفت می‌دانید که قضیه‌ی اخراج نماینده‌ی ساواک از سوییس دنباله‌ای داشته ... پیش از این که حرفش را تمام کند، گفتم نخیر نمی‌دانم، چون اطلاعات و کیهان بعد از خبر اخراج نماینده‌ی ساواک دیگر چیزی ننوشتند.

البته تعجبی نکرد. چون وقتی خودش را در آخرین لحظه در جریان کار انجام شده می‌گذاشتند، می‌دانست که من نمی‌توانستم بدانم. دستور داد یک پرونده‌ی سّری را از دبیرخانه‌اش بیاورند. نامه‌ای را از آن پرونده به من نشان داد و گفت این را همین‌جا مطالعه کنید. مطالعه‌اش وقتی نمی‌خواست، نامه‌ای بود به کلی سّری به امضای وزیر امور خارجه خطاب به پانزده نفر از وزیران با روسای سازمان‌های اقتصادی دولتی، مثل سازمان برنامه و بانک مرکزی و بیمه و غیره، که از آن‌ها خواسته شده بود اقداماتی که در اجرای اوامر ملوکانه، پس از مراجعت آقای مالک از سوییس معمول داشته‌اند را گزارش کنند. بعد از خواندن این نامه‌ی عجیب گفتم: من از این نامه چیزی نفهمیدم آقای وزیر. چون مسئولیت‌های این مقامات مورد خطاب ربطی به هم ندارند، مگر این‌که از آن‌ها خواسته شده باشد شغلی به آقای مالک بدهند. گفت: نه، اوامر اعلیحضرت که به این آقایان ابلاغ شده، این بوده که در روابط اقتصادی با سوییسی‌ها، اقدامات آن‌ها را در نظر داشته باشند. حالا شما شماره‌ی این نامه و اسامی را یادداشت کنید به یکی‌یکی آن‌ها، از طریق تلفن مستقیم‌شان زنگ بزنید. بدون این‌که توضیحی بدهید، بپرسید در اجرای اوامر اعلیحضرت که در این نامه یادآوری شده چه

اقدامی کرده‌اند و جواب آن‌ها را برای یک گزارش شرف عرضی فوری تهیه کنیم، گفتم: ولی اوامر اعلیحضرت در این نامه یادآوری نشده، اگر توضیحی بخواهند چه جوابی می‌توانم بدهم؟ خلعتبری از جا بلند شد و گفت پرونده‌های قبلی را ملاحظه کنید متوجه می‌شوید. به روشنی پیدا بود که نمی‌خواست جوابی بدهد یا جوابی نداشت بدهد. چون می‌دانست که پرونده‌ی قبلی نداریم. به دفتر خودم برگشتم. در فکر بودم که اگر زنگ بزنم و طرف حواسش سرجا نباشد و بپرسد اوامر راجع به چه، یا مثلا با اوامر دیگری اشتباه کند؟ ولی دستور اداری بود و باید اجرا می‌کردم. کنجکاو هم بودم ببینم اعلیحضرت چه اوامری صادر کرده‌اند.

از ناله و ندبه‌ی بعضی از وزیران و جواب‌های مبهم بعضی دیگر، به اصل اوامر ملوکانه پی بردم. شاه به منظور گوشمالی دولت سوییس که آن سیزده دانشجو را به مجازات نرسانده و از طرفی نماینده‌ی ساواک را از سوییس اخراج کرده بود، نمی‌دانم به صلاحدید آقای علم یا مغز اقتصادی دیگری دستور داده بود که پرداخت طلب‌های سوییسی‌ها را عقب بیاندازند. به طوری که تا دستور بعدی، هیچ پولی از مملکت به سوییس نرود.

مخاطبان من وقتی شنیدند که شاه گزارش اقدامات‌شان در باب سر دواندن طلبکاران سوییسی را خواسته، فوق‌العاده پریشان و دستپاچه شدند و محتاطانه از اشکالات اجرای این امریه می‌نالیدند. بعضی خواهش می‌کردند که ما، یعنی وزارت خارجه، مشکلات کار، مثلا خسارت‌های قراردادی تاخیر تادیه را به عرض شاه برسانیم و در جواب من که ناشیانه می‌گفتم چرا خودتان به عرض نمی‌رسانید، خیلی مظلومانه می‌گفتند: ما را باید احضار بفرمایند، در حالی که وزیر خارجه هر روز شرفیاب می‌شود. دلم می‌خواست بگویم بله، شرفیاب می‌شود، اما مثل شما جراتش را ندارد. وزیر بهداری می‌پرسید جواب بعضی احتیاجات دارویی و پزشکی

بیمارستان‌ها را چه بدهیم؟ پست و تلگراف و تلفن می‌گفت عمده‌ی ارتباط پستی و تلفنی بین‌المللی ما از طریق سوییس است، تا کی می‌توانیم تسویه حساب را بدون خطر قطع ارتباطات دست به دست کنیم؟ رییس بانک مرکزی گفت: بگویند وزارت‌خانه‌ها حواله ندهند. وقتی آن‌ها حواله می‌دهند، کپی‌اش به دست طلبکار می‌رسد، بانک چطور پرداخت نکند؟ برای اعتبار بانک خطر مهلک دارد.

خلاصه، هرکس، هر جوابی داد، سرهم کردم که به شاه گزارش بشود و شد. باز مدتی گذشت و اتفاقی نیفتاد. تا این‌که بعد از حدود یک ماه، یک وقت خبر کردند که فردا مذاکراتی با معاون وزارت خارجه‌ی سوییس در دفتر معاون سیاسی در وزارت خارجه انجام می‌شود. مدیر کل سیاسی، منوچهر عظیما و رییس اداره‌ی سوم سیاسی، یعنی من، باید در مذاکرات شرکت کنیم. در حالی که نه او و نه من از آمدن معاون وزارت خارجه‌ی سوییس خبر نداشتیم. روشن بود که نقش‌مان همان نقش زینت‌المجالس بود. با هم گفتیم و خندیدیم ولی موقع جلسه البته نشستیم و قیافه‌ای هم گرفتیم. اما بعد از مدتی، یک موضوعی حواس مرا که برای خود به گردش رفته بود، به سر میز مذاکره برگرداند. آن هم این بود که دیدم در حالی که جناب معاون وزارت خارجه‌ی ما لام تا کام کلمه‌ای به زبان نمی‌آورد، مذاکره با معاون وزارت خارجه‌ی سوییس را یک آقای میانسالِ عبوسی که هیچ گاه ندیده بودم، انجام می‌داد. آهسته از منوچهر عظیما پرسیدم: این آقا کیه؟ زیر لب جواب داد: سپهبد دکتر ایادی، طبیب مخصوص اعلیحضرت. بعد از آن هم در تمام جلسه که چهل پنجاه دقیقه به طول انجامید، همان آقا همچنان گل گفت و گل شنید. بعد از جلسه، با دوستم عظیما، به گفت‌وگو درباره‌ی مذاکرات و علت حضور طبیب امراض داخلی شاه در این جلسه پرداختیم. حدس‌های شیرینی زدیم و خندیدیم. ولی حالا، در پرتو یادداشت‌های روزانه‌ی علم، لااقل من که

مانده‌ام، می‌توانم حدس مطمئن‌تری بزنم، آقای علم، که به گفته‌ی خودش، از آغاز، حل و فصل مسئله‌ی اشغال کنسولگری ژنو را بر عهده گرفته و به وزارت خارجه‌ی «ضعیف و مستضعف» اجازه‌ی دخالت نداده بود، به احتمالِ قوی، به توصیه‌ی دکتر ایادی، آن برنامه‌ی نقره‌داغ را به شاه توصیه کرده و قبولانده بود. ولی خوب این طرح پیشنهادی طبیب مخصوص، نه تنها به ورشکستگی سوییس نیانجامیده بود، که امور سازمان‌های اداری خود ما را همان طور که پیش‌تر رییس بانک ملی و بعضی وزیران مسئول حدس زده و به خود من گفته بودند، مختل کرده بود، علم به عذر این که شان او نیست با یک معاون وزارت به مذاکره بنشیند. سپهبد ایادی را جلو انداخته بود. ولی تا آنجا که من از جلسه‌ی مذاکره به یاد دارم، جز یکی دوبار اشاره به سوء تفاهم گذشته، هیچ صحبت اشغال کنسولگری و اخراج نماینده‌ی ساواک مطرح نشد. تقریبا تمام صحبت درباره‌ی ترقیات کشور تحت رهبری خردمندانه‌ی شاهنشاه بود. پس نتیجه می‌گیریم که مذاکره راجع به آن دو موضوع مورد اختلاف قبلا، یعنی روز قبل، تحت نظارت خود آقای علم، به وسیله‌ی دکتر ایادی انجام گرفته بود که لابد طبیبانه به معاون وزارت خارجه‌ی سوییس گفته بود موضوع مجازات آن سیزده دانشجو را فراموش کنید، ما خودمان به‌موقع ترتیب‌شان را می‌دهیم. اخراج مالک از سوییس هم مسئله‌ای نیست. اصلا خودش حوصله‌اش از ژنو سر رفته بود. پس نه ما نه شما!

بسیار خوب، حدس تا این جا زیاد نامعقول نیست، اما این جلسه‌ی بی‌محتوا چرا در وزارت خارجه و چه معنی داشت؟ از آنجا که آقای علم موضوع را در یادداشت‌های روزانه ــ که به پیروزی‌هایش اختصاص دارد ــ قابل ذکر ندیده ناچارم بازبه حدس و گمان متوسل بشوم:

احتمالا در پایان گزارشی که از حل و فصل اختلافات با سوییس، به اعلیحضرت داده، این دو سطر را اضافه کرده است:

«لازم می‌داند به شرف عرض مبارک برساند که پس از موفقیت مذاکرات مدّلل و جامع دکتر ایادی با دیپلمات سوییسی، برای این‌که با استفاده از موقعیت، درسی از رموز دیپلماسی به مسئولان وزارت خارجه داده شود، غلام خانه‌زاد، ترتیبی داد که آخرین جلسه‌ی مذاکرات در وزارت خارجه انجام شود».

آقای افشار از خرده‌فرمایش‌ها و انتظارات بیجای وابستگان بارگاه همایون در عذاب است، وقتی در آلمان سفیر بوده، آقای علم، وزیر دربار، یک قالیچه به نام سفارت می‌فرستد که آن را ترخیص کنند و ببرند از طرف ایشان به یک خانم آلمانی در اشتوتگارت تقدیم کنند. سفیر اقدام می‌کند و قالیچه را به وسیله‌ی آقای فرانک که در سفارت کارهای مربوط به پست را انجام می‌داده برای خانم می‌فرستد. آقای علم بعد از اطلاع از اقدام سفیر و انجام دستورش، گله می‌کند که چرا سفیر به جای این‌که شخصا بسته را ببرد و تقدیم خانم کند، به وسیله‌ی دیگری فرستاده است.

حکایت این بسته مرا به یاد یک حکایت دوران جوانی و بسته‌ای انداخت که شخصا بردم و هر چند به وسیله‌ی دیگری، تحویل دادم، بختم بلند بود که گله‌ای نشنیدم. البته آن موقع من مثل آقای افشار سفیر نبودم. عضو کوچکی بودم.

پیش از نقل این خاطره بیجا نیست که این واقعیت غم انگیز را –که البته آقای افشار بهتر از من می‌داند–، یادآوری کنم که در ممالکی که با حکومت فردی مالک‌الرقابی اداره می‌شوند، فرد حاکم، سفیر و وزیر و وکیل و ردیف این‌ها را خدمتکاران شخص خود می‌داند. ندیمان خاصه‌ی او هم به همین چشم به آن‌ها نگاه می‌کنند. در نتیجه اوامرشان، مثل فرامین مطاع ملوکانه لازم الامتثال است.

باری، آن موقع من معاون سرکنسولگری ایران در ژنو بودم. سال ۱۳۴۵ بود. چند روزی در غیاب سرکنسول که به ماموریتی کوتاه به تهران رفته

بود، مسئول سرکنسولگری بودم. کار زیادی نداشتیم. هم‌وطنان مقیم زیاد نبودند. زمستان بود. مراجعان ما غالبا تابستانی بودند، زمستان سرما کسی برای گردش و تفریح به ژنو نمی‌آمد. با یک منشی از پس کارها برمی‌آمدم. البته شاه و خانواده‌های سلطنتی برای تعطیلات زمستانی در سن‌موریتز بودند. ولی رتق و فتق امو آن‌ها با سفارت شاهنشاهی در ایران بود و تقریبا کاری به ژنو نداشتند. در این احوال، یک روز صبح تلکسی از وزارت خارجه رسید که بسته‌ی پست فوق‌العاده‌ی دربار با پرواز امروز ایران‌ایر به سرکنسولگری می‌رسد. لازم است که به محض وصول، فورا به سن‌موریتز برده و تحویل گردد. چرا از طریق ژنو فرستاده بودند، معلوم نبود. ولی به هر حال روشن بود که متاسفانه بردن کیسه‌ی پستی به گردن من می‌افتاد. زیرا همکار کم‌سال ما که معمولا برای گرفتن پست سیاسی به فرودگاه می‌رفت، به مرخصی دو سه روزه‌ای رفته بود. من برای روز بعد که تعطیل بود، برنامه‌ای ریخته بودم که به‌هم می‌خورد. ناچار تن به قضا دادم. با رییس هواپیمایی ملی در ژنو، آقای بصیری که جوان خوب کمک‌رسانی بود، تماس گرفتم. به او هم اطلاع داده بودند. خواهش کردم که ترتیب سفر مرا به زوریخ، بلافاصله بعد از رسیدن ایران‌ایر، و حرکت فوری از زوریخ به سن‌موریتز را بدهد. گفت البته وقت خیلی تنگ است. اگر ایران‌ایر سر ساعت برسد، می‌شود ترتیب داد. ولی اگر تاخیر داشته باشد، مجبورید شب در زوریخ بمانید و فردا به سن‌موریتز بروید، چون آن ترن کوهستانی دیروقت حرکت نمی‌کند. احتیاطا یک اتاق در هتل زوریخ برای شب بگیرید. به منشی گفتم در زوریخ برایم اتاق بگیرد. گفت سعی می‌کنم، ولی بدانید کار آسانی نیست. چون برای جشن فردا همه به زوریخ هجوم برده‌اند. این را گفت و مشغول تلفن زدن به زوریخ شد. بعد از مدتی آمد و گفت که به خیلی هتل‌ها زنگ زده می‌گویند تا حومه‌ی شهر اتاق‌ها رزرو شده‌اند. ولی در نهایت توانسته بود یک اتاقی که کسی در همان

لحظه‌ی تلفن او، کنسل کرده بود، برایم بگیرد.

وقتی به فرودگاه رفتم، آقای بصیری که منتظرم بود گفت که ایران‌ایر به زودی فرود می‌آید و برای اولین پرواز سوییس‌ایر به مقصد زوریخ برایم جا گرفته بود. بعد به محض رسیدن ایران‌ایر به داخل هواپیما رفت و پیک دربار را خارج از نوبت پیاده کرد و پیش من آورد و گفت عجله کنید چون چیز زیادی به حرکت هواپیمای زوریخ نمانده است.

یک مرد خوش قیافه‌ی میانسالی بود. چمدان مسافرتی بزرگی را حمل می‌کرد. فکر کردم کیسه‌ی پست دربار را برای سهولت حمل در چمدان سفری خودش جا داده ولی خیلی زود دانستم که پست دربار که منتظرش بودیم، تمام آن چمدان بود. هنوز مراسم معرفی و شناسایی به انجام نرسیده بود که بلندگو مسافران پرواز زوریخ را به سوار شدن دعوت کرد. من که می‌دانستم باید طبق معمول رسید بدهم، برای جلو انداختن کار، کاغذ سرکنسوگری را درآوردم و شروع به نوشتن کردم: یک چمدان به وسیله‌ی جناب آقای... اسم کوچک جنابعالی؟ پیک خیلی آرام و متبسم به میان کلام من دوید: جناب قنسول برای رسید عجله نفرمایید، چون باید تقاضا کنم که برای محتوای چمدان رسید مرقوم بفرمایید! و ضمن این توضیح، در چمدان را باز کرد و گفت این پالتوی پوست علیاحضرت شهبانوست! چون بصیری از آن طرف صدا می‌زد، فرصت تعجب نکردم. گفتم: بسیار خوب، می‌نویسم یک چمدان محتوی یک پالتو پوست ویزون... پیک دوباره حرف مرا برید و گفت: جناب قنسول، این هر ویزونی نیست. اولا مینک ویزون است. ثانیا! هر مینک ویزنی نیست. باید لطفا مشخصاتش را که روی اتیکت آسترش ذکر شده، در رسید مرقوم بفرمایید. چون این یک پوست استثنایی گرانقیمت است که نظیرش را فقط بعضی خانم‌های دست بالای امریکایی دارند.

ضمن صحبت، پالتو را از جلدش بیرون آورد که البته بسیار زیبا بود.

من زنگ و مشخصات آستر و حروف روی اتیکت را روی برگ رسید یادداشت کردم و به او دادم. پیک با نهایت دقت و مراقبت پالتو را دوباره در روکش مخصوصش جا داد و پالتو را در چمدان گذاشت و اسم خانمی را در سن‌موریتز ذکر کرد که باید الزاماً چمدان را به او و یا شخص علیا حضرت ولاغیر تحویل بدهم. بعد سفارش روی سفارش که آنی نباید از آن غافل بشوم. موقع خداحافظی هم با خنده گفت: جناب قنسول یادتان باشد اگر گمش کنید، باید شش هفت سال حقوق قنسولی‌تان غرامتش را بدهید!

او رفت، بصیری خسته از دوندگی‌ها رسید و گفت: آن‌قدر معطل کردید که هواپیما رفت. شما در دفتر ما بنشینید. من بروم سراغ پرواز بعدی ببینم چه می‌شود. من ناچار چمدان را که وزنی هم داشت، به دفتر بصیری بردم و به انتظار او نشستم. دو سه بار رفت و آمد. می‌گفت جا در هواپیما پیدا می‌شود، مشکل گرفتن اجازه‌ی چمدان بزرگ به داخل کابین است. شما هم که می‌گویید آن را نمی‌توانید از خودتان جدا کنید. بعد از مدتی، با خوشحالی برگشت و گفت یک کاپیتن موافقت کرده که شما در قسمت جلوی کابین که درجه اول است، با چمدان سوار بشوید. بعد چون من نمی‌خواستم چمدان را دست باربری بدهم، با کمال محبت برای بردن آن تا کنار و درون هواپیما به من کمک کرد. موقع خداحافظی گفت: کار عاقلانه‌ای کردید که در زوریخ اتاق گرفتید، چون فکر نمی‌کنم به آن ترن سن‌موریتز برسید.

بعد از پرواز هواپیما، یک گیلاس شامپانی تعارفی مهماندار در دست و چمدان زیر نظر، حکایت وقایع روز را مرور کردم. اول یک کمی نگران شدم که اگر امروز هواپیما دیر به زوریخ برسد و من به ترن کوهستانی نرسم که چمدان را به موقع به مقصد برسانم، باید منتظر گله‌گزاری و توبیخ باشم. اما بعد که بیشتر مسئله را وارسیدم دیدم جای نگرانی نیست. چون

اولا هیچ تاخیری از جانب من نبوده، ثانیا رسیدن فوری پالتو به سن‌موریتز ضرورت مطلق نداشته و نمی‌توانسته داشته باشد. چون علیاحضرت که با پالتوی فاستونی توی برف و یخبندان کوه نرفته‌اند که یک‌دفعه سردشان شده و به فکر پالتو پوست افتاده باشند. لابد این پالتوی درجه بالا را برای یک مهمانی فوق‌العاده استثنایی خواسته‌اند. اما نوکرها برای خوشخدمتی، زیاد هول زده‌اند و آن سخنرانی بلیغ پیک دربار راجع به استثنایی بودن مینک نژاده‌ی گران‌بها هم، شاید به همین منظور تسریع در رساندن آن بوده است.

همان طور که پیش‌بینی شده بود، هواپیما که نشست و من چمدان به بغل پیاده شدم، به اندازه‌ی چهار پنج دقیقه از ساعت حرکت آخرین ترن گذشته بود. ناچار برای شب باید به هتل می‌رفتم. راننده‌ی تاکسی هنوز نرسیده، چمدان را برداشت و برای گذاشتن در صندوق عقب ماشین را دور زد. من بی‌آن که اراده کرده باشم، دنبالش دویدم و آن را از او گرفتم و گفتم: ان را توی تاکسی می‌گذارم. راننده با نگاه متعجب به من، در صندوق عقب را که باز کرده بود، بست. دم هتل پیشخدمتی جلو دوید که چمدان را ببرد. من خودم آن را از تاکسی پیاده کردم. راننده‌ی تاکسی پیش از حرکت چیزی به پیشخدمت گفت و خندید. ظن بردم که راجع به من متلکی گفته است. در هتل هم باز ناشیگری دیگری کردم چمدان را از دست پیشخدمتی که کلید اتاق به دست جلو می‌رفت، گرفتم و کیف محتوای وسائل سفر کوتاهم را به دست او دادم. با این حرکت ناشیانه جلوی چشم همه، به دزد احتمالی، ارزش زیاد چمدان را گوشزد می‌کردم. این حرکت را بدون فکر کرده بودم. بعد خودم به این عذر، که عادت به چمدان کشی، آن هم چمدان گران‌بها نداشته‌ام، بخشیدم. بگذریم. از تعریف و توصیفی که پیشخدمت تا در اتاق، از مرغوبیت غذاهای رستوران هتل کرد، احساس گرسنگی شدید کردم. ولی چطور می‌توانستم از چمدان جدا

بشوم؟ سفارش شام در اتاق دادم. اتاقم در طبقه‌ی هم کف واقع بود. قبل از هر کاری قفل و بست در را وارسیدم که محکم و قابل اطمینان بود. بعد از شام و قبل از خوابیدن برای اطمینان خاطر، به وارسی بیشتر اتاق پرداختم. پرده‌ی ضخیم جلوی پنجره را پس زدم. پنجره در واقع یک در- پنجره یعنی از بالا تا همکف و بیشترش شیشه برای استفاده از منظره‌ی حیاط بود. ولی وقتی پرده را کاملا باز کردم و روشنایی اتاق قسمتی از حیاط را روشن کرد، دیدم مقداری تیروتخته و نردبان، خلاصه وسائل ساختمانی در حیاط نشان می‌داد که مشغول تعمیر یا تغییراتی هستند. البته ساعت کار دیگر گذشته بود و کارگری در حیاط نبود. ولی این راه حیاط به اتاق خیالم را ناراحت کرد. به خصوص که آن روزها، از قضا، خبرهایی از سرقت‌های مکرر در هتل‌ها خوانده بودم. گفتم اگر من بعد از خستگی دوندگی‌های روز و سفر هواپیما و شام و شراب به خواب سنگینی بروم و یک عمله اکره‌ای از پیشخدمت‌ها شنیده باشد که من چمدان مهمی در اتاقم دارم و از این پنجره بیاید و بی‌سروصدا چمدان را ببرد، من چه کنم؟ فکر کردم برای اطمینان بیشتر، چمدان را در قفسه‌ی لباس بگذارم و درش را قفل کنم و کلید را زیر بالشم بگذارم. اما چمدان در قفسه نرفت، چون قفسه از درازا به دو بخش برای لباس و لباس زیر مجزا شده بود. ناچار بعد از مدتی تردید، پالتو را از چمدان در آوردم و در قفسه آویختم. اما موقع بستن در قفسه، دیدم متاسفانه قفل آن هرز شده و درست بسته نمی‌شود. بعد از مدتی بحث و جدل ذهنی درباره‌ی راه‌های مختلف تامین امنیت کامل پالتو، هیچ راهی مطمئن‌تر از این به فکرم نرسید که پالتو را از جلدش بیرون بیاورم، روی تخت خواب پهن کنم و رویش بخوابم. این راه حل را معقول و خاطر جمع یافتم و عملی کردم. وقتی روی پالتوی گرانقدر ولو شدم، احساس آرامشی فوق‌العاده کردم و به خودم شب خوش گفتم. در این جا، یک شعر قدیمی که در دوره‌ی دبستان می‌خواندیم به یادم آمد:

شـنیده‌ای تو که محمود غزنوی شب دی
شراب خورد و شبش جمله در سمور گذشت
یکی فقیر در آن شب لب تنور گرفت
لب تنور بر آن مستمند عور گذشت
علی‌الصباح بزد نعره‌ای که ای محمود
شب سمور گذشت و لب تنور گذشت

سرخوش از لمیدن بر این زیر انداز، به خوشی سلطان محمود غزنوی
در شب نشاط شراب، لمیده در پوست سمور، در هرات یا سومنات فکر
کردم. خودم را هیچ مغبون ندیدم. حتی رودروی او خودی گرفتم و گردن
افراشتم که ایا شاه محمود فرخنده رای! معلوم نیست حال تو در آن شب
نشاط از حال من، لااقل در این لحظه، خوش‌تر بوده باشد. اولا نمی‌دانم
چه شرابی میل فرموده‌ای، ولی هر چه بوده باشد ، به یقین، به خوبی
بوردوی خوشگواری که من امشب خوردم نبوده. ثانیا سمور تو محصول
دباغخانه‌ی هزار سال پیش غزنین پای ویزون من، پرورش یافته و آماده
شده – مثلا در مونتانا- در نمی‌آید. بگذریم از این که سمور تو اگر از
گذشته‌اش سابقه و یادگاری داشته باشد که در شب نشاط به یادت آورده
باشد، چیزی جز خاطره‌ی همنشینی با بر و دوش خوشبوی یک زن جوان
را دارد. بعد از این تفاخر و احساس پیشی خیالی بر سلطان غزنوی، من
هم مثل او که شب نشاط را جمله در سمور گذراند، جمله به درون پالتوی
ویزون لغزیدم و در هم‌بری با موی لطیف و نرم و نوازشگرش، خواب
شیرینی کردم. آن مرد فقیر بر لب تنور خوابیده‌ای که علی‌الصباح به خاطر
شب سمور چنان نعره‌ای سر محمود غزنوی زده بود، اگر از شب ویزون
من بو می‌برد، علاوه بر نعره چماقی هم بر سرم می‌زد.
باری شب گرم و نرم و دلپذیری در آن بستر معزّز اتفاقی گذراندم. البته،

صبح موقع جمع کردن و جلد کردن پالتو، ملاحظاتی که شب سرسری از روی آن‌ها گذشته بودم، به سراغم آمد: این کار اگر خیانت در امانت نباشد، لااقل جسارت در امانت است. از طرفی خوابیدن یک مرد در پالتوی یک زن شوهردار... ولی ادعانامه‌ی وجدان ناگهان بیدار شده را بیش از این تعقیب نکردم و به عذر اقدام به منظور حفاظت امانت، برای خودم حکم برائت صادر کردم.

اما چمدان به خلاف آسایشی که در هتل زوریخ برایم فراهم آورده بود در ترن کوهستانی بین زوریخ و سن‌موریتز، مایه‌ی مزاحمتی عصب خراش شد. در این ترن دستشویی، که هنگام سوار شدن دید زده بودم، گنجایش یک آدم و یک چمدان با هم را نداشت. از طرفی، با جای من فاصله‌ای داشت. در نتیجه عزمم را جزم کرده بودم که تا رسیدن به سن‌موریتز از جا تکان نخورم و چشم از چمدان برندارم. سرم را سخت به خواندن مشغول داشتم که موضوع فراموشم بشود. ولی بعد از مدتی چای و قهوه و آب پرتقال بی‌دریغ صبح، حکم بلابرگشتی دادند. گفتم هرچه بادا باد! چمدان را برداشتم و تا جلوی دست‌شویی بردم. برای این‌که سایر مسافرین خیال کنند قصدم از جابه‌جا کردن آن، باز کردن درش در محوطه‌ی جادارتری بوده تا می‌شد به قفلش ور‌رفتم، ولی تحمل بیشتر مصلحت نبود. در حالی که از لای درز در کاملا نبسته، چمدان جلوی دست‌شویی را زیر نظر داشتم، اقدام کردم. تا بیرون آمدم، قبل از جابه‌جا کردن چمدان، یک زن سالخورده‌ی سنگین وزن بسیار عجله‌دار، به طرف دستشویی حمله برد و اتفاقا پایش به چمدان گیر کرد و تعادلش را از دست داد. خوشبختانه زمین نخورد، ولی سرش محکم به چارچوب در دستشویی خورد. من با عذرخواهی کمکش کردم که به محل وارد شد. ولی قبل از بستن در، خیلی عصبی به صدای بلند که گمانم خیلی‌ها شنیدند گفت: آقا، چمدان را توی توالت نبرید. هر چیزی جایی دارد. من که نمی‌دانستم چه بگویم، سر به

زیر و شرمنده از میان ردیف مسافران که با نگاه چمدان به ظاهر توالت رفته را بدرقه می‌کردند، به جای خودم برگشتم. ولی از خجالت حاضران، تا رسیدن به مقصد، سرم را از روی مجله‌ام بلند نکردم.

در هتل بزرگ سن‌موریتز پیشخدمت‌هایی را که به تصور یک مشتری تازه‌ی هتل، برای گرفتن چمدان چمدان از دستم دویدند، یکی بعد از دیگری رد کردم. در جست‌وجوی خانمی بودم که اسم و آدرسش را داشتم. به طرف گیشه‌ی پذیرایی می‌رفتم که سراغ او را بگیرم. از قضا، در یک جمع سه چهار نفره‌ی خانم‌ها که با هم مشغول صحبت بودند، خانم ماری اعتمادی را که آن موقع همسر دکتر مجید رهنما، سفیر در سوییس بود، شناختم. چون خسته و معذب از چمدان‌داری و دلخور از متلک پیرزن سوییسی بودم، هیچ حوصله‌ی گرفتن سراغ خانمی که باید چمدان را الزاما به او می‌دادم نداشتم. در نتیجه، آن را به خانم سفیر دادم و خواهش کردم به علیاحضرت برساند، که مطمئنم رسانده، چون دیگر خبری از چمدان و پالتو به من نرسید. آن روز به رغم تعارف خانم رهنما برای ماندن تا شام، نماندم و با ترن مراجعت به زوریخ برگشتم. بعدها هم هیچ وقت پیش نیامد که صاحب پالتو ویزون را ببینم و به جسارت در امانت اعتراف کنم و عذرخواهی کنم که در موقعیت حساسی به خاطر حفاظت پالتو، این تدبیر را اندیشیده بودم. هر چند ممکن بود، همان طور که آقای افشار از علم ملامت شنید، که چرا قالیچه‌اش را به نحوی که او خواسته، به طرف نرسانده، صاحب پالتو هم مرا مثلا ملامت می‌کرد که برای حفاظت از پالتو، شاید می‌توانستی تدبیر معصوم‌تری بیاندیشی!

در خاطرات آقای افشار، از نزدیکان و ندیمان خاصه‌ی اعلیحضرت، از جمله آقای علم، تیمسار نصیری، دکتر ایادی و آقای امیر هوشنگ دولو سخن رفته است. من در این کمک خاطرات، از سه نفر اول یادی کردم. در

فکر بودم خاطره‌ی وساطت ناگزیرم را در دعوای بین آقای امیر هوشنگ دولو، ندیم خاصه‌ی اعلیحضرت، و مستخدمه‌ی سمج یک سفارتی که منقل آقای دولو را توقیف کرده بود، نقل کنم ولی می‌بینم که این نوشته طولانی شده و وقتش را هم ندارم. می‌ماند برای فرصت دیگری.

پاریس اسفند ماه ۱۳۹۲

آقای ساعدالوزاره

در یکی از شماره‌های پیشین «ره‌آورد» در مقاله‌ای زیر عنوان «نکته‌های به یاد ماندنی از گذشته»، از محمد ساعد مراغه‌ای، دولتمرد معروف دوران گذشته و صفات خردمندی و وطن‌دوستی او یاد شده بود. من این مقاله را که از زیر چشمم در رفته بود، در بازخوانی مطلب دیگری در آن شماره دیدم. اشاره‌ی نویسنده به مخالفت حزب توده با ساعد، مرا به سال ۱۳۲۳ برگرداند و خاطره‌ی راهپیمایی‌ها و تظاهرات تقریباً هر روزه‌ی این حزب علیه نخست‌وزیری ساعد را ـ که شخصاً شاهد بودم ـ در ذهنم زنده کرد و به یادم آورد که بر اثر تبلیغات توده‌ای، که چهره‌ی زشتی از ساعد ساخته بود، حتی ما بچه‌های شاگرد مدرسه‌ی متوسطه با این که غالباً هیچ پیوندی با حزب توده نداشتیم، به اقتضای طبع مخالف‌خوان نوجوانی، علیه ساعد جبهه گرفته بودیم و با ساختن قصه و متل و شایعه راجع به دولتش، تفریح می‌کردیم. اما این دولت تا اواخر سال بیشتر دوام نکرد و بعد از سقوط دولت، اسم ساعد هم صفحه‌ی ذهن ما را ترک کرد تا سال‌ها بعد که من به تصادفی دوباره به آن برخوردم. شرح این برخورد را که در نهایت به دیدار با خود او منجر شد، برای یادبود ساعد حکایت می‌کنم.

❊❊❊❊❊

سال ۱۳۳۷ بود. یک سال بود که من از دادگستری به وزارت امورخارجه منتقل شده بودم و در اداره‌ی اطلاعات و مطبوعات، مسئولیت نشریه‌ی سه ماهی وزارت خارجه را برعهده داشتم و به این مناسبت، مورد شناسایی و توجه وزیر امورخارجه، علی اصغر حکمت بودم که این نشریه را ده سال پیش از آن، در دوره‌ی اول وزارتش به وجود آورده بود و به آن علاقه

۱۳۵

داشت. یک روزی رییسم، دکتر مشایخ فریدنی، مرا خواست و گفت:

- می‌خواهم کار دقیقی به عهده‌ی شما بگذارم که شاید دو سه روزی تمام وقتتان را بگیرد.

- گفتم کار این شماره‌ی نشریه روبه‌راه است، بفرمایید چه باید بکنم؟

- گفت: شما با آقای مورخ‌الدوله سپهر، نویسنده و محقق حتماً آشنا هستید؟

- گفتم: نه، با دخترشان مهین خانم دوستی دارم، ولی خودشان را از شهرت می‌شناسم.

- گفت: بسیار خوب؛ آقای مورخ‌الدوله از آقای وزیر تقاضا کرده که به او اجازه بدهند برای استفاده در کتابی که در دست نگارش دارد، بعضی پرونده‌های سرّی مربوط به اشغال ایران به وسیله‌ی متفقین در شهریور ۱۳۲۰ را بررسی کند. آقای وزیر این تقاضایش را پذیرفتند و از من خواستند که یکی از همکاران دقیق و کاردیده را مأمور کنم که آقای مورخ‌الدوله را به اداره‌ی محرمانه راهنمایی و همراهی کند. به ایشان گفتم که فکر می‌کنم این مأموریت را بر عهده‌ی شما که قاضی بوده‌اید بگذارم. پسندیدند، ولی گفتند به شما تاکید کنم که تمام مدت باید برای راهنمایی و کمک، با ایشان بمانید و توجه کنید که از چه اسنادی یادداشت برمی‌دارند.

چون با رییسم که آدمی فرهنگی بود، روابط دوستانه‌ای داشتیم، بدون ملاحظه‌ی اتیکت دیپلماسی پرسیدم:
- آیا آقای وزیر نگرانند که مبادا آقای سپهر اسناد سری را جابه‌جا کنند؟

جوابی نداد و با تبسمی که بر گوشه‌ی لبش نشست، گفت:
- پس به ایشان تلفن کنید که آقای وزیر اجازه داده‌اند و شما آماده‌ی راهنمایی‌اش هستید.

از فردای آن روز، به مدت دو روز در اداره‌ی محرمانه با آقای مورخ‌الدوله مشغول ورق زدن و مطالعه‌ی اسناد سری مربوط به سوم شهریور ۲۰ بودیم. در پرونده‌ی گزارش‌های سفارت شاهنشاهی در مسکو، متن چند تلگرام سری سفیرکبیر محمد ساعد – یا به قول آقای سپهر، ساعدالوزاره– مورخ خردادماه، توجه مرا بیش از آقای سپهر که سریعاً از آن‌ها رد می‌شد، جلب کرد. این تلگرام‌های پیاپی، به فاصله‌های نزدیک و دو سه روزه بود و مضمون همه‌ی آن‌ها هشدار نسبت به خطری بود که بعد از امضای قرارداد انگلیس و شوروی، مملکت را تهدید می‌کند و ضرورت اقدام عاجل برای پیشگیری خطر و تقاضای اجازه‌ی فوری آمدن به تهران برای توضیحات بیشتر. خصوصیت بارز این گزارش‌های تلگرافی که اثری ماندنی در ذهن من باقی گذاشت، تاکید رو به افزایش درباره‌ی فوریت خطر و اصرار و ابرام بیشتر برای اجازه‌ی آمدن به تهران، به منظور توضیح بود. این پافشاری زیاده از حد و بی‌حاصل، در رابطه‌ی سفیر با دولتش، تعجب‌انگیز می‌نمود. به خصوص در تلگراف آخری که به تاریخ یکی از روزهای آخر ماه، گمانم سی‌ام مرداد بود، تقاضای اجازه‌ی آمدن برای تشریح و توضیح خطر، لحن خواهش و تمنا گرفته بود و به فریاد کسی می‌ماند که خبر حرکت سیل را شنیده یا از اوضاع جوی حدس زده و تلاش می‌کند که خانواده‌اش را خبر کند که از مسیل دور شوند.

اما به طوری که در خبرها دیدیم، این اصرار و ابرام منشأ اثری نشده بود. زیرا همان صبح روز سوم شهریور ۱۳۲۰ که سفیران انگلیس و شوروی در تهران به خانه‌ی نخست‌وزیر علی منصور (منصورالممالک) رفتند و خبر گذشتن نیروهای دو کشور در مرز مملکت را به اطلاع او رساندند، در مسکو، مولوتوف، وزیر خارجه‌ی شوروی، ساعد را به وزارت خارجه احضار کرد و ورود ارتش سرخ به خاک ایران را به اطلاع او رساند.

در پایان کار مطالعه‌ی پرونده‌ها، از آقای سپهر نظرش را درباره‌ی این

تلگراف‌های سفارت مسکو، که او هم مثل من خوانده بود، پرسیدم. ظاهراً او دنبال نکته‌ی دیگری در پرونده بود و اصرار زیاد آقای ساعدالوزاره برای آمدن و توضیح دادن، زیاد توجه‌اش را جلب نکرده بود یا نخواست عکس‌العملش را به من بگوید.

من گزارش مأموریتم را به رییسم دادم و به کار خودم مشغول شدم. نمی‌دانم آقای سپهر از مطالعه‌ی پرونده‌ها چه استفاده‌ای کرد، اما بررسی پرونده‌ی مسکو و تلگراف‌های پیاپی سفیر، سئوالی برایم پیش آورده بود: ساعد درباره‌ی خطری که می‌گفت مملکت را تهدید می‌کند – و کمی بعد واقعیت پیدا کرد– چه می‌دانست و با این اصرار به آمدن برای دفع خطر چه می‌خواست بکند؟ و اگر آمده بود، آیا در گردش وقایع اثری می‌کرد؟

این نظریه که بعد از واقعه‌ی اشغال مملکت و برکناری رضاشاه، بعضی عنوان کردند که انگلیسی‌ها تصمیم قطعی به برداشتن رضا شاه داشتند و قبول درخواست اخراج آلمانی‌ها نتیجه را تغییری نمی‌داد، زیاد به دلم نمی‌نشست. تصمیم قطعی اگر بود، همان رساندن کمک فوریِ مؤثر به روسیه، از طریق بنادر، راه‌آهن و جاده‌های ایران و رفع کاملِ خطر خرابکاری ستون پنجم آلمان در خطوط ارتباطی و تأسیسات نفتی بود. فکر می‌کردم اگر کسی مثل ساعد می‌آمد و جرئت می‌کرد معنای وقایع فوق‌العاده و غیرمنتظره‌ی همان یک ماهه‌ی مرداد و اهمیت و فوریت موضوع را به روشنی – نه در پرده‌ی تعارف و تملق مرسوم– برای رضاشاه توضیح می‌داد، چه بسا که شاه از پافشاری در سیاست بی‌طرفی برای اخراج آلمانی‌ها دست برمی‌داشت. چون وقایع فوق‌العاده و غیرمنتظره، با سرعتی گیج کننده اتفاق افتاده بود و نزدیک کردن آن‌ها به هم برای نتیجه‌گیری، محتاج بررسی جدی بود و تعارف برنمی‌داشت.

روز ۲۱ تیر ۱۳۲۰ (۱۲ ژوییه‌ی ۱۹۴۱) قرارداد نظامی انگلیس و شوروی برای رساندن کمک‌های نظامی به روسیه که از سه هفته پیش‌تر

مورد تجاوز آلمان نازی قرار گرفته بود، امضا شد. مفسران جراید بلافاصله درباره‌ی عملی‌ترین راه رساندن تجهیزات جنگی به روسیه شروع به بحث کردند. از راه‌های ممکن، از جمله راه ایران اسم می‌بردند. روز ۲۷ تیر - یعنی شش روز بعد از عقد قرارداد، سفیران انگلیس و شوروی در تهران، هم‌زمان در تذکاریه‌هایی به دولت- اخراج اتباع آلمان از ایران را خواستار شدند. دولت تهران با یازده روز تأخیر، روز هفتم مرداد جواب داد که اخراج آلمانی‌ها مخالف سیاست بی‌طرفی است و وجود مهندسان و کارشناسان آلمانی برای صنایع ایران ضروری است. البته تحت نظارت و مراقبت هستند. در این احوال، جراید و رادیوهای متفقین مرتباً فعالیت ستون پنجم آلمان در ایران را مورد حمله قرار می‌دادند. روز ۲۵ مرداد سفیران دو کشور در تهران، ضمن تذکاریه‌های تازه‌ای، هم‌زمان با شدت بیشتری اخراج اتباع آلمان را از دولت خواستند. روز ۳۰ مرداد، دولت در جواب آن‌ها مجدداً سیاست بی‌طرفی را عنوان کرد و متذکر شد که بر اثر اقدامات دولت از تعداد اتباع بیگانه کاسته شده و به زودی تقلیل بیشتری خواهد یافت. ولی در پایان تاکید کرد که هیچ پیشنهادی را که خلاف سیاست بی‌طرفی باشد، نمی‌پذیرد. چهار روز بعد، سه شهریور ۱۳۲۰، ارتش سرخ از شمال و نیروهای انگلیس از غرب و جنوب، کشور را مورد تجاوز قرار دادند.

ساعد کارکشته‌ی سیاست، جای خود، هر آدم هوشیاری می‌توانست نتیجه‌ی مقاومت و مقابله را حدس بزند. ولی آیا ممکن نبود پیش از آن که کار به آن‌جا برسد، ترتیبی می‌دادند که از جنگ و خون‌ریزی احتراز شود؟ آیا برای جلب موافقت رضا شاه به همکاری با متفقین، راه دیگری وجود نداشت؟ و آیا ساعد که آن قدر برای آمدن به توضیحات اصرار داشت، در این باب فکری کرده بود؟ چه توضیحاتی می‌خواست بدهد؟ چه می‌خواست به شاه بگوید که فکر می‌کرد اطرافیان برای حفظ مقام

و موقعیت خود به او نگفته‌اند؟ البته ساعد را تافته‌ی جدابافته‌ای فرضِ نمی‌کردم. ولی می‌گفتم چه بسا یک جهش احساساتی در آن روزهای بحرانی، او را ناگهان مصمم کرده باشد که بیاید واقعیت را بی‌پرده به رضا شاه بگوید. یا مثلاً دوستانش در شوروی به او توصیه کرده باشند که به تهران برود و بکوشد که پیش از آن که کار به مقابله بکشد، رضا شاه را به اخراج آلمانی‌ها و همکاری با متفقین راضی کند تا روس‌ها که برای مقاومت در برابر آلمان‌ها به تمام نیروهای خود احتیاج دارند، از لشکرکشی به ایران بی‌نیاز بشوند.

چون هیچ قرینه‌ای برای گمانه بردن به منظور ساعد نداشتم، لاجرم در انتظار موقعیتی که بتوانم از خود او سئوال کنم، با یک صحنه‌ی خیالی البته ایده‌آلی، در گفت‌وگوی ساعد با رضا شاه، خودم را سرگرم کردم:

ـاعلیحضرتا! هیتلر دیوانه که داعیه‌ی فتح دنیا را دارد، به سرعت در روسیه پیش می‌رود. اگر به نفت قفقاز و نفت ایران برسد، کار انگلیسی‌ها که تا حالا مقابلش ایستاده‌اند، زار است. به این جهت بی‌تأمل با شوروی قرارداد بستند که اسلحه و تجهیزاتی را که با قانون «وام و اجاره» از امریکا می‌گیرند، به روسیه برسانند. همین امر که شش روز بعد از امضای قرارداد، سفرای دو کشور در تهران، هم‌زمان اخراج آلمانی‌ها از ایران را خواستند، تردیدی باقی نمی‌گذارد که برای رساندن اسلحه راهی بهتر از ایران پیدا نکرده‌اند و می‌خواهند بیایند این راه را از وجود خراب‌کاران آلمانی پاک کنند. مصممند و می‌آیند. هیچ‌چیزی هم مانعشان نخواهد شد. اگر به رضا نباشد، به زور می‌آیند. چون تازه از شر دولت آلمان‌خواه عراق که با کودتای رشید عالی گیلانی روی کار آمده بود، خلاص شده‌اند، تردید ایران در اخراج آلمانی‌ها، موجب سوءظنشان شده است. به هر حال چون دیگر بی‌طرف ماندن ممکن نیست و باید یک طرفی شد، پس چه بهتر که اعلیحضرت به خاطر مصلحت مملکت و سلطنت خود، همینِ امروز ضمن صدور فرمان اخراج تمام آلمانی‌ها از کشور، رسماً

اعلام بفرمایند که ایران به متفقین می‌پیوندد تا ارتش روس و انگلیس که در شمال و جنوب آماده‌ی ورودند، به عنوان متحد بیایند نه اشغال‌گر؛ و در نهایت بُرد با ما خواهد بود. چون نازی‌ها از پس شجاعت و سماجت انگلیس پشت به قدرت و ثروت امریکا برنمی‌آیند و پیروزی با متفقین خواهد بود.

البته این یک خیالبافی ساده‌دلانه بود. ولی موقعیتی که در انتظارش بودم پیش آمد. از قضا با ساعد اتفاق دیداری افتاد.

سال ۱۳۲۹ در مأموریت وین بودم. آنجا دوست خوبی پیدا کرده بودم به نام دکتر کریم گوگانی که از سال‌های پیش از جنگ در اروپا زندگی کرده بود و با خیلی از رجال دوستی و آشنایی داشت. یک روزی ضمن صحبت گفت که از آقای ساعد، سفیر ایران در واتیکان که به وین آمده و روز بعد عازم مراجعت است، دعوت کرده که با دو سه نفر از رفقای قدیمشان با هم شام بخورند. بی‌تأمل پرسیدم که آیا ممکن است مرا هم به این جلسه دعوت کند؟ خیلی اشتیاق دیدار آقای ساعد را دارم. جواب داد البته؛ ولی می‌ترسم صحبت ما پیرمردها خسته‌تان کند. گفتم یک ساعت بیشتر نمی‌مانم.

ساعد را که برای اولین بار از نزدیک می‌دیدم، آدم معقول و مؤدبی یافتم. بر خلاف غالب رجال قدیمی که در صحبت با جوان‌تر از خود، از بالا به زیر نگاه می‌کردند و اطلاعات و تجربیات خود را مجسم و غیرقابل بحث می‌دانستند، ساعد آرام و شمرده و با فروتنی از اشتباه یا بی‌اطلاعی خود صحبت می‌کرد و به رخ من، عضو کوچک وزارت خارجه نمی‌کشید که چهار بار وزیر امورخارجه بوده است. چون میزبان موقع معرفی گفته بود که من قبل از وزارت خارجه قاضی بوده‌ام، از آشنایانش در دادگستری سراغ گرفت و یاد کرد. مشکل من احساس شرمندگی به‌خاطر تحمیل حضورم به این مجلس بود. زیرا دو مهمان دیگر که از آشنایان قدیم ساعد

بودند، مثل او و میزبان، همگی ترک‌زبان بودند و به ملاحظه‌ی من سعی می‌کردند فارسی بگویند. ولی غالباً به طور غریضی و طبیعی به ترکی مطلبی را شروع می‌کردند که ساعد با اشاره، آن‌ها را به فارسی برمی‌گرداند. چون نمی‌خواستم زیاد بمانم، خلاصه‌ی حکایت مراجعه‌ی مورخ‌الدوله سپهر و مطالعه‌ی پرونده‌های سری را نقل کردم و گفتم که من اصرار شما را به رفتن به تهران برای توضیحات، این طور تعبیر کردم که نگران بودید مبادا دولت کیفیت خطر را درست به عرض شاه نرسانده باشد و مترصد بودم که از خودتان موضوع را سئوال کنم. این را گفتم و بلافاصله پشیمان شدم که چرا سئوالم را این طور عجولانه و ناشیانه مطرح کرده‌ام. ولی خیلی زود دانستم که برای ساعد نحوه‌ی سئوال فرقی نمی‌کرد و در جواب او تأثیری نداشت. چون همان حکایت قرارداد انگلیس و شوروی و تذکاریه‌های اخراج اتباع آلمان را که همه می‌دانستند، تکرار کرد و برای آن آلمانی‌ها اظهار دلسوزی کرد. زیرا متفقین به محض ورود به تهران همه را اسیر کردند. جمعی را روس‌ها به سیبری و انگلیسی‌ها به استرالیا تبعید کردند. صحبتی بود که به سئوال من ربطی نداشت. آن را به شکل دیگری عنوان کردم و پرسیدم به نظر شما، آیا رییس دولت و وزیران در گزارش واقعیت به رضا شاه، قصور نمی‌کردند؟ ساعد بعد از عرض کنم... به قدری قید و شرط و اگر و چنان‌چه آورد و مقدمه چینی کرد که با سئوال یکی از مهمانان که وسط حرفش دویده و از شایعه‌ی کتک خوردن یکی از وزیران از رضا شاه پرسید، به کلی موضوع درهم و برهم شد، به طوری که نمی‌شد فهمید که «گمان نکنم» پایان صحبت او مربوط به سئوال من بود یا کتک خوردن وزیر. ولی دیگر مطلقاً جای چک و چانه نبود. زیرا سئوالاتم مجلس دوستانه‌ی آن‌ها را داشت ضایع می‌کرد و علائم بی‌حوصلگی را در مهمانان آشکارا می‌دیدم. لذا دیگر پافشاری نکردم و شام هم به رغم اصرار میزبان، نماندم. ولی بعد که راجع به آن شب با میزبان صحبت

کردیم، نظرش را درباره‌ی «گمان نکنم» آخر پرسیدم، با خنده گفت که چه مربوط به سئوال شما باشد، چه به کتک خوردن یکی از وزرا، همین قدر که ژست جواب‌گویی گرفت، باید خیلی ممنون باشید. چون آقای ساعد عادت ندارد به سئوال جواب بدهد. به خصوص به سئوالی مثل سئوال شما که احتمال می‌دهد دنباله‌اش به رضا شاه یا محمد رضا شاه منتهی می‌شود. اگر جز این بود، خیال می‌کنید از دوران مظفرالدین شاه تا حالا در مقامات و مناسبی که داشته، دوام می‌آورد؟ اگر با نهایت فهم و هوشیاری‌اش بین مردم به گیجی و حواس‌پرتی معروف شده، به خاطر همین محافظه‌کاری است که معمولاً و احتیاطاً یا جواب نمی‌دهد یا جوابی می‌دهد که ربطی به سئوال ندارد. ایرادی هم نمی‌شود گرفت. الان به لطف شاه، با عنوان سفیرکبیر در دربار واتیکان، که هیچ کاری و مسئولیتی ندارد، از هوای آفتابی و گل و سبزه‌ی شهر رم و مهمانی‌های رنگین کاردینال‌های خوش خوراک استفاده می‌کند. حتی شنیده‌ام که می‌خواهد چند سالی آن‌جا لنگر بیاندازد. در این صورت چرا حرفی بزند که یک وقتی به وسیله‌ی رقبایش یک‌جور دیگری به گوش شاه برسد.

دوست من درست شنیده بود. چون بعد دانستم که همان موقع ساعد از طرق مختلف نزد شاه مشغول اقدام شده که مأموریتش در واتیکان را که سال ۱۳۴۰ تمام می‌شد، برای یک دوره‌ی چهار ساله‌ی دیگر تمدید کند. البته این نوع آینده‌نگری مخصوص تنها او نبود.

اکثر رجال ما که بازنشستگی یا تقاعد را قبول نداشتند، مایل بودند تا آخرین نفس به خدمت پشت میز ادامه بدهند. در نتیجه، وقتی و مجالی هم باقی نمی‌ماند تا خاطرات تجربیاتشان را برای استفاده‌ی نسل بعد تنظیم کنند. ساعد آن موقع هشتاد سال عمر و پنجاه و هفت سال خدمت دولت را پشت سر داشت. ولی در زمینه‌ی ادامه‌ی خدمت در واتیکان، تلاشش به نتیجه‌ی دلخواه نرسید. شاه مأموریتش را به جای چهار سال، فقط برای

یک سال تمدید کرد. علت این بود که یکی از همسالان ساعد، انوشیروان سپهبدی، پشتِ درِ منتظر بود. در تذکره‌ی احوال ساعد می‌خوانیم که: «مجموعاً دو بار نخست وزیر، هشت مرتبه وزیر امورخارجه، یک‌بار وزیر کشور، چهار مرتبه سفیرکبیر و وزیرمختار، چهار دوره نماینده‌ی مجلس سنا، یک بار وکیل مجلس بوده است».

باری ساعد را دیگر دنبال نکردم. اما حدود بیست سال پیش، باز به اسم او در کتابی برخوردم.

این کتاب تحت عنوان «خاطرات انتظام» در تهران منتشر شده است. سوتیتر آن «شهریور ۱۳۲۰ از دیدگاه دربار»، توجه‌ام را جلب کرد. کتاب عبارت است از اظهار نظر نصرالله انتظام راجع به چند تن از رجال دوران رضا شاه – تیمورتاش، داور، فروغی، مستوفی – که این‌جا و آن‌جا قبلاً چاپ شده و ناشر آن‌ها را به انضمام یادداشت‌های روزانه‌ی انتظام از ۳ تا ۲۵ شهریور ۱۳۲۰ – روز استعفای رضا شاه – با عنوان بالا منتشر کرده است.

البته بعد از ابراز انزجار نسبت به نامردمی دولت آخوندی، به علت رفتار بی‌رحمانه و غیرانسانی‌ای که با انتظام سالخورده و بیمار کردند، باید اظهار تأسف کرد که از این دیپلمات پر تجربه که به مدت چهل و چند سال مقامات و مناصب مهم و حساسی از وزارت تا سفارت، از نمایندگی در جامعه‌ی ملل تا ریاست مجمع عمومی سازمان ملل متحد را داشته، تنها اثر مکتوبی که مانده، همین یادداشت‌های ۱۲ روز ریاست تشریفات دربار است. در مقدمه‌ی این یادداشت‌ها، به شهادت موافقی درباره‌ی ساعد برمی‌خوریم:

«در عین این که وزیران و سفرای ما را یارای اظهار عقیده و مصلحت‌گزاری نبود و هر چه شاه می‌کرد، برای خوش‌آمد او تحسین و تمجید می‌کردند و اگر خطری هم احساس می‌نمودند باز برای حفظ مقام خود کتمان حقیقت را ترجیح می‌دادند، باز

شاه به قوه‌ی حسن تشخیصی که داشت، به حقایق پی می‌برد. از بین مأمورینی که در دو پست حساس داشتیم، هر قدر محمد علی مقدم، وزیرمختار لندن جبن و بی‌اطلاعی و بی‌لیاقتی نشان داد و حتی از گزارش مذاکرات پارلمان و مقالات جراید انگلیس خودداری کرد، به عکس محمد ساعد مراغه‌ای، سفیرکبیر ایران در مسکو، حسن تشخیص و رشادت به خرج داد و بی‌پروا استنباطات خود و خطراتی را که پیش‌بینی می‌نمود، به عرض رساند تا جایی که اجازه خواست برای ادای توضیحات بیشتری، شخصاً به تهران بیاید».

انتظام ضمن این اظهار نظر و مقایسه‌ی رشادت محمد ساعد مراغه‌ای با جبن محمد علی مقدم مراغه‌ای، حسن تشخیص رضا شاه را تحسین می‌کند. ولی ظاهراً به علت همان دلبستگی به خدمت پشت میز تا آخرین نفس، فراموش می‌کند که بگوید چرا این حسن تشخیص شاه آن‌جا کارگر نیفتاد تا به ساعد اجازه بدهد که بیاید و نتیجه‌ی حسن تشخیص خود را ارائه کند، و در این صورت، رشادت این یکی و جبن آن یکی چه تفاوتی می‌کرد؟

به‌هرحال این مقدمه‌ی یادداشت‌های انتظام برای سئوال بی‌جواب من از ساعد، که آیا رییس دولت و وزیران واقعیت قضایا را به رضا شاه گزارش می‌کردند یا نه؟ جواب مستقیمی ندارد. ولی در عوض، برای سئوال آن مهمان دکتر گوگانی که از ساعد راجع به شایعه‌ی کتک خوردن یکی از وزرا پرسیده بود، جواب روشنی دارد که تا حدی به جواب سئوال من هم کمک می‌کند.

عباسقلی گلشاییان، وزیردارایی کابینه، بلافاصله بعد از سوم شهریور، در خاطرات خود می‌نویسد که:
هنگام تشکیل جلسه‌ی هیأت دولت در روزهای بحرانی، متوجه دست باندپیچی شده‌ی رضا شاه شده است که مدعی بوده بر اثر یک حرکت بی‌قاعده رگ‌به‌رگ شده، ولی اضافه می‌کند که این‌جا

و آنجا شنیده که ضربه دیدن دست شاه بر اثر کتکی بوده که به وزیر جنگ و رییس ستاد ارتش زده است.

انتظام شاهدِ عینی، می‌نویسد که:
شخصاً در سعدآباد از دور شاهد کتک خوردن سرلشکر نخجوان وزیر جنگ و ریاضی رییس ستاد، از دست رضا شاه بوده است.

کتک شاهانه‌ای که شدت آن موجب رگ‌به‌رگ شدن مچ دست بشود، دست‌کم می‌تواند قرینه‌ای از قصور یکی از وزیران در عرض گزارش واقعی به شاه باشد. قرینه‌ی کلی‌تر را می‌توانیم با دنبال کردن متن یادداشت‌ها به‌دست بیاوریم.

ولی قبلاً باید این نکته را هم یادآوری کرد که انتظام هم از آن‌هایی است که عقیده دارند که واقعه‌ی سوم شهریور بلیه‌ای بوده که باید اتفاق می‌افتاده و هوشیاری یا غفلت رضا شاه که انگلیسی‌ها تصمیم به برداشتنش داشتند، در وقوع آن تأثیری نداشته است. می‌نویسد:
«بعید نیست که اگر به اخراج اتباع آلمان و اجازه‌ی عبور مهمات هم تن در می‌داد، توقع غیرقابل قبول دیگری از او می‌کردند و به آن بهانه دست وی را از سلطنت کوتاه می‌ساختند.»

دلیلی که می‌آورد این است که:
«در عین گرفتاری انگلیس در جنگ، رضا شاه برای دریافت چهار میلیون لیره‌ای که انگلیسی‌ها باید بابت نفت می‌پرداختند، فشار آورده بود. در نتیجه با او دشمن شده بودند و تصمیم به برکنار کردنش گرفته بودند.»

ممکن است مورخین آن دوره در این‌باره تحقیق و نتیجه‌گیری لازم کرده باشند. ولی به هر حال این دلیل انتظام و بعضی دیگر از رجال وقت، وزن چندانی نمی‌تواند داشته باشد. چون به فرض این که پرداخت این چهار میلیون برای امپراتوری بریتانیا کمرشکن بوده باشد، چه مانعی داشت

که به جای پرداختن و دشمن شدن بگویند حالا در حال جنگ هستیم، نداریم. بماند طلبتان برای بعد؟

در نتیجه، بعید به‌نظر نمی‌رسد که این نظریه‌ی تصمیم بلابرگشت انگلیس به برداشتن رضا شاه، در هر صورت، ساخته و پرداخته‌ی کسانی باشد که تا آخرین لحظه سیاست بی‌طرفی شاه را تایید کردند یا جرئت نکردند بی‌فایده بودن آن را به او تذکر بدهند. تا آن‌جا که حتی به تاریخ ۳۰ مرداد، در حالی که دو لشکر موتوریزه‌ی هندی در عراق، پشت مرز ایران مستقر شده بودند و همین طور ارتش سرخ در شمال و دولت نمی‌توانست خبر نداشته باشد، باز در جواب تذکاریه‌ی دو دولت، تاکید کردند که: «هیچ پیشنهادی را که خلاف سیاست بی‌طرفی باشد، نمی‌توانند بپذیرند.»

اما برای نقش احتمالی قصور دولت در واقعه، شاید بتوان در یادداشت انتظام، مربوط به گفت‌وگوی رضاشاه با سفیر امریکا، قرینه‌ی دیگری یافت. انتظام حکایت می‌کند که:
«شاه بعد از دریافت پاسخ پرزیدنت روزولت به تلگرافی که همان روز هجوم متفقین به او مخابره کرده بود، خواسته بود وزیر مختار امریکا را ببیند.»

در یادداشت روز شنبه ۱۵ شهریور می‌نویسد:
«بعد از ظهر سهیلی وزیرخارجه به من تلفن کرد که دریفوس "Dryfus" وزیرمختار امریکا ساعت پنج و نیم احضار شده است. چون ما در همان ساعت با نمایندگان روس و انگلیس جلسه داریم، اگر اجازه بفرمایند، من همراه او نیایم. به عرض شاه رساندم، فرمودند این شرفیابی رسمی نیست که حضور وزیرخارجه را ایجاب کند. بگویید به کارشان مشغول باشند. به علاوه خود شما که هستید، مترجمی خواهید کرد».

سپس شرح می‌دهد که:

«رضا شاه وقتی وزیر مختار را پذیرفت، درحالی‌که ترجمه‌ی فارسی تلگراف روزولت را در دست داشت، از اطمینانی که رییس جمهوری درباره‌ی حفظ استقلال و تمامیت ایران داده بود، تشکر کرد و توضیح داد که آلمانی‌ها با قرارداد پایاپای، تسهیلات زیادی در امور اقتصادی ایران فراهم آورده‌اند، ولی از قصد و نیت و طمع هیتلر به سایر کشورها و خطر این تجاوزکاری آگاه است. سپس خطاب به دریفوس گفت:

«اما در این‌جا از شما که وزیرمختار امریکا هستید، می‌خواهم سئوالی بکنم و آن این است که آیا برای جلوگیری از این خطر و جلب همکاری ما، راه دیگری غیر از آن‌چه دولتین پیش گرفتند، ممکن نبود؟»

از این شکوه‌ی رضا شاه که در واقع دردِدلی پیش یک ناظر ماجراست، می‌توان نتیجه گرفت که بعد از واقعه متوجه شده که برای حل مسئله و جلب همکاری او، راه دیگری هم ممکن بوده که به او پیشنهاد نشده و کسی پیش پایش نگذاشته است؛ و جواب دریفوس شاید مؤید این واقعیت باشد:

«اگر اعلیحضرت اجازه بفرمایند، عقیده‌ی شخصی خودم را عرض می‌کنم. یقین دارم اگر وزیرمختار انگلیس می‌توانست از نزدیک با اعلیحضرت تماس یابد، از خیلی پیش‌آمدها جلوگیری می‌شد. چه تصور می‌کنم که وزرا آن طور که باید، مطالب را به عرض نمی‌رساندند».

مسئله‌ی عمده از نظر وزیرمختار امریکا، به عرض نرساندن مطالب به شاه «آن طور که باید» است.

می‌توانیم فرض کنیم که ساعد که نخست‌وزیران رضا شاه در سال‌های بحرانی جنگ ـ متین‌دفتری و منصور ـ را بهتر از وزیرمختار می‌شناخت، کمر همت بسته بود که اجازه بگیرد و بیاید بدون تعارف به شاه بگوید که به چاپلوسی آن‌هایی که می‌گویند اعلیحضرت با سیاست بی‌طرفی

شاخص شرق شده‌اند، گوش ندهد. چون در آشوب و فتنه‌ی خونینی که دنیا را به‌هم ریخته و قدرت‌ها برای پیش بردن به پای جان هم می‌زنند، سیاست بی‌طرفی دیگر ممکن نیست و به حکم پیش‌آمد غیرمنتظره باید با متفقین که کاردشان روی گلومان است، کنار آمد و متحد شد.

اگر این فرض درباره‌ی منظور او درست بوده باشد، البته با اگرهای بسیار دیگر، از جمله اگر موفق می‌شد رضا شاه را متقاعد کند، اگر تغییر جهت دیر نشده بود و اگر متفقین به آن اعتماد می‌کردند، در آن صورت پیمان سه جانبه‌ی اتحاد ایران و روس و انگلیس که در بهمن ۱۳۲۰ به اهتمام و کوشش فراوان فروغی، بین کشور اشغال شده، با دو کشور اشغال کننده منعقد شده، احتمالاً شش ماه زودتر، در شرایط دیگری به امضا می‌رسید و از ضایعات و تلفات جانی و مالی و آشفتگی‌های بسیار مملکت احتراز می‌شد و در نتیجه اسم آقای ساعدالوزاره در تاریخ وقایع جنگ دوم جهانی ثبت می‌گردید.

پاریس اسفند ۱۳۹۰

در خطهٔ مدافعان رنجبران

پائیز ۱۳۴۱ - یعنی ۱۹۶۲ بود، که به من بعد از دو سال و نیم خدمت در اتریش، حکم رسید که مأمور خدمت در چکسلواکی شده‌ام. ولی گفته بودند که بمانم تا سفیر جدید برسد و تصمیم بگیرد که چه کسی امور کنسولی سفارت را که من انجام می‌دادم، عهده‌دار شود. سفیر جدید، رحمت اتابکی، رسید. نمی‌دانم چطور بدون هیچ آشنایی، مهر و محبت من به دلش افتاده بود که به محض ورود گفت شنیدم که می‌خواهی از اینجا بروی. من موافق نیستم. فردا به وزارت خارجه تلگراف می‌کنم که حکم پراگ تو را باطل کنند و در وین بمانی. سفیر قهار جراری بود. هر کار دلش می‌خواست می‌کرد. قبلاً در پست وزارت کشور نشان داده بود که راحت حکم‌های صادره را باطل می‌کند. می‌گفتند خیلی مورد توجه شاه است. باری، این فرمان او به ماندن، برای من وضع اسفباری ایجاد می‌کرد. تمام مقدمات رفتن را آماده کرده بودم. اجارهٔ آپارتمان را پس خوانده بودم و مستأجر جدید عجله داشت در آن نزول اجلال کند. مهمتر از همه این بود که بعد از رفتار ظالمانه‌ای که بر پایهٔ گزارش مغرضانهٔ ساواک، با سفیر سابق - محمود میرفخرائی - انسان شریف و محترم، کرده بودند و شرحش را جای دیگر داده‌ام، من و دوستم دکتر حسین شهیدزاده دیگر به هیچ قیمت حاضر نبودیم در وین بمانیم. دوستم حکم انتقال به مادرید داشت و من حکم پراگ، آخر شب به سراغ سفیر از راه رسیده و خسته که می‌خواست بخوابد رفتم با سماجت و استدلال طولانی رضایتش را با رفتنم جلب کردم. البته شرط کرد بمانم که کارم را به جانشینم یاد بدهم. همین شرط مدتی حرکتم را به تأخیر انداخت. سفیر در چکسلواکی «داش جمی» بود که «داش‌هری» سفارش مرا به او کرده بود. برادران قریب: جمشید و هرمز، از سفیران سابقه‌دار، در وزارت

خارجه به این اسامی -برگرفته از اصطلاح خودشان -معروف بودند.

سفیر در هتل انترناسیونال پراگ برای من از جا رزرو کرده بود. این هتل عظیم با طبقات بسیار و اتاق‌های فراوان با جلال و جبروت کمونیستی خیلی بیشتر به یک سربازخانهٔ تمیز می‌ماند تا به یک هتل. ولی بایستی در آن می‌ماندیم تا منزلی پیدا کنیم. انترناسیونال بخصوصی بود. مشتری‌هایش عمدتاً افریقایی‌ها یا اعراب مجاز و یا مهمانان سایر کشورهای کمونیست اروپا و آسیا بودند. از سیل توریست‌های غربی که بعد از استقرار مجدد دمکراسی در این کشور، به ارقام سالانه پنجاه و شصت میلیون توریست بالغ شد، خبری نبود. چون درها به روی غیرخودی‌ها بسته و مملکت تحت حکومت استالینیست‌ترین حکام کمونیست، آنتونین نوووُتنی، بود.

هر قدر زندگی خانواده با بچهٔ سه ساله در چنین هتلی فوق‌العاده مشکل و عذاب‌اور بود، خوشبختانه در زندگی اداری مشکلی نداشتم. سفیر و نفر دومش عباس ملک‌مدنی، آدم‌های بی‌آزار و شاد و خوشرویی بودند و بسیار محبت می‌کردند. از طرف دیگر بختم بلند بود که در سفارت دوست و همدوره‌ام علی اصغر فرهمند را بازیافتم که مدتی قبل، از نیویورک به آنجا منتقل شده بود. با او هم اتاق بودیم. دفتر سفارت در طبقهٔ سوم یک عمارت بزرگ قدیمی بود. طبقات پائین به رزیدانس سفیر اختصاص داشت. با دوستم روزمان به خوشی می‌گذشت. کار زیادی نداشتیم. از خاطرات و دوستان مشترک یاد می‌کردیم. اصولاً سفارت هم کار مهمی نداشت. کار کنسولی که تقریباً هیچ بود. در معاملات تجاری بین دو کشور هم سفارت در واقع دخالتی نداشت.

آقای سفیر گاهگاه گزارشی از وقایع سیاسی به وزارت خارجه می‌فرستاد که کم و بیش ترجمهٔ همان بولتنی بود که وزارت خارجه چکسلواکی برای اطلاع به سفارتخانه‌ها می‌فرستاد. یعنی سایر سفارتخانه‌ها هم بیشتر از ما کاری نداشتند. اگر از ابرقدرت‌ها که احیاناً جاسوس و خبرچینی

در دستگاه حکومت داشتند بگذریم، سایر سفرا چه خبر جالبی پیش از خبرنگاران خبرگزاری‌ها به دولتشان می‌دادند؟ در دنیایی که با پیشرفت تکنیک مخابرات و انتقالات، رئیس جمهوری آمریکا هر لحظه می‌توانست گوشی را بردارد و با رئیس اتحاد جماهیر شوروی صحبت کند و یا وزیر خارجه‌اش صبح به لندن و عصر از آنجا به برزیل برود، سفیر جابلسا و جابلقا چه گزارشی به دولتشان می‌دادند؟ در نتیجه وظیفهٔ اصلی‌شان حضور در کشور دیگر و افراشته نگه‌داشتن پرچم کشور خودشان بود و به همان قانع بودند. البته این حکایت یک عهد و دوران سرآمده‌ای است. بعد از ظهور حکومت آخوندی در مملکت ما دیپلمات‌های جمهوری اسلامی، در اجرای دیپلماسی گروگانگیری و ترور مخالفان و حمایت مأموران ترور، وظایف مهمی عهده‌دار شده‌اند که نمونه‌های آن را در سال‌های اخیر شاهد بوده‌ایم. بگذریم، از راحتی و آسایش دیپلمات‌ها در پراگ می‌گفتیم. علی‌الخصوص که پراگ یکی از پدر و مادردارترین و زیباترین شهرهای اروپاست. شهر موزیک و شهر هنر و شهر زیبارویان است. البته آن موقع تحت حکومت کمونیست در وضع عادی و سلامتش نبود. پراگی‌ها شوق و ذوق و دماغ رسیدگی به شهرشان را نداشتند. غباری از ملالت و دلمردگی بر سر تا پای شهر نشسته بود. حال و وضع زن زیبایی، مثلا مریلین مونرویی را داشت که با سر و روی ناشسته و زلف شانه نکرده با پیرهن چرک اتو نکرده از خانه بیرون آمده باشد.

من بعد از رفع گرفتاری‌های اولیه، روزگار دلپذیری در این شهر هنر و موزیک و زیبایی‌ها گذراندم ولی آن موقع مهمترین مسأله، پیدا کردن مسکنی برای نجات از آشفتگی زندگی در هتل با بچهٔ کوچک بود. در کشورهای کمونیستی و اصولا در دیکتاتوری‌ها، یک نوع همبستگی طبیعی بین دیپلمات‌ها برای کمک و راهنمایی به تازه‌واردین ایجاد می‌شود. در اولین مهمانی دیپلماتیک، موضوع سوال و جواب با من به مسأله خانه

مربوط می‌شد. کم و بیش همه، به صراحت یا به اشاره، رشوه به صورت چیزهای ممنوع‌الورود (بخصوص مشروب و سیگار خارجی) را حلال انواع مشکلات از جمله مشکل خانه معرفی می‌کردند.

دبیر اول سفارت لبنان وقتی دانست که من در دوران تحصیل در فرانسه با برادر او همدرس بوده‌ام خیلی محبت و ابراز خصوصیت کرد و تجربهٔ خودش در باب پیدا کردن آپارتمان از طریق پارتی کلفت را برایم حکایت کرد. گفت به وسیلهٔ یک بازرگان آلمانی لبنانی‌الاصل به یکی از کله گنده‌های ذی‌نفوذ در وزارت خارجه به نام «انژنیور مورگا» معرفی شده که به توصیه و فشار او به سرعت آپارتمان مناسبی پیدا کرده است. گفت: متاسفانه این شخص، کمونیست خیلی معتقد و متعصبی است و به خلاف خیلی‌ها اهل رشوه نیست. البته من دو سه باری که به منزلش رفته‌ام به بهانه‌ای کادوئی از محصولات خوراکی لبنان برایش برده‌ام. گویا قبلا روزنامه‌نویس بوده و کتابی راجعه به دیپلماسی نوشته است.

از این آشنای تازه خواهش کردم مرا هم با این شخص آشنا و معرفی کند. شاید به درد من هم برسد. گفت برایش ممکن نیست و ضمن یادآوری ضرورت پیدا کردن پارتی در وزارت خارجه، گفت: توجه کن که اینجا با اینکه مرسوم نیست، وزارت خارجه‌ای‌ها هیچ بدشان نمی‌آید که به شیوهٔ غربی به آنها «اکسلانس» خطاب کنی.

گفتگو با دبیر اول سفارت لبنان را با آقای قریب در میان گذاشتم و پرسیدم آیا این انژنیور مورگا را می‌شناسد یا نه. گفت او را یکی دو بار در مهمانی‌ها دیده است. سابقاً سفیر نمی‌دانم کجا بوده و حالا گویا مشاور عالی وزارت خارجه است.

و اضافه کرد: از آنجایی که عنوان مهندس دارد معلوم می‌شود جزء درس خوانده‌هاست. چون در حکومت کمونیستی این آقای نوتنی، خیلی از عمله اکره‌ها دیپلمات شده‌اند.

از سفیر تقاضائی نکردم. چون به قرینه‌ای می‌دانستم و مطمئن بودم که بیشتر از آن نامه‌ای که راجع به من به وزارت خارجه نوشته، اقدام دیگری نمی‌کند. با دوستم فرهمند مشورت کردم. گفتم حالا که غریب و بی‌کس و پارتی گردن کلفتی نمی‌شناسم، چه عیبی دارد خودم به این جناب انژنیور که می‌گویند خیلی زور دارد متوسل بشوم که توصیه‌ام را بکند. گفت بعید می‌دانم که این آقا یا مقام سفیری به یک دبیر سوم سفارت وقت ملاقات بدهد، چه رسد به اینکه توصیه‌ات را بکند! به رغم این نظر منفی دوستم، از فکر تلاش برای دیدار این پارتی ناشناس بیرون نمی‌رفتم. در وضع ناجوری قرار داشتم، باید به هر دری می‌زدم.

از آشنای لبنانی خواستم اطلاعات بیشتری از خصوصیات این آقای انژنیور به من بدهد. تنها اطلاعاتی که داشت همین بود که چند سال پیش کتابی در بارهٔ دیپلماسی نوشته است. ضمناً شنیده که اهل شکار است و شکارچی قابلی است. همین‌ها می‌توانست برای راه یافتن به او کمکی باشد. گفتم الله و بخت! به وزارت خارجه تلفن زدم و خواستم با او صحبت کنم. منشی‌اش پرسید راجع به چه موضوعی؟ گفتم باید با خود ایشان بگویم، سؤالی دارم که فقط خود اکسلانس می‌تواند جوابم را بدهد. گفت من می‌توانم به سوال شما جواب بدهم. کارم به اشکال برخورده بود. گفتم خانم، شما کتاب مهم ایشان در بارهٔ دیپلماسی را خوانده‌اید؟ انگار ناراحت شد. بعد از منّومنی جواب داد هنوز نه، ولی... فرصت ندادم. گفتم پس وصل کنید از خود ایشان سؤال کنم چون موضوع مهمی است. خودخواهی آقا را هدف گرفته بودم. گوشی را برداشت. به تفاوت درجه و مقام، که از منشی پرسیده بود ایرادی نکرد. پرسید راجع به کتاب من از چه سؤالی دارید؟ تماس برقرار شده بود. باید ترتیبی می‌دادم که او را ببینم و یک جوری منظور واقعی‌ام را به عرضش برسانم. به رگ خودخواهیش پنجه انداختم. گفتم اولا می‌خواستم بدانم به زبان انگلیسی یا فرانسه ترجمه شده یا نه.

ثانیاً کنگره چه قدر از نظریات شما، که شنیده‌ام از تئوری‌های کلاسیک خیلی فاصله دارد، بهره برده است؟ در جواب گفت نه، کتابم هنوز از چکی به زبان دیگری ترجمه نشده. ولی سؤال دومتان را درست متوجه نشدم. گفتم: در کنگرهٔ بین‌المللی روابط و مصونیت‌های دیپلماتیک که می‌دانید ماه آوریل ۱۹۶۱ در وین برگزار شد، من عضو هیأت نمایندگی کشورم بودم. چون اهل قلم هستم علاقمندم از نظر کارشناسان دیپلماسی در بارهٔ مصوبات کنگره، برای گزارشی که قصد نوشتنش را دارم، استفاده کنم.

در باب قصد نوشتن گزارش راجع به کنگرهٔ وین دروغ نمی‌گفتم. من و دوستم دکتر شهیدزاده، هر دو عضو هیأت نمایندگی ایران به ریاست دکتر متین دفتری بودیم. هر دو از ضرورت نوشتن گزارش کنگره برای نشریهٔ سه ماههٔ وزارت خارجه صحبت کرده بودیم. دوستم که دیپلمات برجسته و فاضلی بود بعداً غیرت کرد و زحمت آن را کشید و بار و بار از دوش من برداشته شد.

باری، تیرم به هدف خورد. آقای آمباسادور انگار موقعیتی برای خودنمایی یافته بود. چون دعوت شام من از دبیر سوم را به راحتی پذیرفت. وقتی این مرحلهٔ مقدماتی گذشت و مقدمهٔ کار فراهم شد، تازه به فکر و حتی نگرانی افتادم که من ملاحظه کار و ناآشنا با ظرافت‌های رشوه دادن و رشوه گیری، که حداکثر بعد از خلاف رانندگی، اسکناس پنج تومنی را با کلی خجالت در جیب عزیزالله خان اژدان می‌گذاشتم، چطور و با چه روئی و چه پشتوانه‌ای، در اولین دیدار با مشاور عالی وزارت خارجه، از او بخواهم که پارتی من بشود و به ادارهٔ تشریفات توصیه کند که خارج از نوبت و فوری یک آپارتمان در اختیار من بگذارند؟ بخصوص از کسی که شنیده‌ام مطلقاً اهل بند و بست و رشوه نیست! با چه زبانی و چه ترفندی می‌توانم دل سخت او را نرم کنم که مفت و مجانی مرا تحت حمایت بگیرد؟ در این باب فکرم به جایی نرسید. تا قرار شام، چند روزی وقت داشتم که به چاره‌جویی بنشینیم.

۱۵۵

در این گیر و دار بحث و فحص راجع به ملاقات من با جناب انژنیور، اتفاق تازه‌ای افتاد. یک عضو به اعضای سفارت اضافه شد. در حالی که کار زیادی که لزوم کارمند اضافی را توجیه کند وجود نداشت و من و فرهمند هم در واقع زینب زیادی بودیم لابد مصلحت دولت چنین اقتضا کرده بود. عضو تازه آقای فریدون ظهیر از قدیمی‌های وزارت خارجه و آدم نسبتا مسنی بود. با او هیچ آشنایی نداشتیم. از یوگسلاوی به پراگ منتقل شده بود. البته کاری با ما نداشت. فقط من و فرهمند که در اتاق تنها بودیم، نگران بودیم که با وجود اتاق خالی پهلوئی، آقای ظهیر را به اتاق ما که یک میز اضافی داشت حواله بدهند و خلوت ما بهم بخورد. از قضا همین طور شد و سفیر او را به اتاق ما فرستاد. از اولین لحظه به فکر افتادیم که راهی برای روانه کردن او به اتاق دیگر که مطابق شأن و مقامش هم بود پیدا کنیم. از نظر مقام، دو درجه از ما هر دو ارشد بود. برای تصویر تفاوت، به مقیاس ارتش، ما ستوان بودیم و او درجهٔ سرگردی داشت. وقتی پشت میز نشست من، بعد از تبریک و ابراز خوشوقتی از این که منبعد برای حل و فصل معضلات سیاسی از تجربیات ایشان استفاده خواهیم کرد، گفتم: باید از جناب ظهیر قدردانی کرد که با قبول این میز، عاقبت تابوی آن را شکستند و بعد از این دیگران از آن بی‌نگرانی استفاده خواهند کرد. فرهمند باهوش که حدس زد برنامه‌ای در پیش داریم، در ابراز رضایت و خوشحالی، با من شریک شد. آقای ظهیر موضوع را پرسید، گفتم مسأله، موقعیت این میز نسبت به آکواریوم است. دوستم نیز با حرکت سر تأیید کرد، در حالی که از نقشهٔ من خبر نداشت.

باید توضیح بدهم که در اتاق محل کار ما که شکل هندسی منظمی نداشت و نمی‌دانیم در دوران صاحبخانهٔ قبلی اتاق چه بوده، یک آکواریوم روی یک سکوی سنگی به ارتفاع بیش از یک متر نصب شده بود. و عجیب اینکه در این آکواریوم در بسته، از آب و ماهی خبری نبود. به جای آب، مقداری خاک در آن انباشته بود. آقای سفیر روزی که اتاق را به من نشان

داد، در جواب سؤالم راجع به آن گفته بود: نمی‌دانم. ما که آمدیم این همین جوری اینجا بود، دستش نزدیم. به فرهمند هم بیش از این توضیحی نداده بود. می‌شد تصور کرد که در تعمیرات ساختمان این خاک راکد ورد نیاز بوده، توی آکواریوم خشک ریخته‌اند که بعد استفاده کنند. بعد فرصت نشده یا فراموش شده است. دیگر به آن فکر نمی‌کردیم.

ولی آن روز من با همدستی دوستم از ان سوءاستفاده کردم. در جواب آقای ظهیر که علت وجودی آکواریوم محتوی خاک را می‌پرسید گفتم ما در بارهٔ ان از آقای سفیر پرسیده‌ایم، نمی‌داند یا اگر می‌داند نمی‌خواهد به ما بگوید. ولی ما با تحقیق، اصل موضوع را کشف کرده‌ایم. موضوع این است که معزز‌الدوله که سال ۱۳۲۵ سفارت را افتتاح کرده، در دوران رضاشاه چند سال سفیر در بغداد بوده. چون آدم خیلی مذهبی است آن موقع به قیمت زیاد و با اعمال نفوذ، مقداری از خاک صحن حرم کربلا را از متولی خریده و سرمایهٔ تبرک زندگی شغلی‌اش کرده، هر جا مأموریت رفته، چه در سفارت بروکسل، چه اینجا، مقداری از آن خاک را در جای مرتفع محترمی قرار داده که از خطرها و بلایا حفظش کند. این طبقهٔ سوم که حالا دفتر سفارت شده آن موقع محل اقامت معزز‌الدوله بوده که در این اتاق، این اکواریوم را به این کار اختصاص داده است. حالا که اتاق به دفتر ما مبدل شده، گرفتاری اینجاست که کسی که پشت این میز وسط می‌نشیند پشتش به آکواریوم می‌شود که از نظر خیلی‌ها پشت به خاک صحن مطهر حرم بی‌احترامی است. میز را هم نمی‌شود زیاد آن طرف کشید چون به علت قناسی اتاق جلوی باز شدن در ورودی را می‌گیرد. فرهمند گفت: به هر حال آفرین به این ایمان و اعتقاد.

آقای ظهیر که با دقت به حکایت گوش کرده بود، به لحن تمسخر گفت: با این اعتقاد و ایمان چرا خاک متبرک را جا گذاشته است؟ فکر این را نکرده بودم. فرهمند گفت: معلوم نیست جا گذاشته باشد. فرصتی شد که من قصه را تکمیل کنم. گفتم: شنیده‌ام که زنجانی وزیر مختار بعدی خیلی التماس و

درخواست کرده تا معززالدوله نصف خاک را به او بخشیده. فرهمند تکمیل کرد: به قولی فروخته. آقای ظهیر به لحن اعتراض گفت: فکر کنید چقدر بوده که نصفش دست کم پنج شش کیلو خاک است. یکی نگفته چرا این قدر زیاد؟ یک مشت خاک هم همان معجزه را می‌کند که یک گونی‌اش. به هر حال من فردا به باغبان می‌گویم این خاک را ببرد توی باغچه بریزد. ناچار زدم به سیم آخر و گفتم بگذریم از این شایعات که همکارمان، دانش، چون پشت این میز نشست، آن ناخوشی عجیب معده و روده را گرفت که البته کسی این را باور نمی‌کند.

کاری پیش آمد یا کسی سررسید که صحبت همین جا قطع شد. روز بعد ما در بارهٔ ناکامی اقداممان صحبت می‌کردیم که آقای ظهیر رسید. با حالت تفاخر و با سر و صدا پشت میزش نشست و باز تجدید مطلع کرد: من دیروز نشستم و می‌بینید که کج و کوله نشده‌ام. امروز هم می‌نشینم تا باغبان را پیدا کنم و بگویم خاک را ببرد بریزد توی باغچه! برگ تازه‌ای رو کردم: ولی جناب ظهیر! دیروز صحبتمان ناتمام ماند. پرسیدید چرا خاک محتوای آکواریوم این قدر زیاد است، نشد توضیح بدهم که یکی از سفیران بعدی برای تکمیل کار معززالدوله، مقداری از خاک ایران را آورده و به خاک قبلی اضافه کرده، در نتیجه توجه داشته باشید که اگر خاک را دور بریزید فقط خاک کربلا نیست. خاک ایران هم هست. فرهمند ضرب مکمل را زد: آن هم خاک مازندران! من گفتم: سوادکوه مازندران! و اضافه کردم زادگاه رضاشاه به هر حال در حضور ما این کار را نکنید. فرهمند گفت: جلوی ابراهیم‌آبادی، عضو دفتری سفارت هم نکنید! من گفتم: بله آدم خیلی معتقد و متعصبی است. این روزها دقت کنید، می‌بینید که وقتی به این اتاق می‌آید موقع رفتن، عقب عقب می‌رود که پشتش به آکواریوم نباشد. دیروز که شما راجع به زیادی مقدار خاک ایراد می‌کردید، خدا خدا می‌کردم که سرو کله‌اش توی اتاق پیدا نشود. آقای ظهیر پوزخندی زد و گفت اگر پیدا می‌شد چه غلطی

می‌کرد؟ گفتم به شما که جرأت نمی‌کرد چیزی بگوید. ولی مطمئن باشید خبر لامذهبی و عداوت شما با تربت مطهر امام -یعنی نه تنها شما که حتی ما که به شما اعتراض نکرده‌ایم -از پراگ تا شهرش اراک و قم و مشهد منتشر می‌شد. آقای شهیر با خنده گفت گناه خودم پای خودم، گناه شما را هم بگوئید پای من بنویسند. من و فرهمند که آن طور از چپ و راست کوبیده بودیم و نتیجه‌ای نگرفته بودیم نگاه دماغ سوخته‌ای رد و بدل کردیم و تن به قضا دادیم. بقیهٔ روز دیگر صحبتی در این باره نشد. اما صبح روز بعد وقتی به دفتر رسیدیم، آقای ظهیر را دیدیم که داشت با کمک رانندهٔ سفارت، میزش را از اتاق ما به اتاق پهلوئی می‌برد. تدبیر شیطنت آمیزمان نتیجه داده بود اما باید بگویم که بعد از آقای ظهیر را شناختیم، او را انسانی خوب و پاکدل و بی‌آزار یافتیم.

این بازی دو سه روزی مرا از فکر ملاقات جناب انژنیور غافل کرده بود. دوباره ماشین فکر را به کار انداختم. در بارهٔ اصل موضوع یعنی تقاضای توصیه به هیچ نتیجه‌ای نرسیده بودم. ولی سوژه‌های مختلفی را به عنوان پیش غذائی صحبت در ذهن آورده بودم. از قبیل خدمات مهندسین چک در ساختمان راه آهن سراسری ایران -میانجیگری ادوارد بنش در اختلاف ایران و انگلیس و غیره. ضمناً چون گفته بودند که مهندس از استالینیست‌های متعصب است صفات ثبت شدهٔ استالین، از قبیل مهندس بزرگ، معمار سازندگی جهان، لکوموتیوران پیشرفت بشریت -را که از دوستان توده‌ای شنیده بودم، آماده داشتم. از طرفی چون شنیده بودم که شکارچی است، با تمام نفرتی که از شکار دارم از این طرف و آن طرف اطلاعاتی در بارهٔ شکار و سلاح‌های شکاری کسب کرده بودم. شب قرارمان، چون این بار و بُنه را برای دلبری تا حد توصیهٔ خانه کافی نمی‌دیدم، با اینکه مکرر شنیده بودم که مهندس اهل رشوه نیست و حتی اشاره به رشوه، کار را خراب می‌کند، معهذا یک جعبهٔ بزرگ ویسکی جانی واکر و یک جعبهٔ بزرگ کنیاک در صندوق

عقب ماشین گذاشتم و گفتم مشروب عیب نمی‌کند. بعداً به سلامتی یا بهتر، به شادی زهره جبینان و نازک بدنان می‌خوریمشان.

در رستوران خلوت خوبی سعادت دیدار انژنیور نصیبم شد. مردی میانسال کوچک اندام با عینک ته استکانی و سر و وضع مرتب بود. درس خوانده و آداب دان به نظرم رسید. زبان فرانسه را به راحتی تکلم می‌کرد. اولین بار که «اکسلانس» خطابش کردم تصحیح کرد: «کاماراد»! ولی دفعات بعد اکسلانس را راحت هضم کرد.

اولین سوالش این بود که از کتابش چه شنیده‌ام. گفتم در بعضی مهمانی‌های دیپلماتیک شنیدم که شما کتابی در بارهٔ دیپلماسی نوشته‌اید ولی باعث تأسف است که می‌گوئید به زبان‌های دیگر ترجمه نشده است. نفهمیدم چه مشکلی راجع به این کتابش داشت که نخواست راجع به آن توضیح زیادی بدهد. ودکا را سر کشید و از من از کنگرهٔ وین سوال کرد. من با پیش بینی حضور حتمی ودکا سر شام، میزی را پیشنهاد کرده بودم که کنار یک گلدان بزرگ گل‌های زینتی مصنوعی قرار داشت و می‌توانستم گیلاس ودکای اضافی خودم را با تردستی در آن گلدان خالی کنم. ظاهراً گیلاسی به سلامتی او بلند کردم و توضیحاتی در بارهٔ کنگرهٔ روابط و مصنونیت‌های دیپلماتیک وین دادم. ولی زیاد توجهی به آن نکرد و شروع به تمجید و تکریم دیپلماسی کشورش تحت راهنمائی خردمندانهٔ «کاماراد نووتنی» کرد. و بقیه مجلس هر موضوعی که پیش کشیدم به تعالیم نابغهٔ بزرگ، کاماراد رئیس جمهوری و دبیر اول حزب، نووتنی برمی‌گشت. انگار با مأموریت تبلیغ در بارهٔ این اربابش آمده بود. حتی وقتی به نویسندگان چک: «چاپک» و «هاشک» اشاره کردم، هنردوستی و ادب‌دوستی کاماراد نووتنی را عنوان کرد و به‌سلامتی او گیلاس ودکا را خالی کرد. خوشبختانه من مکرر موفق شدم گیلاسم را یا فقط لب بزنم یا یواشکی به گلدان بریزم. غیر از یک بار که نتوانستم و آن وقتی بود که برای دلربائی گفتم اکسلانس، پس باید پذیرفت

که تنها وارث و جانشین به حق استالین، پرزیدنت نووتنی است و بس و شایسته است که پرزیدنت را استالین ثانی بنامیم.

این بار خودش بطری را برداشت و هر دو گیلاس را پر کرد و گفت: به سلامتی قدرت تشخیص شما! و طوری دقیق مراقب گیلاس من بود که نمی‌شد تقلب کرد.

کامارادانژنیور ظرفیت غریبی داشت. چند گیلاس ودکا هیچ تکانش نداده بود. یک موقعی در حالی که او در بارهٔ سیاست کشاورزی کاماراد پرزیدنت توضیح می‌داد و من ظاهراً گوش می‌دادم، به این فکر افتادم که دارم راه عوضی می‌روم چون کاماراد انژنیور مست بشو نیست. و در هر حال من باید خودم را مست کنم که بر حجب و کمروئی فائق بشوم و مطلبم را به وضع روشنی مطرح کنم. چون شام تمام شده بود و تا آن موقع من تنها چیزی که در این باب گفته بودم، اشاره‌ای بود که ضمن عرض تملق کرده بودم که: اکسلانس، شما به قدری خوب مسائل سیاسی و اجتماعی را تجزیه و تحلیل می‌کنید که من دلم می‌خواست نزدیک منزل شما خانه می‌گرفتم و مرتب پای صحبتتان می‌نشستم. فکر کردم دیگر فرصتی نیست. آقا می‌رود منزلش می‌خوابد و دیگر حاجی حاجی مکه! باید یک چیزی بگویم یا می‌گوید آره یا نه. گیلاس آخری را هم خورد و راه افتادیم. من موقع بلند شدن، کمی ادای آدم عرق زده درآوردم. وقتی سوار شدیم کاماراد انژنیور گفت اگر نمی‌توانید برانید، من برانم. گفتم نه، حالم خیلی بد نیست. وقتی راه افتادیم، فکر کردم باید خودم را به مستی بزنم شاید در آن حال بتوانم به سادگی به طرف بگویم: «اکسلانس، محتاج توصیهٔ شما برای یک آپارتمان هستم. در مقابل، زحمت شما را هر طور بفرمایید جبران می‌کنم». ولی آدمی که مست نیست برای تظاهر به مستی باید مقداری استعداد بازیگری داشته باشد. کم کم شروع به امتحان این استعدادم کردم. با لحن مستانه گفتم: «اکسلانس عزیز، خیلی خدمتتان خوش گذشت. اگر بتوانید یک توصیه برای آپارتمان من بکنید...»

نگذاشت حرفم را تمام کنم. خیلی جدی گفت: اولا مراقب رانندگی‌تان باشید؛ ثانیاً اگر حق داشته باشید مسلماً به موقع به حقتان می‌رسید. توصیه در حکومت سوسیالیستی مطرود است. فکر توصیه و پارتی را از سرتان بیرون کنید! زدم به سیم آخر، با لحن مستانه‌تری شروع به «تو گفتن» کردم: توصیه لازم نیست. تو یک تلفن می‌زنی به رئیس تشریفات می‌گوئی فلانی با زن و بچه‌اش بی‌خانه مانده. رئیس تشریفات غلط می‌کند به تو آدم به این بزرگی جواب رد بدهد! خیلی جدی فقط گفت: مراقب رانندگی‌تان باشید. من نقش بازی را ادامه دادم. حرفم را به اشکال مختلف تکرار کردم تا جلوی خانه‌اش رسیدیم. وقتی پیاده شد بعد از تشکر برای شام، مشغول نصیحت شد که با احتیاط رانندگی کنم. من از نتیجه نقش بازی‌ام ناراضی نبودم. مثل همهٔ مست‌های واقعی که در مقابل سفارش احتیاط، ادعا می‌کنند که مطلقاً مست نیستند، بعد از ادعای سوپرهشیاری، پردهٔ آخر نمایش دلبری را بازی کردم: کاماراد اکسلانس، مهندس جان، من امشب خیلی چیز یاد گرفتم. خیلی ممنونت هستم. خیال نکن برای مضایقه‌ات از توصیهٔ آپارتمان ازت دلخور شدم. نه، خیلی غنیمت برده‌ام. بیا، مهندس جان، بیا اینجا... ضمن این کلمات صندوق عقب ماشین را باز کردم. وقتی جلو آمد جعبه‌های بزرگ را نشانی دادم و گفتم: ببین، این یکی ویسکی است، آن یکی کنیاک، یکی‌اش مال من است، یکی‌اش مال تو. هر کدام را می‌خواهی برمی‌دارد، بسلامتی وجود عزیزت می‌خوریم.

اکسلانس بعد از یکی دو دقیقه تعارف نه و نو، و اصرار مستانهٔ من، جعبهٔ خیلی سنگین ویسکی را بلند کرد و به طرف در ساختمان رفت. من از دور مراقب بودم و خداخدا می‌کردم که با جعبهٔ سنگین و آن میزان ودکا در بدن، زمین نخورد که زحمات من و مخارج مهمانی و مشروب باد هوا بشود. به سلامت وارد ساختمان شد و من با گلوی خشک از پر حرفی مستانه، به راه افتادم. به روی زیاد خودم که توانسته بودم به آدم محترمی که شاید بیست

سال از من بزرگ‌تر بود، تو بگویم و آن طور صحبت کنم، فکر می‌کردم.

صبح بعد فرهمند نتیجهٔ دیدار را پرسیده گفتم هیچ نمی‌دانم. هیز اکسلنسی تا خرخره ودکا خورده جعبهٔ سنگین ویسکی را به هن کشید و برد. فقط نمی‌دانم آن را به حساب حق و حساب برای توصیه بگذارد یا حاتم‌بخشی مستانه و یا پاداش آنچه در بارهٔ عظمت و قدرت و سطوت کاماراد پرزیدنت نووتنی به من آموخته است. چون راجع به هر موضوعی شروع می‌کردم، حرفم را می‌برید که راجع به دانش و نبوغ پرزیدنت در باره همان موضوع سخنرانی کند. پرسید تو چه گفتی؟ گفتم: همین قدر توانستم بگویم محتاج توصیه‌اش هستم و به عنوان پشتوانهٔ احتیاجم، پرزیدنت نووتنی را تالی استالین و خود او را جانشین به حق نووتنی دانستم.

از بحث و تفسیرها و شوخی‌های دوستم که نحوهٔ رشوه دادن مرا مسخره می‌کرد، می‌گذرم. امروز و فردا و پس فردا... تا روز پنجم که به قول شیخ اجل در آن حکایت معروف «ناگاه از ظلمت دهلیز خانه‌ای روشنیی بتافت» – برای من از تلفن دفتر روشنیی بتافت. مسؤول نیازهای دیپلمات‌ها در ادارهٔ تشریفات زنگ زد و گفت عطف به تقاضای شما راجع به آپارتمان مسکونی، با تمام مضیقهٔ مسکن، خوشبختانه یک آپارتمان خالی شده و ...

٭٭٭

روز بعد همراه راهنما به دیدن آپارتمان که در یک محلهٔ خوب واقع بود، رفتیم. آپارتمانی عظیم و عجیب بود که بلافاصله و تقریباً ندیده قبول کردیم. به یقین از اموال مصادره شدهٔ یکی از ثروتمندان بزرگ قدیم بود. انگار کاماراد انژنیور روی پدال توصیه، زیادتر از حد لازم فشار آورده بود. آپارتمان مرکب بود از یک سالن وسیع و سه اتاق خواب بزرگ و یک سالن کوچکتر از سالن اصلی – به قول راهنما «اسموکینگ روم» – سالن حدود پنجاه متر وسعت و سه پنجره رو به خیابان داشت. مصالح ساختمانی گرانقیمتی به کار رفته بود ولی بر اثر کهنگی و رها شدگی مزمن، در و دیوار خانه را چرکی جرمناکی

١٦٣

پوشانده بود. موکت سالن وسیع که معلوم نبود با چه رنگی شروع به کار کرده وضع غریبی داشت. انگار گرد و خاک زیاد مانده در آن، نه نشین شده و به صورت ماسه‌ای چسبنده درآمده بود. طوری که جاروی برقی از عهدهٔ استخراجش برنمی‌آمد. تردیدی نبود که پیش از ما خانواده‌ای در آن زندگی نکرده است. احتمالا به اجتماعات حزبی اختصاص داشته است. فقط یک اتاقش نسبتاً قابل نظافت بود که در آن لنگر انداختیم. ولی آپارتمان به این صورت قابل زندگی نبود. هیز اکسلنسی انژنیور هم دیگر به من رو نشان داد. در انتظار یافتن آپارتمانی قابل زندگی، تصمیم گرفتیم که خانواده به تهران برگردند و من پارتی دیگری دست و پا کنم.

آنها برگشتند و من در تنها اتاق قابل زندگی در این آپارتمان عظیم بیتوته کردم تا کمی بعد به علت یک نقل و انتقال دل آزار برای من، خانهٔ مناسب فراهم شد. واقعهٔ دل‌آزار، انتقال دوستم فرهمند به مونیخ بود. ویلائی که در آن ساکن بود به ما رسید. در این ویلای اعیانی در محله اعیان‌نشین، که به اعضای سفارت اختصاص داشت، از نظر مادی نهایت راحت بودیم. اما از نظر روحی، من و زنم لااقل از یک وقتی به یک نوعی احساس شرکت در گناه غصب مال غیر رسیدیم که تا آخر اقامتمان آزارمان می‌داد. موضوع این بود که در زیرزمین ویلا که انبار ذغال‌سنگ و آتشخانهٔ شوفاژ ساختمان بود، دو پس جوان حدود بیست و پنج شش ساله زندگی می‌کردند که تنظیم و رسیدگی به تاسیسات آب و شوفاژ و نگهداری ساختمان را عهده‌دار بودند. از در مخصوص زیرزمین رفت و آمد می‌کردند. گاهی که هنگام تخلیهٔ کامیون ذغال‌سنگ، یک ساعتی راه آنها بسته می شد، با عذرخواهی محجوبانه از ما اجازه می‌گرفتند که از در بزرگ ویلا بیرون بروند. ما، این دو جوان را کارگرهایی می‌دانستیم که برای این کار استخدام شده‌اند. تا روزی که اتفاقاً دانستیم این دو جوان، فرزندان صاحب خانهٔ مصادره شده بودند، که بعد از درگذشت پدرشان اجازه یافته‌اند در زیرزمین خانه البته با انجام

خدمات مربوط به نگهداری خانه، اقامت کنند.

پاریس مهرماه ۱۳۸۹

باغداری من

اواسط دهه‌ی چهل بود که از مأموریت خارج به تهران برگشتم. مصمم بودم دیگر برای مدت طولانی تهران را ترک نکنم. به این ملاحظه به فکر افتادم بعد از سال‌ها آپارتمان‌نشینی، به یاد دوران کودکی و نوجوانی که در میان درخت و گل گذشته بود، باغچه‌ای تهیه کنم. اما به هر دری زدم با صنّاری که ته کیسه داشتم ممکن نشد. تا عاقبت، به راهنمایـی دوستی، در بیست‌کیلومتری تهران، در مجاورت یک باغ بسیار بزرگ میوه، یک قطعه زمین بی‌سند ثبتی هفت‌هزار متری- چون قطعه‌ی کوچک‌تر آن‌جا پیدا نمی‌شد- از صاحب باغ، که به آقای مهندس معروف بود، با چند ساعت آب هفتگی از چاه نیمه‌عمیق او، خریدم. فروشنده وعده داد که خودش و حسین، نگهبان باغ، از هیچ گونه کمک و راهنمایـی به من دریغ نکنند. آن موقع به شوق گل و درخت به خودم نگفتم که: ای آدم بی‌عقل، ریشت به پر کمرت می‌رسد تا این زمین خشک بی‌آب و علف باغ بشود، تازه وقتی باغ شد، چه اطمینانی به امنیّت محل می‌کنی که زیر درخت پشه‌بند بزنی؟

بگذریم. هیچ تجربه‌ای در کار باغ و باغچه نداشتم. اما بختم بلند بود که همان روزهای اول به یک آشنای قدیمی به نام جواد برخوردم، که مرا از کمک مهندس و حسین، که آدم‌های زیاد شسته رفته‌ای به نظرم نرسیده بودند، بی‌نیاز کرد. این جوادآقا را از زمان خدمت در دادگستری می‌شناختم. به مناسبت کمک ناچیزی که به او کرده بودم، احساس حق‌شناسی و محبت فوق‌العاده‌ای به من داشت. سال‌ها بود که دیگر مستخدم دادگستری نبود. در ده مجاور باغ یک دکان فروش مصالح ساختمانی باز کرده بود. روزها پسرش را در دکان می‌گذاشت و قسمتی از وقتش را صرف کار

من می‌کرد. من هم هر چه از قلم زدن درمی‌آوردم، صرف ایجاد این باغ می‌کردم. دوستانم صمیمانه کمکم کردند. یکی باغبان معرفی کرد. یکی نقشه‌ی درختکاری و گل‌کاری داد. یکی لوله‌کشی آبرسانی را عهده گرفت، بعد از چند سال، به برکت صبر و حوصله و کوشش، زمین خشک بایر به باغ قشنگ مصفایی مبدل شد. تا آن جا که مهندس صاحب باغ میوه، با پیشنهاد چشم‌گیری، داوطلب خریدش شده بود. ولی من به هیچ قیمت حاضر به حتی صحبت فروش هم نبودم. از تماشای این باغ نوساز نوشکفته که محصول کار خودم بود و اسمش را گذاشته بودم «باغ دلگشا» چنان لذتی می‌بردم که خیال نمی‌کنم لویی چهارده از تماشای باغ ورسای این قدر لذت می‌برد. در عالم خیال، صحنه‌های مهمانی‌های باشکوهی را... که اگر خدا پولش را می‌رساند- می‌خواستم ترتیب بدهم، می‌دیدم. به خصوص بعد از آن که موفق شدم، باز به کمک دوستانم، که یکی نقشه کشید و یک بنا و نقاش و سیم‌کش آورد، با مصالح ساختمانی دکان جواد، یک ساختمان دو اطاقه و یک استخر ده متری در آن احداث کنم. اولین واقعه‌ی ناگوار باغداری من، ضمن همین عملیات ساختمانی پیش آمد. موتور پمپ استخر را شب همان روزی که نصب کردیم، دزدیدند. جوادآقا معتقد بود که سرقت پمپ به تحریک مهندس صورت گرفته که مرا از ادامه‌ی کار دلسرد کند و باغ را به او واگذار کنم. به هر حال، من به پاسگاه ژاندارمری محل شکایت کردم. دو روز بعد، نزدیک غروب، وقتی به خانه رسیدم، چند زن و بچه که توی کوچه جلوی در خانه نشسته بودند، با دیدن من از قیامتی از فریاد و فغان و شیون به راه انداختند. معلوم شد ژاندارمری به دنبال شکایت من، به حسین، نگهبان باغ مهندس، سوءظن برده و او را بازداشت کرده است. آن جماعت، زن و بچه و بستگان واقعی یا قرضی حسین بودند. صدای شیون همصدا و آبروریزشان به آسمان می‌رفت که ای امان! ای خدا! نان‌آور ما را انداخته‌اند زندان، خاک بر سرمان

شده، بیچاره شدیم، پس زن و بچه‌اش را هم بیندازید زندان!

جواد آقا را خواستم، آمد. دخالت او هم اثر نکرد. معتقد بود این‌ها به تحریک مهندس آمده‌اند. خلاصه، ناله و افغان مستمر این جماعت انگار در اهل محل و در همسایه‌های ما مؤثر افتاده بود، چون مرا کج‌کج به چشم یک ظالم شقی نگاه می‌کردند. عاقبت، خانواده‌ی حسین را، بعد از پذیرایی شام و قول اقدام برای آزادی حسین، روانه کردم. روز بعد، کار و زندگی را گذاشتم و دنبال پرونده‌ی حسین رفتم. فرمانده‌ی پاسگاه ژاندارمری، بعد از شرحی درباره‌ی سوابق سوء حسین، گفت که مطمئن است که در این سرقت دست داشته و حالا دنبال همدستش می‌گردند که ببینند موتور پمپ را کجا پنهان کرده‌اند. و در جواب من، در مورد آزادی حسین، گفت که کسی را که مورد اتهام در چنین سرقتی است در صورتی می‌تواند آزاد کند که من صریحاً اعلام کنم موتور پمپ مورد بحث پیدا شده است. چون در خودم تاب تحمل یک دفعه دیگر شیون و زاری آن گروه را نداشتم، نوشتم که موتور پمپ پیدا شده و دیگر تعقیب قضیه موردی ندارد.

چند روز بعد که موتور پمپ جدید را جواد آقا کار می‌گذاشت، سروکله‌ی حسین پیدا شد، با لحن طلبکاری خطاب به من که آن جا بودم، گفت:

ـ دیدید آقا، که پمپتان جایی نرفته بود، ما را ناحق و ناروا انداختید زندان؟

جواد آقا به جای من جوابش را داد و بعد از رفتن او گفت:

ـ بی‌چشم و رو آمده بود که پولی بابت خسارت دو سه روز زندان رفتنش از شما بگیرد. دیدید که وقتی گفتم نخیر پمپ جدید است، با چه قیافه‌ی عنقی رفت؟

بگذریم. در مراحل آخر ساختمان بودیم که یک روز جناب مهندس

رسید و خبر داد که باغ میوه را فروخته است و بلافاصله برای اطمینان خاطر من گفت:

ـ از جهت تعهدات ما نسبت به باغتان نگران نباشید چون خریدار غریبه نیست. دایی من است، عین خود من است.

جواد آقا زیرچشم نگاهی به من و به آسمان انداخت. او هم عین من می‌توانست حدس بزند که دایی‌جان «عین خود او» از چه قماشی است. چون خود مهندس ـ که از نظر قیافه و رفتار و لحن کلام هیچ شباهتی به یک مهندس نداشت ـ استاد حساب سازی بود. برای مثال، نصف خرج نصب ترانسفورماتور برق را از من گرفت در حالی که مساحت باغ او شاید متجاوز از سی هکتار بود.

به هر حال، همان روز سعادت دیدار آقا دایی را پیدا کردم. باید حدس زده باشید: حاجی بین‌الله. حاجی، حالا دیگر مرد جا افتاده‌ای شده بود. میان سر خلوت، شقیقه‌ها و ریشش سفید شده بود. عینک ذره‌بینی ته استکانی به چشم داشت. مرا که دید گفت قیافه‌ام به نظرش آشنا می‌آید. ولی من به روی خود نیاوردم گفتم شاید جایی یکدیگر را دیده باشیم. آمد باغ دلگشا را تماشا کرد و پای اولین اظهارنظر خود امضای قدیمی را گذاشت:

ـ شنیدم این باغ را خودتان درست کرده‌اید. آفرین، مبارکتان باشد. بینی و بین‌الله باغ مصفایی است.

بعد، از من سؤالاتی درباره‌ی خانواده و پدر و مادر و شغلم کرد. وقتی دانست که عضو وزارت خارجه هستم، شرحی از سفر به لندن برای معالجه همراه خواهرزاده‌اش و رفتن به سفارت گفت و از کمک و محبت یکی از همکاران ما، که در کنسولگری شناخته بود، شمه‌ای تعریف کرد.

اما بعد از بازدید ساختمان کوچک من، سری تکان داد:

ـ با این ناامنی این صفحات، بینی و بین‌الله خیلی دل و جرأت دارید که این جا ساختمان مسکونی درست کرده‌اید. من که جرأت نمی‌کنم یک

شب یک همچو جایی بخوابم.

حاجی با پیش کشیدن موضوع ناامنی محل می‌خواست، به قول اهل بازار، توی سر مال بزند. چون چند روز بعد غیرمستقیم زمزمه آغاز کرد که حاضر است باغ دلگشا را بخرد چون کار او را از نظر رفت و آمد به مرغداری بزرگی که چند فرسخ بالاتر تأسیس کرده، تسهیل خواهد کرد. ولی جواب من معلوم بود.

سال ۱۳۵۷ بود که کار باغ و ساختمان از هر جهت تمام شده بود. ولی وقایع آن ســـال بحرانی حال و مجالی نمی‌گذاشت که به فکر مبله کردن ساختمان و استفاده از باغ باشم. فقط گاهی سرکشی می‌کردم.

یک روز حاجی، به وسیله‌ی جوادآقا پیغام داد که برای کار مهمی می‌خواهد مرا ببیند. وقتی دید، بی‌مقدمه گفت:

ـ از حسین شنیدم که شما به مأموریت خارج می‌روید و خیال فروش باغتان را دارید.

این هم حکایتی بود! حسین بعد از قضیه‌ی موتور پمپ، با آن که فقط باز کردن هفتگی شیرآب، ماهانه‌ی مرتبش را از من می‌گرفت، ولی دیگر با من حتی سلام علیک درستی نمی‌کرد. آن وقت حاجی مدعی بود که من برنامه‌ی زندگی‌ام را به اطلاع او رسانده‌ام!

البته من خبر را تکذیب کردم. ولی صحبت مأموریت خارج بهانه‌ای شد برای حاجی که دوباره سفر لندن را پیش کشید و از آن همکار ما که در کنسولگری شناخته بود و در اولین دیدارمان از لطف و محبت او بسیار گفته بود، مجدداً یاد کرد. بعد ناگهان پرسید که آیا این جوان بهایی نیست؟ و بلافاصله اضافه کرد: آخر می‌گویند بیشتر اجزای وزارت خارجه بهایی هستند.

چنین شایعه‌ای وجود نداشت. در وهله‌ی اول تعجب کردم که حاجی این را از کجا شنیده است. اما لحظه‌ای بعد، به اصطلاح بچه‌ها، دوزاری‌ام

افتاد. فهمیدم حاجی، با توجه به اوضاع و احوال و جریانات سیاسی روز، مشغول ساختن زیربنای یک پرونده برای آینده‌ی روابطمان است. جوابش را دادم و گذشت.

حوادث و آشفتگی‌های سیاسی غم‌انگیز آن قدر بود که حاجی بین‌الله و سابقه مردم گزایی‌اش را از یاد برده بودم. بعد از هفته‌ها که به باغ دلگشا نرفته بودم، یک روز تعطیل در فروردین ماه ۵۸ بود که فکر کردم سری بزنم.

وقتی از آخرین پیچ بعد از ده، برای رسیدن به باغ گذشتم، با منظره‌ای به کلی غیرعادی مواجه شدم. عده‌ی زیادی جلوی یکی از باغ‌های تازه جمع شده بودند. یک ماشین جیپ در کناری متوقف بود دو سه مرد مسلح به تفنگ در میان جمع در رفت و آمد بودند. چشمم بین جمعیت به حسین افتاد، او را صدا زدم و علت تجمع را پرسیدم. خیلی خونسرد جواب داد:

- چیزی نیست. مردم ریخته‌اند توی این باغ، صاحبش را که یک ساواکی بوده به یکی از درخت‌ها دار زده‌اند.

بعد، با لحنی که به نظرم معنی‌دار آمد، اضافه کرد:

- همین است دیگر، ظلم عاقبت ندارد. مردم بیچاره را می‌اندازند زندان، شکنجه‌شان می‌کنند، مالشان را می‌خورند، می‌آیند این جا باغ می‌سازند. یک روزی هم این جوری تقاص ظلمشان را پس می‌دهند.

به طرف باغ رفتم. چشمم به حاجی افتاد که او هم گویا به پرسیدن ماجرا آمده بود و حالا به طرف باغ میوه برمی‌گشت. حین عبور سلامش گفتم. دست بلند کرد و گفت که می‌خواهد راجع به موضوع مهمی با من صحبت کند. در باغ دلگشا را باز کردم و در گوشه‌ای زیر سایه‌ی درختی نشستیم. حاجی شروع به صحبت کرد. پس از دلسوزی برای آن بدبخت به دار کشیده شده، گفت:

- من، روی ارادتی که به شما پیدا کرده‌ام می‌خواستم سفارش کنم که

شما یک چند وقتی این طرف‌ها کمتر تشریف بیاورید.

متحیر پرسیدم:

- چرا؟ به چه مناسبت؟

- ملاحظه می‌کنید که اوضاع غیرعادی است. خون جلوی چشم مردم را گرفته، برای مجازات عوامل طاغوت بی‌صبرند. بینی و بین‌الله حق هم دارند، از بس ظلم کشیده‌اند. صبر نکردند ببینند این ساواکی جرمی کرده یا نه، اصلاً ساواکی هست یا نه. ساواکی که توی پیشانی‌اش ننوشته، چون که سر زبان‌ها افتاده بود ساواکی است رفته‌اند دارش زده‌اند. برای همین است که عرض کردم یک مدتی جلوی چشم این‌ها نیایید.

گفتم:

- نمی‌فهمم. موضوع چه ربطی به من دارد؟

- خوب، اوضاع شلوغ است. شما هم که از اجزای وزارت خارجه هستید. به چشم مردم، البته مردم عوام‌الناس، این وزارت خارجه است که پای اسرائیل را به این مملکت واکرده، مردم عوام‌الناس می‌گویند اگر نصف پول نفت ما توی جیب اسرائیل می‌رود، تقصیر وزارت خارجه است. بینی و بین‌الله، پرت هم نمی‌گویند.

روشن بود که منظور حاجی از بالا بردن پرچم «مردم عوام‌الناس» و جنایت نابخشودنی وزارت خارجه، تهدید و ارعاب و بُل گرفتن از موقعیت بود. باید مرا می‌ترساند تا بتواند روی باغ دلگشا که آخری‌ها چند بار پیشنهاد خریدش را تکرار کرده بود، دست بیندازد. نفسی تازه کرد و دنباله حرفش را گرفت:

- ضمناً به طوری که شنیده‌ام جنابعالی اهل روزنامه و کتاب و این جور چیزها هم هستید و تازگی‌ها یک کتابی نوشته‌اید و یک مطالبی در تلویزیون نمایش داده‌اید که خیلی به عصمت و شرف مردم مسلمان برخورده، حتی به مراجع شکایت کرده‌اند. بنده روی ارادتی که در این یک

سال و اندی آشنایی به جنابعالی پیدا کرده‌ام...

دیگر جای تردید نبود. حاجی پرونده‌ی کاملی برای من ساخته بود که خردخرد جزییاتش را عنوان می‌کرد. تا این موقع آرامش خود را حفظ کرده بودم. ولی وقتی شنیدم آقایی که می‌گفتند «زیر سبیلش هیش مو نداره» برای عصمت و شرف مردم مسلمان دلسوزی می‌کند، نتوانستم وقار خود را حفظ کنم. من هم، به دنبال او قدم در جاده‌ی پررویی گذاشتم. گفتم:

ـ اختیار دارید، حاجی آقا! فقط یک سال و اندی؟ آشنایی ما خیلی بیشتر از یک سال و اندی است. خاطرتان هست روز اولی که تشریف آوردید این جا، فرمودید که قیافه‌ی من به نظرتان آشنا می‌آید؟ برای من هم همین‌طور بود، تا عاقبت یادم آمد همدیگر را خیلی سال پیش در دادسرای تهران دیده بودیم.

حاجی خیلی آرام سری تکان داد و گفت:

ـ حتماً اشتباه می‌فرمایید، چون من، شکر خدا، هیچ وقت پایم به دادسرا نرسیده.

ـ خوب فکر کنید یادتان می‌آید. خانمتان از شما شکایتی کرده بود.

با لبخندی گفت:

ـ خیال می‌کنم اخوی بزرگم را جای بنده گرفته‌اید. چون بنده، نه با عیال فعلی‌ام و نه عیال قبلی‌ام هیچ وقت کوچک‌ترین اختلافی نداشته‌ام. اخوی بزرگم یک گرفتاری‌هایی در دادسرا داشت که...

به میان حرفش دویدم:

ـ عجیب است. چون من وقتی در دادسرا خدمت می‌کردم، موارد جالب توجه را توی دفتری یادداشت می‌کردم. مگر اسم جنابعالی حاجی تقی نیست که فرش فروشی داشته‌اید؟

ـ چرا، حاجی تقی خود بنده‌ام، ولی... ولی... آهان! یادم آمد. بله، بله،

همان قضیه‌ی پرونده‌سازی ساواک! بله، ساواک برای لطمه‌زدن به من و منصرف کردنم از فعالیت به طرفداری از امام، آن ضعیفه را وا داشته بود که از من شکایت کند.

در مقابل وقاحت خدشه‌ناپذیر حاجی، عنان زبان را رها کردم که به خیال خودم به اصطلاح رویش را کم کنم.

ـ من در دفترم قضیه‌ی اختلاف شما با خانمتان را زیر عنوان «شوهر شوهردار» یادداشت کرده‌ام. چون اگر خاطرتان باشد، آن روز خانمتان در دادسرا فریاد می‌زد من شوهر شوهردار نمی‌خواهم.

ولی هیچ تیغی و نیزه‌ای به حاجی رویین تن کارگر نبود. با خنده گفت:

ـ خیال می‌کنید ساواک وقتی پرونده می‌ساخت، لای پرونده نقل و نبات می‌گذاشت؟ مگر برای امام آن پرونده‌ی بی‌آبرو را نساخت؟

باید در مقابل این پررویـی سپر می‌انداختم ولی پایداری کردم:

ـ حاجی‌آقا، آن موقع ساواک هنوز تأسیس نشده بود. وانگهی قضیه‌ی اختلاف شما و خانم چندین سال پیش از خرداد ۴۲ و شروع فعالیت سیاسی آیت‌الله خمینی بود. چطور شما را...

حاجی مهلت نداد تمام کنم:

ـ اختیار دارید! امام خیلی پیش از آن که شما تصورش را بکنید دست به کار شده بود. البته شما وزارت خارجه‌ای‌ها سرتان به کار رابطه با امریکا و اسرائیل و این‌ها گرم بود خبر از امام نداشتید.

حاجی داشت زمینه را برای حمله‌ی بعدی آماده می‌کرد. نفسی تازه کرد و ادامه داد:

ـ به هر حال، آشنایـی ما چه یک سال چه بیست سال، بنده روی ارادتی که پیدا کرده‌ام، نمی‌خواهم برای شخص شریفی مثل شما، دردسری تولید بشود. باور بفرمایید برای آرام کردن این حسین، همین چند روزه از نفس افتاده‌ام، از بس به گوشش خوانده‌ام و نصیحتش کرده‌ام.

موضوع تازه‌ای بود، با تعجب پرسیدم:

- آرام کردن حسین؟

- بله، این چون دیده همه‌ی آن‌هایی که بهشان ظلم شده، حالا حقی پیدا کرده‌اند و می‌روند شکایت می‌کنند، پایش را توی یک کفش کرده که برود از شما به دادگاه انقلاب شکایت کند.

- چی؟ شکایت از من؟ من به حسین ظلم کرده‌ام؟ من همه‌ی این سال‌ها فقط برای این که هفته‌ای یک دفعه شیرآب را به طرف باغ من باز کند، ماهانه‌ی مرتب خوبی به حسین داده‌ام. چه ظلمی به او کرده‌ام؟

- این طور که می‌گوید شما داده‌ایدش دست ساواک و زندان اوین و...

- حاجی آقا، دروغ می‌گوید. این پسر آدم دروغگوی نابابی است. یادتان هست خودتان یک روزی نمی‌دانم چه کلکی به شما زده بود که می‌گفتید خداوند عالم مادر قحبه‌تر از این پسر نیافریده؟

- والله، من که این جا نبودم خبر از اتفاقات قبلی ندارم. این حرفی است که او می‌زند.

- بله، حاجی آقا، حسین دو سه روز زندان رفت. ولی به دستور من نبود، ربطی به ساواک نداشت. موتور پمپ ما را دزد برد. به ژاندارمری شکایت کردیم. آن‌ها هم به حسین سوءظن بردند و بازداشتش کردند. کاری که من کردم این بود که از پمپ گذشتم. برای این که آزادش کنند رفتم نوشتم که پمپ پیدا شده. اگر جز این گفته نمی‌دانم اسمش را چه می‌توانم بگذارم.

حاجی ابرویی بالا برد و گفت:

- ولی این پسر می‌گوید که شما چون عکس امام را دستش دیده‌اید، بهش یک تهمتی زده‌اید و داده‌ایدش دست ساواک. حالا می‌خواهد برود شکایت کند.

- بگذارید برود شکایت کند، تا من پرونده‌ی بایگانی شده‌اش را از

پاسگاه ژاندارمری بگیرم بگذارم روی میز دادگاه.

- ای آقا! موقع برگشتن از جلوی پاسگاه ژاندارمری رد بشوید ببینید چیزی ازش مانده؟ مردم، همان روز ۲۲ بهمن پاسگاه را آتش زدند، خاکستر شد. به هرحال، این پسر می‌گوید وقتی زندان بوده مادرش از غصه دق کرده و مرده، خیلی دل شکسته است. خدا کند به نصیحت من گوش کند.

دیگر طاقت تحمل نداشتم با لحن تندی گفتم:

- این پسر را تحریک کرده‌اند که مرا از این محل فراری بدهند. خواهش می‌کنم ابداً نصیحتش نفرمایید، بگذارید برود شکایت کند تا ببیند چه بر سر خودش و محرکش می‌آورم.

از حاجی بین‌الله جدا شدم، در حالی که به این تهدید توخالی خودم در دل می‌خندیدم.

برای تأیید حقانیت این خنده‌ی تودلی، زیاد منتظر نماندم. چون چند روز بعد، وقتی توانستم وزیر دادگستری دولت موقت را، که از پیش می‌شناختم، ببینم، با حوصله، همه‌ی ماجرای باغداری من، به دار کشیدن همسایه‌ی باغ و حکایت طمع حاجی به باغ من و شانتاژ به وسیله‌ی حسین را شنید. بعد سری جنباند و گفت:

-فلانی، ما توی چاردیواری شهر تهران هم زورمان نمی‌رسد که نگذاریم هر که را می‌خواهند دار بزنند، چه رسد به بیست کیلومتری خارج شهر! شما هر جور هست با این آقایان کنار بیایید و قال قضیه را بکنید.

گفتم:

- آقای عزیز، منظورتان این است که به قول حافظ:

برق عشق ار خرمن پشمینه‌پوشی سوخت سوخت

جور شــــاهی کامران گـــر بر گدایــــی رفت رفت

با لبخند درمانده‌ای حرف مرا تأیید کرد.

حاجی چند روز بعد، باز به وسیله‌ی جوادآقا، به عنوان دلسوزی پیغام داد که بهتر است من یک مدتی از رفت و آمد به باغ دلگشا خودداری کنم. گرچه در آن اوضاع و احوال خونبار، دل و دماغ باغ رفتن برای کسی نمی‌ماند و احتیاجی به نصیحت حاجی نبود.

جواد، که قرینه‌هایـی پیدا کرده بود که دار زدن آن بینوا، به تحریک حسین و با مشارکت خود او بوده است، یک اول شبی آشفته حال به دیدن من آمد و با نگرانی حکایت کرد که شب پیش، آخوند ده، سر منبر بعد از این که مقداری از جنایات و فجایع اسرائیل در مملکت صحبت کرده، آخرش فریاد زده: آتش به این وزارت خارجه بیفتد که پای اسرائیل را به این مملکت واکرد. این وزارت خارجه‌ای‌ها از خوارج بدترند، این‌ها اولاد و احفاد ابن‌ملجم ملعونند. جوادآقا متحیر بود که آخوند ده چطور میان همه‌ی مشکلات یکباره یاد وزارت خارجه افتاده است. ولی من منبع الهام او را می‌شناختم. چون «باز شدن پای اسرائیل به مملکت به وسیله‌ی وزارت خارجه» عبارتی بود که قبلاً از زبان حاجی شنیده بودم.

هر بار که جواد را می‌دیدم نگرانی‌اش برای من، از دفعه‌ی قبل بیشتر بود. می‌گفت به در باغ شعار ضد اسرائیلی نوشته‌اند. یک بار که به کلی دست و پایش را گم کرده بود، می‌گفت در ده شایع شده که شما قبلاً سفیر ایران در اسرائیل بوده‌اید. و می‌گفت که سبدهای میوه است که از طرف حاجی به خانه‌ی کدخدا و آخوند ده و دیگران هدیه می‌شود. و بین آن و برافروختگی محیط ده علیه روابط با اسرائیل رابطه‌ای می‌دید و صمیمانه تکرار می‌کرد:

«آقا، بده بهش برود. این حاجی یک شرّی به پا می‌کند. بفروش یک جای دیگر یک چیزی بخر!»

حالم طوری از گل و سبزه و خاک و خاکیان به هم خورده بود که دیگر رغبت دیدن باغ دلگشا را هم نداشتم. من که ده سال بود دیگر پیشنهاد هر

مأموریت خارج را رد کرده بودم و می‌خواستم بمانم که بمانم، آرزومند رفتن و رفتنِ هر چه دورتر شده بودم. یک موج دلزدگی و نفرت از شهر و دیار وجودم را فرا گرفته بود که از آن، تا امروز احساس شرمندگی می‌کنم. ولی چه می‌شود کرد؟ وقتی بزرگی، به بزرگی حافظ، آن طور عاشق بی‌قرار وطنش، گاهی در مقابل نامردمی‌ها به جایـی می‌رسد که آرزو می‌کند که شیراز عزیز و آب رکنی و آن باد خوش نسیم را بگذارد و برود و می‌نالد:

یارب زمین پارس عجب سفله‌پرور است
کو همرهی که خیمه ازین خاک برکنم

آن وقت، بر ما آدم‌های عادی در این باب زیاد خرده نمی‌توان گرفت.

دفعه بعد که جواد خبر آورد که دورتادور باغ روی دیوارها را با رنگ سیاه و قرمز شعار مرگ بر نوکران امریکا و مرگ بر نوکران اسرائیل نوشته‌اند، به او گفتم که هر جور مصلحت می‌داند به اطلاع حاجی برساند که آماده‌ی فروش باغ هستم. روز بعد زنگ زد که حاجی گفته با من تماس خواهد گرفت.

سه چهار روز بعد حاجی تلفن زد. از اظهار دوستی و برادری و ارادتش می‌گذرم. خلاصه‌ی مطلبش این بود که من خبط بزرگی کرده‌ام زودتر به نصایحش گوش نکرده‌ام. چون حالا ناامنی در آن نواحی به حدی است که خود او جرأت رفتن به باغ میوه‌اش را ندارد و هیچ کس حاضر نیست در این شرایط حتی صنار صرف خرید ملک و آب بکند. با وجود این، نظر به ارادت قلبی که به من پیدا کرده، سعی می‌کند ببیند شاید خدا به دل یک کسی بیندازد که بیاید یک پولی بابت این باغ بدهد.

از رفت و آمدها و بندبازی‌های حاجی می‌گذرم. عاقبت یک روزی گفت که یک مرد فقیر مستحقی را، که صاحب چند رأس گوسفند است

پیدا کرده که با ذخیره‌ای که دارد می‌خواهد باغ را بخرد.

در حالی که من ظرف ده دوازده سال، بیش از نیم میلیون تومن خرج خرید و ایجاد باغ و ساختمان کرده بودم و خود حاجی پیش از انقلاب تا حدود یک میلیون تومن پیشنهاد می‌کرد، فقیر مستحق گوسفندی حداکثر مبلغ ۱۲۰ هزار تومن پیشنهاد کرده بود.

به جواد پیشنهاد کردم که اگر قرار باشد به ۱۲۰ هزار تومن بفروش برود، او بیاید و بخرد. چون واقعاً، و به قول حاجی، بینی و بین‌الله، او، از گوسفندی مستحق‌تر بود. سری تکان داد و گفت:

ـ اگر نصف این قیمت هم باشد به درد من نمی‌خورد. چون حاجی به این باغ نظر دارد، دودمان مرا به باد می‌دهد. برای احتیاط، از حالا هو انداخته‌اند که من وقتی دادسرا خدمت می‌کردم زندانی‌ها را شکنجه می‌کردم، که شما می‌دانید من در دادسرا فقط پیشخدمت بودم. در فکر هستم که زودتری اصلاً از تهران بروم.

بعد از این که یک شب، شعارنویس‌ها به داخل باغ رفتند و دیوارهای ساختمان را هم با شعار مرگ بر نوکران اسرائیل سیاه کردند، درباره‌ی قیمت پیشنهادی «گوسفندی مستحق» ـ که بعدها دانستیم نوه‌ی برادر حاجی است و شباهتش با او، قوم‌خویشی را فریاد می‌زد ـ توافق شد.

بخش آخر حکایت، ماجرای تحویل و تحول است. نصف وجه به من پرداخت شده بود و قرار بود برای دریافت نصف دوم و تحویل کلید به باغ بروم. وقتی آن جا رسیدم جلوی در باغ را شلوغ دیدم جمعیتی آن جا بود. دو سه ماشین پیکان متوقف بود. به محض این که من از ماشین پیاده شدم سه چهار نفر به طرف در باغ هجوم بردند ولی حسین که بیل به دست جلوی در باغ موضع گرفته بود آن‌ها را با فریاد گوش‌خراشی عقب زد: الزرع للزارع!

این صحنه بسیار تماشایی و مسلماً از شاهکارهای حاجی بود. به

حسین بی‌سواد که حرف روزمره‌اش را نمی‌توانست درست تلفظ کند، حدیث عربی یاد داده بود. ولی معلوم نبود این مرد که بابت فقط باز کردن شیرآب، ماهانه‌ی مرتبی گرفته بود و به مناسبت این معامله‌ی پرسود هم، من انعام خوبی به او داده بودم، به چه حقی ادعا می‌کرد که الزرع للزارع، یعنی کشت مال کشتگر است؟ چه کشتی در باغ دلگشا کرده بود بود؟

گوسفندی و همراهانش که مسلماً بازیگران این صحنه‌سازی بودند، رو به من آمدند که آقا، رفع مزاحمت کنید. شما باید باغ را بدون مدعی تحویل بدهید! مذاکرات برای اجازه‌ی دخول بیش از یک ساعت به طول انجامید عاقبت حسین، با دریافت پنج هزار تومن از نیمه دوم قیمت باغ، بیل را پایین آورد و از جلوی در کنار رفت. جواد را سوار کردم و به راه افتادم. هوای آن جا دیگر برایم قابل تنفس نبود. خیال نمی‌کنم هیچ دزدی بعد از سرقت بانک، به آن سرعتی که من از باغ دلگشا دور شدم، فرار کرده باشد.

برای این که انسانیت به یکباره در نظرم نمیرد، دست قضا جواد بزرگوار را سر راهم قرار داده بود. این مرد را هر چه کردم حاضر نشد سهمی از این «مداخل» من بگیرد. با قاطعیت رد کرد و گفت:

ـ شما به من ماهیانه داده‌اید، دیگر چه پولی؟ ابداً فکر من نباشید منم که باید برای شما غصه بخورم. یادم نمی‌رود که می‌گفتید حسرت درخت و گل داشتید. دیدیم که تا فراهم شد، حاجی زد و برد. اما، به دلتان بد نیاورید. خداوند آن بالا ناظر است. انشاءالله جای دیگر برای شما باغ درخت و گل جور می‌کند که حسرت به دلتان نماند. این نامرد نامسلمان را هم به خاک سیاه می‌نشاند.

الان بیست و چند سال از آن واقعه می‌گذرد. خداوند برای من هنوز باغ درخت و گل جور نکرده و همچنان آپارتمان‌نشین و حسرت به دلم. ضمناً نشنیده‌ام که آن «نامرد نامسلمان» را به خاک سیاه نشانده باشد. چند سال پیش آشنایـی، که به فرانسه می‌آمد، نامه‌ای از جواد برای من آورد. نوشته

بود که تهران را گذاشته و به زادگاهش، اراک، برگشته است. از حال من جویا شده بود. احساس کردم که این مرد پاک‌نهاد به خصوص می‌خواست بداند دعایش، که برای من از خدا باغ درخت و گل خواسته بود، چقدر مستجاب شده است. در جواب، برای راحتی خیالش، به او اطمینان دادم که میان باغ درخت و گل زندگی می‌کنم.زیاد دروغ هم نمی‌گفتم. چون نه تنها من، که همه‌ی ساکنان پاریس میان درخت و گل زندگی می‌کنند. این شهر باغ بزرگ زیبایی است که در آن، اگر آسمان ایران هم بالای سرم بود و دوستان همدل و همزبانم هم بودند، دیگر بینی و بین‌الله، کم و کسری نداشتم.

پاریس
مرداد ماه ۱۳۸۰

یادبادی از شاعران

یک روزی از روزهای اواخر دهه‌ی سی، شاعر بزرگ نادر نادرپور، ضمن مصاحبه‌ای با یکی از مجلات تهران چیزی به این مضمون گفت: من عاشق فروغ فرخزاد بودم. ولی یک شبی، به دنبال اتفاقی که در خانه‌ی ایرج پزشک‌زاد افتاد، نقطه‌ی پایانی بر عشق من گذاشته شد. در محیط خفه و خاموش بعد از کودتای ۲۸ مرداد ۳۲، که جای خیلی از خبرهای سیاسی و اجتماعی در جراید خالی بود، چنین خبری راجع به این دو گل سر سبد شاعران موج نو، برای مطبوعات کودتازده‌ی نوک بریده غنیمتی بود. مجله به مجله نقل شد و کنجکاوی بسیاری برانگیخت. به‌طوری که خبرش به من هم که در مأموریت خارج بودم، رسید. با این‌که موجب توهمی می‌شد، آن موقع چیزی نگفتم. اما، بالاخره لازم می‌نمود روشن بشود که این اتفاق خانه‌ی ایرج پزشک‌زاد که به چنان عشق شورانگیزی پایان داده چه بوده و آیا صاحب‌خانه در این اتفاق نقشی داشته است؟

اول باید توضیح بدهم که این خانه، محل وقوع جرم عشق‌کشی، خانه نبوده و دفتر کار بوده است. در سال‌های بعد از کودتای ۲۸ مرداد که اوضاع مالی مملکت به رغم کمک مالی خارجی هیچ خوب نبود، من برای جبران کسر مخارج، در کنار کار دولتی، قلمی می‌زدم. برای نشستن و قلم‌زدن، از یک وکیل دادگستری تازه کار که در کوچه‌ی آقا قاسم شیروانی در خیابان نادری، یک آپارتمان سه اطاقه اجاره کرده بود، یک اطاقش را اجاره کردم. سه چهار صندلی و یک میز کوچک تحریر از خانه آوردم. دوستم تورج فرازمند یک صندلی چوبی راحتی تشکچه‌دار، برای تکمیل آموبلمان دفتر من آورد و توضیح داد که این صندلی در اصل مال شازده نمی‌دانم

چی‌چی میرزا، از بستگان دور خانواده‌ی فرازمند بوده که دوران رضاشاه سرگرد شهربانی بوده است. در محاکمه‌ی سرپاس مختاری رئیس شهربانی رضاشاه به عنوان شریک جرایم او، بابت بازداشت و آزار مرحوم مدرس، محاکمه شده و در زندان درگذشته است. ورثه‌اش حاضر نشده‌اند بیایند تیر و تخته و این صندلی را که قبل از زندان رفتن در انبار خانه‌ی فرازمند گذاشته ببرند. آن‌جا سال‌ها خاک خورده است و اضافه کرد: مادرم اسمش را صندلی مرحوم مدرس گذاشته و به شوخی می‌گوید که لابد شازده بعد از آزار و شکنجه‌ی مدرس این را جزء اموال او ضبط کرده است. باری دفتر من که با این وسایل دایر شده بود، محل وقوع اتفاق بود.

آن موقع محل دیدارمان با دوستان، که غالباً شاعر و نویسنده و هنرمند بودند، معمولاً کافه‌ها و اغذیه‌فروشی‌های اسلامبول و نادری بود. اما چون دوستان دخترمان نمی‌توانستند در کافه و اغذیه‌فروشی به ما بپیوندند، ناچار قرار گذاشته بودیم که در حدامکان ماهی یک‌بار همان بساط پذیرایی اغذیه‌فروشی را در خانه‌ی یکی‌مان ترتیب بدهیم که جمع‌مان جمع باشد. شبی که نوبت من شد، دوستان قبول کردند که به‌جای جمع شدن در خانه‌ی ما، مهمانی را در دفتر من برگزار کنیم که پدر و مادر سالخورده‌ی من از سر و صدای ما جوانان بیست و چهار پنج ساله‌ی شلوغ آزار نبینند.

آن شب عده‌مان پانزده شانزده نفر شد. آنهایی از جمع که به روشنی یادم مانده، منوچهر شیبانی، نادر نادرپور، سهراب سپهری، فروغ فرخزاد، منصوره حسینی، تیمور سپهری، چنگیز شهوق، فهیمه راستکار و البته تورج فرازمند بودند. ساندویچ و مزه و تنقلات و چند بطری آب‌جو و شراب را قبلاً آماده کرده بودم. دوست وکیلم یک اطاق و دو سه صندلی و چارپایه به من قرض داده بود، که به کمک صندلی‌های خودم و صندلی مرحوم مدرس، جای نشستن دوستان تأمین بشود.

شب شاد دلپذیری شد. بچه‌ها شعرهای تازه‌شان را خواندند. تورج

ترانه‌ی رنج آگینی را که با عنوان «آب حوضی» ساخته بود و به ملاحظه‌ی سانسور، فقط من و دو سه نفر دیگر شنیده بودیم، به خواهش و اصرار فروغ، برای اولین‌بار در جمع خواند و مورد تحسین فراوان قرار گرفت. در گرمای گرم مجلس و سر و صدای بگو بخند، در حالی‌که فروغ لم داده روی صندلی مرحوم مدرس، به حرف‌های تورج کنار دستش، غش‌غش می‌خندید، یکی از دوستان- نمی‌دانم سهراب یا منوچهر- مرا که مشغول پذیرائی بودم، صدا زد و آهسته گفت: ببین نادر کجا رفت، به‌نظرم خیلی عصبانی با حالت قهر از آپارتمان بیرون رفت. من بیرون دویدم. آن‌جا نبود. تا طبقه‌ی هم‌کف هم رفتم، ندیدمش. سری به کوچه کشیدم. با تعجب نادر را دیدم که جلوی در ورودی ساختمان ایستاده بود. پرسیدم: نادر، چرا این‌جا آمدی؟ چرا توی کوچه وایستاده‌ای؟ حالت بهم خورده؟ با لحن تندی جواب داد: نه، حالم خوب است. برو به مهمانهایت برس! گفتم بسیار خوب، می‌روم. اما تو، اگر ناراحتی نداری، چرا مثل مجسمه این‌جا وایستادی؟ بعد از لحظه‌ای، یک‌باره با صدا و لحن خشم‌آلودی جواب داد: وایستادم آن شازده‌تون بیاد یک جفت سیلی به گوشش بزنم که جدّ امجدش جلو چشمش بیاد!

این اصطلاح «شازده‌تون» نشان می‌داد که هدف تیر خشم تورج فرازمند بود. ولی چه اتفاقی افتاده بود؟ تورج چه کرده بود؟ چه خیانتی کرده بود که جز نادر کسی ندیده بود؟ با اولین تلاش مسالمت‌جویانه و دو سه کلمه‌ی تندی که از دهن همیشه منزّه نادر شنیدم، دانستم که فقط حکایت تعصب عاشق در برابر توجه معشوق به صحبت غیر است: خشم آیدم که چشم به اغیار می‌کنی! البته از علاقه‌ی نادر به فروغ من هم مثل سایر دوستان خبر داشتم ولی این درجه تعصّب برایم تازگی داشت. البته بعد دانستم که دوستان، آن شب، بیش از من که مشغول پذیرائی بودم، متوجه شده بودند که فروغ عمد داشته که حسادت نادر را برانگیزد. به خصوص سعی در

۱۸٤

تبرئه‌ی تورج کردم. گفتم نادر: اگر از شوخی باردی‌های تورج با فروغ عصبانی شده‌ای، مفت و مجانی خونت را کثیف کرده‌ای. تورج اولین گیلاس شراب که از گلویش پائین می‌رود، شاعر می‌شود و برای اولین زنی که کنار دستش بیفتد شعر می‌خواند، قصه می‌گوید، فلسفه می‌بافد. اما به مقصود و منظوری نیست. یک ساعت بعد فراموش می‌کند. دفعه‌ی پیش منزل فخری که تو نبودی، کنار دست منصوره حسینی افتاده بود که برای اولین بار می‌دید. بیا از شوهرش چنگیز بپرس که آن شب برای منصوره چه‌قدر حافظ خواند. اما امشب وقتی منصوره این‌جا رسید، نشناختش. من معرفی کردم و او را با شعر مزن بر دل زنوک غمزه تیرم، معرفی کردم و گفتم این همان کسی است که می‌خواستی که پیش چشم بیمارش بمیری!

نفس گرم من در نادر اثری نکرد. به شوخی گفتم بیا بالا این سیلی‌های جّد امجد جلوی چشم بیار را به آخر شب موکول کن. ما از عقب دست‌هایش را می‌گیریم تو بزن! این هم فایده نکرد. با من هم شروع به تندی کرد. ناچار برگشتم بالا. سهراب و منوچهر هم به نوبت رفتند و دست خالی برگشتند. کسی که می‌توانست او را برگرداند فروغ بود که او هم مغرورتر از آن بود که در این باب قدمی بردارد. هم‌چنان بر صندلی مرحوم مدرس به بلبل‌زبانی تورج، که انگار متوجه غیبت نادر نشده بود-گوش می‌داد. ناچار به بهانه‌ای غیبت نادر را توجیه کردیم و بدون او به مجلس ادامه دادیم. البته من باز تا مدتی از بالا به کوچه سرک می‌کشیدم، تا وقتی که دیگر نادر را در انتظار ندیدم و خیالم راحت شد.

من تا خیلی بعد یعنی تا مصاحبه‌ی نادر، ندانستم که طغیان غیرت عاشقانه‌ی آن شب نقطه‌ی پایان بر عشق او گذاشته است. به هر حال خوشبختانه آن اتفاق غیر از این انفصال نتیجه‌ی سوء دیگری نداشت. فروغ کارهای خود را پی‌گرفت. نادر هم در اقل مدتی عاشق دیگری شد. از طرفی، نه‌تنها از سیلی‌های جّد امجد جلوی چشم بیار خبری نشد، که

همان ایام، نادر شعر «ناگفته» را سرود و آن را به تورج فرازمند تقدیم کرد. و یادم نمی‌رود روزی را که «ناگفته» در یکی از مجلات چاپ شد و شب همان روز در اغذیه‌فروشی جعفر، سرچهارراه یوسف‌آباد، که دوستان جمع بودیم، نادر به خواهش نصرت رحمانی، آن را برای ما خواند: شعری است در دلم- شعری که لفظ نیست، هوس نیست، ناله نیست، شعری که آتش است- شعری که می‌گدازد و می‌سوزدم مدام ...

و... کمی بعد – گمانم برای این که مبادا من حسودی‌ام شده باشد – شعر «بر گور بوسه‌ها» را به ایرج پزشک‌زاد هدیه کرد.

و رابطه‌ی دوستی نادر و تورج – من می‌توانم شهادت بدهم- تا پایان زندگی هر دو به گرمی ادامه داشت.

یادی از فریدون مشیری

چهارده پانزده ساله بودیم که زلزله‌ی شدیدی در یکی از شهرها تلفات جانی و خسارات زیادی به بار آورد. من و چند تن از همسالان، از جمله فریدون مشیری، که با هم خویشی هم داریم، تصمیم گرفتیم برای کمک به زلزله‌زدگان، نمایشی به کارگردانی من ترتیب بدهیم. برنامه‌ای که تنظیم کردیم دو نمایشنامه‌ی یک پرده‌ای باب روز و دکلاماسیون شعر معروف «قلب مادر» ایرج میرزا بود. در باغ منزل ما داربست بستیم و صحنه‌ای ترتیب دادیم و به چهل پنجاه نفر از قوم و خویش‌ها، که غالباً ساکن همان محله بودند، بلیط فروختیم. چند روز تمرین کردیم. از قضا، شبی که قرار بود برنامه اجرا شود، از صبح هوا توفانی و بارانی شد. ناگزیر به تمام خریداران بلیط قاصد فرستادیم و خبر کردیم که نمایش به تأخیر افتاده و فلان روز اجرا می‌شود.

در چند کلمه شعر «قلب مادر» را به آن‌هایی که فراموشش کرده‌اند یادآوری می‌کنیم. با این بیت شروع می‌شود:

داد معشوقه به عاشق پیغام

که کند مادر تو با من جنگ

اگر طالب وصالم هستی باید بروی قلبش را از سینه بیرون بکشی و «گرم و خونین به منش باز آری»! «عاشق بی‌خرد ناهنجار» می‌رود سینه مادر را می‌شکافد. وقتی قلب به دست به‌طرف خانه‌ی معشوقه می‌رود زمین می‌خورد و دستش زخم می‌شود. از قلب خونین مادر ناله‌ای می‌شنود:

آه دست پسرم یافت خراش   وای پای پسرم خورد به سنگ

دکلاماسیون شعر «قلب مادر» به این ترتیب بود که شعر از پشت پرده‌ی بسته خوانده می‌شد و وقتی عاشق بی‌خرد ناهنجار، به پیغام معشوقه‌ی دل نازک، قصد می‌کرد که برود و قلب مادر را از سینه بیرون بکشد، پرده باز می‌شد و حکایت به صورت پانتومیم بازی می‌شد. نقش عاشق را فریدون مشیری بازی می‌کرد و نقش مادر را، که وسط صحنه نشسته بود و مشغول پولور بافتن برای پسرش بود، منوچهر برادر کوچک فریدون- که او را به شکل زنی سالخورده می‌ساختیم- به‌عهده داشت. به خیال خودمان، برای آن‌که صحنه کاملاً طبیعی بنماید، از قصابی سرگذری یک دل گوسفند خریده بودیم که زیر بلوز مادر، روی سینه‌اش قرار بدهیم تا عاشق آن را از سینه‌ی تنگ برون آرد!

طبق برنامه، بعد از پرده‌ی اول، من خواندن شعر را همراه با موسیقی ویولن که از گرامافون پخش می‌شد- از پشت پرده‌ی بسته- شروع کردم. رسیدم به آن‌جا که عاشق «حرمت مادری از یاد ببرد» آن موقع پرده باز شد و فریدون در نقش عاشق «خیره از باده و دیوانه ز بنگ» تلو تلو خوران وارد صحنه شد. مادر را زمین زد و با خنجر، مثلاً، سینه‌ی او را درید و قلب را از «آن سینه‌ی تنگ» بیرون آورد. در این لحظه، ناگهان بوی نفرت‌انگیزی آن‌چنان بلند شد که همه‌ی تماشاچیان چهره در هم کشیدند و عده‌ای دماغشان را گرفتند!

ما غافل از این بودیم که دل گوسفند را سه‌چهار روز پیش از قصابی خریده بودیم و در هوای گرم تهران، بدون یخچال، به حد اعلی فاسد شده بود. به‌رغم این بوی غیرقابل تحمل، فریدون به اجرای نقش خود ادامه داد. ولی در این میان یکی از بستگان، سرهنگ ناصرقلی‌خان که آدم شوخ بگو بخندی بود، از میان تماشاچیان به صدای بلند گفت:«کار فریدون بود». خوشبختانه آخر کار و موقع افتادن پرده بود. فریدون از صحنه که بیرون آمد از شدت عصبانیت می‌لرزید و گفت که دیگر در پرده‌ی دوم بازی نمی‌کند. من دست‌پاچه و آشفته، برای نجات از این مخمصه، از پشت پرده اعلام کردم:«بوی بدی که به دماغ تماشاچیان محترم خورد از قلب مادر بود و بازیکنان تقصیری نداشتند»! به رغم این توضیح، بچه‌گانه، فریدون که فوق‌العاده عصبانی بود، حاضر به اجرای پرده‌ی دوم نبود. تا به آقای امیر معتضد، که بزرگ خانواده بود متوسل شدیم و با وساطت و اصرار و ابرام او، فریدون آشتی کرد و پرده‌ی دوم را هم اجرا کردیم.

سال ۹۷ یا ۹۸ بود که بعد از عمری دوری، تصادفاً، چهارپنج روزی از نعمت دلپذیر مصاحبت فریدون در بنیاد فرهنگی کیان در شهر لوس‌آنجلس، برخوردار شدم. هر دو بسیار شادمانی کردیم و از خاطرات گذشته فراوان گفتیم. از اشعار تازه‌اش خواند و کتاب «از دیار آشتی» را برایم امضاء کرد. در بازی تخته نرد یک جفت جوراب فیلدو غوز از من برد. با یادآوری خاطره‌ی نمایش «قلب مادر» و دل بو گرفته‌ی گوسفند خندیدیم. ولی آنجائی شلوغ شد که فریدون گفت به دلیل این‌که تو کارگردان نمایش بودی و من فقط بازیگر آن، پس، از تو کم‌سال‌ترم. شعر مولانا را برایش خواندم و خندان به بازی ادامه دادیم:

گفت عمرت چند سال است ای پسر
باز گوی و در مَدُزد و می‌شمر
گفت هجده، هفده، نی نی شانزده
ای برادر خوانده یا که پانزده

گفت واپس واپس ای خیره سرت

باز میرو تا به ناف مادرت

(البته با پوزش از مولانا بهخاطر مختصر تصحیف)

یادی از توللی و نیما

یادم میآید یک وقتی، فریدون توللی، شرح دیداری با نیما یوشیج را حکایت میکرد. گفت: یک روز به اتفاق رسول پرویزی به دیدن استاد رفته بودیم. شراگیم، پسر نیما، که آن موقع حدود دو سال داشت، هنوز زبان باز نکرده بود ولی خوب دو وا دو می کرد و تا دلتان بخواهد، شیطان بود. نمیگذاشت ما دو کلمه با استاد حرف بزنیم. لاینقطع، از من به رسول و از رسول به من، میرفت و میآمد، با «عمو عمو» و کلمات نامفهومی، حرف ما را میبرید. تنها حرف ظاهراً مفهومش، که مرتباً بهصورت سئوال تکرار میکرد، این بود که: عمو، قرص اَخه؟ ... پیدا بود که برای این که یک وقت از سر شیطنت بچگی، قرصهای دوا را نخورد، به او تلقین کرده بودند که قرص چیز بدی است. شاید پنجاه بار، رفت و آمد و از من و رسول دربارهی «اَخ» بودن قرص فتوی خواست که ما هم، با این که امانمان را بریده بود، به احترام استاد، باز جواب میدادیم: بله، قرص اَخه، بَده! آن وقت، تازه سراغ استکان و نعلبکی و سیخ و سهپایه و چراغ میرفت و همه چیز را زیر و رو میکرد. نیما هم بهخاطر علاقهی زیادی که به این بچه داشت، اعتراضی نمیکرد. تا اینکه عاقبت، استاد به حاجتی، چند لحظه از اطاق بیرون رفت. رسول، اینبار که شراگیم به سراغش آمد، ناگهان، دست را به حالت حمله بالا برد و با قیافهی درهم کشیدهی ترسناکی بچه را تهدید کرد:

آرام بگیر، پدرسوخته! میزنم دک و دندهات را خرد میکنمها!...

بچه، از وحشت یک لحظه بهتش زد و ناگهان عرّ گریه صداداری را

سر داد. از صدای شیون بچه، استاد سراسیمه دگمه نبسته به اطاق دوید. رسول، به آنی، تغییر قیافه داد و با نگاه ملایم و مهربان، خطاب به بچه‌ی لرزان و گریان از ترس، گفت:

خیلی‌خوب، خیلی‌خوب، بوس نده، به عمو بوس نده! گریه ندارد، عمو بوس نمی‌خواهد. ما غلط کردیم بوس خواستیم... اما چیز غریبی است، استاد، شراگیم نازنین چرا وقتی شما نیستید، این‌قدر غریبی می‌کند!

این نقل فریدون توللی را به رسول پرویزی حکایت کردم گفت:

فریدون قضیه را تا آخر برایت تعریف نکرده. آن روز، ما چهار زانو، کنار منقل استاد نشسته بودیم. بعد از این تشر و تهدید نجات‌دهنده، بچه دور من یکی را خط کشید و دیگر طرفم نیامد. ولی فریدون را نه تنها ول نکرد، بلکه تمام انرژی خودش را صرف وجود او کرد. یعنی سهمیه‌ی مرا هم به سهمیه‌ی او اضافه کرده بود. یک سیخ وافور برداشته بود و به سراغ فریدون رفته بود. من یک‌وقت متوجه شدم که بچه اصراری دارد سیخ را به گوش فریدون فرو کند. او هم به احترام استاد چیزی نمی‌گفت. فقط سعی می‌کرد با ملایمت دست بچه را عقب بزند. ولی دیگر حواسش به صحبت نبود. و تمام مدت مراقب سیخ و دست بچه و نجات گوشش بود. بچه هم به هیچ‌وجه دست‌بردار نبود. نیما هم مشغول کار خودش بود و سربلند نمی‌کرد. چون با همه مراقبت زیرچشمی فریدون، خطر پاره شدن پرده‌ی گوشش می‌رفت، عاقبت من به صدا درآمدم و گفتم:

استاد، یک چیزی به این شراگیم بفرمایید! با این سیخ که برداشته پرده‌ی گوش فریدون را پاره می‌کند.

نیما عاقبت سربلند کرد و به بچه تشر زد:

هنیش بچه، سیخ اِشکنه!

(یعنی بنشین بچه، سیخ می‌شکند!)

پاریس ۱۳۹۱

حکایت شهباز و عماد

طبیعت نازپرورده‌ی شعله‌ی شهباز طاقت تحمل جواب نه، ندارد. می‌گوید خاطره‌ی اولین دیدار با حسن شهباز را حکایت کن! می‌گویم یادم نیست. حکم می‌کند: به یاد بیاور! چاره نیست. حکم حاکم است. باید دفتر یک عمر دراز را ورق بزنم، تا چه دستگیرم بشود؟ قاعدتا اولین دیدار باید در قلمرو اهل شعر و ادب بوده باشد. شهباز گنجینه‌ی شعر بود. از حافظه‌ی فوق‌العاده‌اش دلپذیرترین استفاده را کرده بود. لطیف‌ترین اشعار فارسی، علی‌الخصوص و عمدتا غزل‌های حافظ را در غرفه‌های مجلل ذهنش دستچین کرده بود. کسی که ما را به هم معرفی کرده باید حافظ بوده باشد. این هنر خواجه‌ی شیراز است که دلبستگان خود را به یک‌دیگر می‌شناساند و ترتیب آمیزش و پیوندشان را می‌دهد.

باری، حالا که خاطره‌ی اولین دیدار پشت انبوه دیدارهای سالیان دراز گم شده، خاطره‌ی یکی از دیدارهامان را که راجع به کار شاعر معروفی بود، حکایت می‌کنم. جزئیات این دیدار و مکالمه ـ که بهتر است آن را مشاعره بنامم ـ، به این علت به خصوص در ذهنم ماندگار شده که در سال‌های بعد، مکرر با حسن، از آن گفت‌وگوی شعرآگین یاد کردیم.

دیدار مقدمه‌ای داشت، یک روزی دوستی به سراغم آمد و گفت:

ـ عماد خراسانی در مضیقه‌ی مالی است و با استغنای طبعی که از او می‌شناسی، هیچ کمکی از دوستان نمی‌پذیرد. اگر بتوانیم کاری برایش پیدا کنیم.

این خبر ناخوش آشفته خاطرم کرد. عماد را بسیار دوست داشتم. به رایزنی نشستیم که چه کنیم. گفتم:

- توقع وظیفه و زاد سفر شاعر از جامعه، به نظر من، حق مشروعی است. ولی آیا مدرک یک تخصصی در دست دارد که بهانه‌ی برقراری حقوق دولتی بشود؟

گفت:

- می‌دانم که از یک آیت‌الله بزرگ خراسان تصدیق اجتهاد دارد. اگر بتوانیم یک کاری مثلا در اداره اوقاف ....

تا دوستم از اوقاف گفت، یادم آمد که رییس تازه‌ی اداره‌ی اوقاف، نصیر عصار را که همکارمان در اداره بود، اسمش و خبر انتصابش را در روزنامه خوانده بودم، می‌شناختم. گفتم:

- امتحانی می‌کنیم. این آقا از خانواده‌ی علم و ادب است.

زنگی زدم، وقت ملاقات داد. اما راه انداختن عماد آسان نبود. شاعر در عین گرفتاری، رضایت نمی‌داد به تقاضای کاری به دیدن یک مقام دولتی برود. در برابر اصرار ما، کلام سعدی را تکرار می‌کرد:

مراست با همه عیب این هنر بحمدالله

که سر فرو نکند همتم به هر جایی

گفتم:

- فعلا که سرفرو کردن همت تو مطرح نیست. همت من است که دارد سر فرو می‌کند.

هر جور بود، دو نفری راهش انداختیم. رییس اوقاف با ادب تمام و خلق خوش ما را پذیرفت و عماد را تکریم و تجلیل فراوان کرد. در باب ارجاع کار هم روی بسیار خوشی نشان داد و گفت:

- آقای عماد، فخر ادب معاصر است و خدمتش در هر سازمانی مایه‌ی سربلندی آن است.

بعد از قول اقدام سریع، ضمن ناز و نوازش شاعر، سخنرانی کوتاهی ایراد کرد که در آن اصطلاحاتی از نوع عملکرد، **اسناد مصوبه، تامین**

۱۹۲

اعتبار، بودجه، سال مالی و غیره پشت سر هم آمد. عماد صمیمانه تشکر کرد. در راه مراجعت، ما دو نفر اداره‌جاتی زبان‌دان، سخنان رییس اوقاف را از زبان اداری، به فارسی سره برای عماد ترجمه کردیم:
ـ «سال آینده در این باب انشاالله کوششی خواهیم کرد».

شاعر سخت رنجید و گله کرد که چرا به مقام دولتی رو انداختیم.

در شور بعدی با دوستم به فکر استفاده از تخصص او در شعر و ادب افتادیم. اهل شعر و ادب رادیو و تبلیغات را از نظر گذراندم. به حسن شهباز برخوردم که در رادیو برو و بیایی داشت. بی‌تامل به سراغش رفتم و با شعر حافظ دامنش را گرفتم:

شکسته‌وار به درگاهت آمدم که طبیب

به مومیایی لطف توام نشانی داد

وقتی حاجتم را دانست، با تعجب گفت:
ـ تو که لابد دولتی‌ها را بیشتر از من می‌شناسی، چطور به من که در کار دولت دستم به جایی بند نیست، رو آورده‌ای؟

دیدار با رییس اوقاف را برایش حکایت کردم و گفتم:
ـ جواب منفی را با چنان دلبری و ناز و نوازشی از عماد کف دستمان گذاشت که به یاد بوسه‌های آن پاکیزه مرد بر سر و چشم سعدی گرسنه افتادم و ناله‌ی شیخ در بوستان:

به خدمت منه دست بر کفش من

مرا نان ده و کفش بر سر بزن

در نتیجه من که به خاطر عماد از یک مقام دولتی جواب سربالا شنیدم، دیدم مقدورم نیست به مقام دولتی دیگری رو بیاندازم. پیش تو آمدم به این دلیل که اولا تو در حوزه‌ی شعر و ادب هیبت و هیمنه‌ای داری و حمایت تو از یک شاعر مسلما تاثیرگذار است، ثانیا تو دوست منی و اگر نتوانی کمکی بکنی، جواب منفی‌ات عذاب و خواری و خفتی برایم ندارد.

چند بیت از یک غزل عماد را خواند و گفت:

- خودم عماد را بسیار دوست دارم و در حد امکان کوششی خواهم کرد. ولی باید به او برسانی که اگر راهی هم پیدا بشود، وقت می‌خواهد و تحمل بایدش. به خصوص به یادش بیاور که حافظ عزیز هم کم و بیش همین گرفتاری را داشته که می‌نالد:

نیست در کس کرم و وقت طرب می‌گذرد

چاره آن است که سجاده به می بفروشیم

گفتم:

- الان که مدت زیادی از وعده‌ی سرخرمن رییس اوقاف می‌گذرد، خودش متوجه کندی‌ها شده، ما هم به بهانه‌ی حافظ خوانی، مکرر زیر گوشش خوانده‌ایم که می‌نالد:

قحط جود است آبروی خود نمی‌باید فروخت

باده و گل از بهای خرقه می‌باید خرید

با این که شهباز قول حد اعلای کوشش را داده بود، موقع خداحافظی برای این که او را در این راه بیشتر هول داده باشم دفترش را با این بیت ترک کردم:

مگر به روی دلارای یار ما ور نی

به هیچ وجه دگر کار برنمی‌آید

حسن حسنی نبود که شعر یادآوری را بی‌جواب بگذارد. وقتی مرا تا در اتاق رساند، زیر لب گفت:

آن چه سعی است من در طلبت بنمایم

این قدر هست که تغییر قضا نتوان کرد

از یافتن کار برای عماد تقریبا قطع امید کرده بودم. چون روزها گذشته بود. از شهباز هم خبری نرسیده بود. عازم سفر خارج بودم. فکر می‌کردم اگر باز خبری نرسد، دگر چه باید کرد؟ صبح روز قبل از حرکتم، تلفن زنگ زد. صدای موجدار و مخملی حسن را شنیدم که با شعر آغاز سخن

کرد:

چگونه سر زخجالت برآورم بر دوست
که خدمتی به سزا برنیامد از دستم

و به نثر ادامه داد:

دنبال صحبت تو، به دیدن دکتر عزت‌الله همایونفر که از علاقه‌مندان شعر و ادب است و تازگی به معاونت وزارت اطلاعات منصوب شده رفتم. به اعتبار شعر عماد، به اضافه‌ی اعتبار خودم و تو، تقاضایت را با او مطرح کردم. وعده‌ی کمک داد. چند روزی خبری نشد تا دیروز زنگ زد و گفت با جست‌وجوی زیاد، یک پست خالی کمک بایگان پیدا کردم که آماده است. این حرف دکتر همایونفر است. حالا تو به این پیشنهاد چه نظری داری؟

گفتم:

– منظور ما این بود که برای عماد یک حقوق مرتب ولو مختصر فراهم کنیم. اما نمی‌دانم آیا شاعر نامدار راضی خواهد شد که وقتی در چهل پنجاه سالگی قدم به خدمت دولت می‌گذارد، با عنوان کمک بایگان وارد بشود؟ چون عازم سفرم، به وسیله‌ای خبر را به عرضش می‌رسانم. دیگر خود داند. ولی تو، حسن شهباز که به خاطر او به یک مقام دولتی رو انداخته‌ای، اجر کارت را ضایع نکن، بسیار ممنونم.

در این غوغا که کس کس را نپرسد
من از پیر مغان منت پذیرم

البته بعدها دانستیم که شاعر شیرین سخن، حشمت دولت فقر را به بهای حقوق دولت وانگذاشته است.

پاریس ۱۳۹۱

سرگذشت «دائی جان ناپلئون»

این دائی‌جان، یعنی «دائی جان ناپلئون»، از جهات مختلف خیلی بیشتر از سایر دائی‌جان‌ها، برایم منشا اثر و مایهٔ شادمانی بوده است. از دست کم چهل سال پیش، دائماً با من قرین و همنشین بوده و در زندگی‌ام نقشی داشته است. در این مدت از شهرت و محبوبیتی عمومی، از طبقهٔ تحصیل کرده‌ی کتابخوان گرفته، تا عامه‌ی مردم، زن و مرد و پیر و جوان، برخوردار بوده و من، به عنوان خویش نزدیک، پزش را داده‌ام. بار غم و غصه دل‌های خسته‌ی بسیاری را با خنده و شادی سبک کرده که دعای خیرش را به من کرده‌اند. در رمان معاصر جهان جای ممتازی کسب کرده، که برایم مایه‌ی سربلندی است. گذشته از این سابقه‌ی روشن، شادم که می‌بینم دائی جان هر چند به عنوان عنصر نامطلوب از زادگاهش اخراج شده، به کوری چشم چپ دشمنان دیرین، در آستانه‌ی چهلمین سال تولدش، نه تنها با همه‌ی زاد و رودش، همچنان در صحنه حضور دارد که سر حال‌تر و جنگاورتر از دوران جنگ‌های کازرون و ممسنی، به مرزهای تازه‌ای قدم می‌گذارد. کتاب تاکنون به هشت زبان خارجی ترجمه و با موفقیت منتشر شده است. به این ترتیب، جماعت کثیر دیگری از جهانیان، با ترفندهای «انگلسیا» ‐ به روایت دائی جان، همراه با تفسیرهای مش قاسم غیاث‌آبادی آشنا شده‌اند.

«دائی جان ناپلئون» را من در اواخر دهه‌ی چهل، هنگام ماموریتم در سوییس نوشته بودم. وقتی مشغول دستکاری‌های نهایی آن بودم، از قضا، دوست قدیم و ندیمم، تورج فرازمند گذارش به ژنو افتاد. نوشته‌ی مرا دید و بسیار پسندید و در مراجعت، خبرش را به تهران رساند. وقتی من در پایان ماموریتم به ایران برگشتم، دوستان مجله‌ی فردوسی ‐ که مجله‌ی

خاستگاه قلمزنی‌ام بود ـ اصرار بسیار کردند که موافقت کنم قبل از انتشار کتاب، آن را در مجله، به صورت پاورقی چاپ کنند.

من به این نحوه‌ی انتشار نوشته‌ام رغبتی نداشتم. اما در نهایت به توصیه‌ی دوستم فرازمند، پذیرفتم. استدلال او این بود که سانسور کتاب در نهایت شدت است و سانسورچی‌های غالباً نادان، برای خوش خدمتی هم که شده، در این رمان پرجمعیت، دست کم سه چهار مورد ایراد پذیر پیدا خواهند کرد.

کتاب «دائی جان ناپلئون» نوروز ۱۳۵۲ منتشر شد.

اولین و بزرگترین شادمانی من وقتی بود که دیدم علاوه بر مردم عادی ردیف خود من، کسانی از بزرگان نامدار علم و ادب هم که فکر نمی‌کردم حوصله و فرصت کنند بنشینند رمان بخوانند، آن را خواندند و به من گفتند که خواندند.

استقبال عمومی روزافزون از رمان، موجب شد که سازمان رادیو تلویزیون ملی به فکر تهیه‌ی فیلمی چند قسمتی از آن برای نمایش در تلویزیون افتاد. کار تهیه‌ی فیلم بر عهده‌ی کارگردان سینما ناصر تقوائی گذاشته شد که با من و خودش و آثارش آشنایی داشتم. هوشمندی و دانایی ناصر تقوائی را بخصوص در انتخاب بازیگران شاهد بودیم که برای هر نقش مناسب‌ترین چهره را از هنرپیشگان بزرگ نامدار برگزید. و گفتنی است که همه‌ی آنها پیشنهاد او را بی‌چون و چرا پذیرفتند و به بهترین وجه از عهده‌ی ایفای نقش‌ها برآمدند.

فیلم که در ۱۷ قسمت اواخر سال ۱۳۵۵ آماده شده بود از اول سال بعد در تلویزیون به نمایش گذاشته شد. نمایش فیلم در تلویزیون با استقبال فوق‌العاده‌ی عمومی روبرو شد. ولی از آنجا که از نظر زمانی با شروع فضای نسبتاً باز سیاسی مقارن بود، های و هوی زیادی هم برانگیخت. مخالفان رژیم حاکم، از چپ تا راست، که منتظر بهانه‌ای برای کوبیدن

دولت وقت بودند، رادیو تلویزیون ملی و برنامه‌ی پر سر و صدایش، یعنی فیلم دائی جان ناپلئون را نشانه گرفتند. فریادهای وامصیبتا و واشریعتای آنها طوری بلند شد که تلویزیون قسمت‌هایی از فیلم را سانسور کرد. معهذا اظهار نظرهای عیبجویانه از طریق نامه‌نگاری به تلویزیون و جراید و انتقاد در محافل و مجالس ادامه یافت. نامه‌ی اعتراض به شخص من هم کم نبود.

من، از میان نامه‌های متعدد اعتراض، فقط به یک نامه جواب دادم. به یک آخوند مبادی آداب که صاحب خط و ربط و سوادی بود و آدم محترمی به نظرم رسیده بود. این شخص در نامه‌ی مودبانه‌اش از قم، ابتدا رفتار و گفتار بعضی پرسناژهای داستان را زیر ذره‌بین انتقاد گذاشته و در پایان، چیزی تقریباً به این مضمون، خطاب به شخص من نوشته بود:

«جناب آقای نویسنده‌ی محترم، از شما می‌پرسم: اگر آقازاده‌ی خود شما یا بنده‌زاده‌ی حقیر، شیوه‌ی زندگی و رفتار آقای اسدالله میرزای شما را که سفر سانفرانسیسکو را حلال تمام مشکلات خانوادگی می‌داند، تقلید کنند، آیا شما احساس مسئولیت نخواهید کرد؟»

به این آقا جوابی به این مضمون نوشتم که جواب خیلی از ایرادگیران اخلاق‌دان بود:

«اسدالله میرزا اگر آدم نابابی‌ست، پرسناژ رمان است و رمان قصه‌ی برخورد معصومین و قدیسین نیست. در رمان‌ها آدم‌های بسیار ناباب‌تر و خطرناک‌تر از اسدالله میرزا فراوانند که می‌توانند مورد تقلید قرار بگیرند. حتی در روایات تاریخی و مذهبی خطر تقلید وجود دارد. خود شما وقتی بالای منبر از فاجعه‌ی خونبار کربلا یاد می‌کنید، چه تضمینی دارید که جوانان شنونده بجای درس گرفتن از شجاعت و فداکاری امام، در زندگی‌شان شیوه‌ی اشقیائی چون شمر ذی‌الجوشن و حرمله کوفی و خولی اصبحی را مدل تقلید قرار ندهند؟ پس، حضرت آیت‌الله اگر بخواهید نورچشمی را از خطر محفوظ بدارید، راهش این است که با

تربیت صحیح برای او شخصیت مستحکم مستقلی بسازید، بطوری که به حرمت و عزت نفس انسانی‌اش از حقارت مقلد شدن و میمون‌وار تقلید این و آن کردن، در امان بماند.»

اینها و آنها، آخوند و کلاهی، دست به یکی کردند و کلک رژیم حاکم را کندند و بهار آزادی را شیپور زدند. ماه بعد، در یک صبح بهاری، مأموران نمی‌دانم کدام کمیته‌ی آزادی، با کامیون به کتابفروشی و انبار کتاب ناشر و کتابفروشی‌های شهر حمله بردند و کلیه‌ی نسخه‌های از چاپ درآمده‌ی کتاب را، بار زدند و بردند. علاوه بر این به انبار انتشارات جدیدالتاسیسی که بیست هزار جلد به قطع جیبی مصور دائی جان را چاپ و آماده‌ی توزیع کرده بود، هجوم بردند و تمام بسته‌ها را بردند، که شنیدم به مصرف مقواسازی و تونتابی حمام آقایان رساندند و تجدید چاپ و فروش آن را به عنوان کتاب ضاله و حتی ظالمه‌ی مستحق مجازات شدید اعلام کردند.

چایچی‌های قاچاق فروش، مقدم این وارده‌ی جدید به بازار زیرمیزی فروشی را گرامی داشتند و بلافاصله چاپ افست دائی جان و توزیع پرفایده‌ی زیرمیزی به دو برابر قیمت را شروع کردند. تجارتی که از سی و پنج سال پیش تاکنون در سراسر مملکت بی‌دغدغه ادامه دارد. البته در ویترین کتابفروشی‌ها نیست، ولی سابقه ندارد که مشتری این کتاب از کتابفروشی دست خالی برگشته باشد. صادرات دائی جان ناپلئون هم، به مشارکت و همکاری صمیمانه بعضی کتابفروشی‌های ایرانی خارج از کشور، همچنان رونق دارد.

این از سرنوشت دائی جان در داخل کشور، اما بالاخره هر طور بوده، خودش را از لای پرس مقواساز و شعله‌های آتش تونتاب آقایان نجات داد و با داغ دل، از وطن مالوف راهی غربت شد. اولین تبعیدگاه ناخواسته‌اش اتحاد جماهیر شوروی سوسیالیستی، مدافع زحمتکشان و رنجبران جهان بود که با آغوش باز مقدمش را گرامی داشتند. دائی جان ناپلئون، درست

۱۷۰ سال بعد از ناپلئون اول، شهر مسکو را تسخیر کرد. ولی برخلاف آن دفعه، کسی شهر را آتش نزد. مهمان جدید را عزت گذاشتند و طوری پنهانش کردند که هیچکس از حضورش در آنجا بوئی نبرد.

از قضای اتفاق، خانمی ایرانی از دوستان من که چند زبان می‌داند و در دفتر اروپایی سازمان ملل در ژنو کار می‌کرد، ضمن سفری به امریکا، در دهه‌ی ۹۰ میلادی، در کتابخانه‌ی دانشگاه ییل چشمش به یک کتاب روسی با عنوان «دیادوشکا ناپلئون» افتاد. وقتی باز کرد و دید که دائی جان ناپلئون خودمان به زبان روسی است، مشخصات کتاب را برای من فرستاد. بعد از تحقیق، معلوم شد ناشر Khoudojestvennaya Literatura یکی از دو ناشر بزرگ روسیه، برجا مانده از دوران شوروی است.

من به آدرس ناشر در مسکو نامه نوشتم و خواهش کردم که یک نسخه از کتاب را برای آرشیو شخصی من بفرستند. جواب محترمانه‌ی محبت‌آمیزی به امضای رئیس بخش ادبی موسسه‌ی انتشارات رسید. نوشته بودند ما این کتاب را در سال ۱۹۹۰ منتشر کرده‌ایم و بعد از چند سال دیگر حتی یک نسخه از آن باقی نمانده که به شما تقدیم کنیم و از این بابت شرمنده‌ایم. ولی چون در آستانه‌ی سال نو هستیم فرا رسیدن عید را صمیمانه به شما تبریک می‌گوییم و سالی سراسر موفقیت و شادی برای شما آرزو می‌کنیم.

گفتم چی بود می‌گفتند روس‌ها آدم‌های زمخت بی‌احساسی هستند! ببینید طفلک‌ها با چه مهر و محبتی سال نو را تبریک گفته‌اند و چطور با شرمندگی عذر قصور می‌خواهند.

از آشنایانی که برای گردش به روسیه می‌رفتند خواستم که از کتابفروشی‌ها کتاب «دیادوشکا ناپلئون» را اگر دیدند برای من بخرند.

بعد از مدتی، دو مسافر دو نسخه کتاب «دیادوشکا ناپلئون» برایم آوردند. یکی چاپ ۱۹۸۱، با تیراژ هفتاد و پنج هزار نسخه و آن یکی چاپ

۱۹۹۰، با تیراژ صدهزار نسخه و قیمت روی جلد چیزی معادل سیزده دلار بود و معلوم نبود چاپ چندم است، چون ردیف چاپ را ذکر نکرده بودند.

باز، نامه‌ای به ناشر نوشتم ولی به این نامه و نامه‌های بعدی جوابی ندادند بکلی لالمونی گرفتند. طوری که به قول مش‌قاسم خودمان، پنداری دود شدند رفتند آسمان! چون شایعه‌ی دمکراسی در روسیه قوت گرفته بود، در نامه‌ای، چغلی موسسه ناشر را به آقای ولادیمیر پوتین، رئیس جمهوری کردم.

در حالی که امید زیادی نداشتم، نامه‌ای رسید از مسکو، از سرویس حقوقی مجمع نویسندگان روسیه (RAO) که:

«رئیس جمهوری تحقیق در باره‌ی نامه‌ی شما را به ما ارجاع کرده و ما از «اطاق کتاب روسیه» پرسیدیم. در جواب تایید کرده‌اند که موسسه‌ی انتشارات «خودوژستونایالیتراتورا» کتاب شما را در سال ۱۹۹۰ در روسیه منتشر کرده است. به این موسسه نامه نوشته‌ایم و از جوابش شما را مطلع خواهیم کرد.»

گفتم: به به! خوش خبر باشی ای نسیم شمال! به برکت دمکراسی نوپای روسیه، حتماً از این چاپ‌های مکرر صدهزار نسخه‌ای نان و نوائی می‌رسد.

چشم به راه بودیم تا روزی که جواب رسید. همان موسسه معظم انتشارات که ضمن تبریک عید دلبرانه به من، نوشته بود که کتاب را در سال ۱۹۹۰ منتشر کرده، بدون هیچ خجالتی، نوشت: از چاپ ۱۹۹۰ هیچ اطلاعی نداریم، چون ما «دیادوشکا ناپلئون» را فقط در سال ۱۹۸۱ منتشر کرده‌ایم.

با مختصر تحقیقی، علت را دانستیم: بین دو تاریخ روسیه‌ی شوروی به مقررات بین‌المللی حفظ حقوق مولف پیوسته بود و این موسسه اگر انکار نمی‌کرد، باید لااقل برای چاپ ۱۹۹۰ حساب پس می‌داد.

من، هر دو نامه را – یکی آره و دیگری نه – که به امضای همان مقام رسمی انتشارات بود، همراه یک جلد کتاب چاپ ۱۹۹۰، برای آقای پوتین فرستادم که شاید خجالتش بدهم. اما انگار خجالت نکشید، چون از ناشر بزرگ نپرسید چرا دروغ می‌گوید. فقط این بار کار را به وزارت فرهنگ و ارتباطات روسیه ارجاع کرد. وزارت فرهنگ هم، به دستور رئیس جمهوری لابد در حد امکان اقدامی کرده بود. ولی ظاهراً چون زورش به مدیران گردن کلفت استالین دیده‌ی برژنف چشیده‌ی پوتین پروریده‌ی موسسه‌ی ناشر ترسیده بود، در نامه‌ای به من نوشت: از دست ما کاری برنمی‌آید و شما بهتر است برای احقاق حقتان به دادگاه مراجعه کنید!

گفتم بالاتان را دیدیم پایین‌تان را دیدیم: این هم روی وردار ورمالی قاچاق فروشان خودمان! وانگهی، به قول معروف صد من گوشت شکار به یک بوگند تازی نمی‌ارزد.

خلاصه اینکه، دائی جان، از کعبه‌ی سابق رنجبران عالم دست خالی برگشت ولی لااقل جانی به در برد و در جای امن‌تری به ترجمه‌ی دوم رسید. ترجمه‌ی به زبان انگلیسی بوسیله پروفسور دیک دیویس، ایران‌شناس و استاد دانشگاه اوهایو صورت گرفت. این ترجمه از نظر معرفی دائی جان، که در زبان فارسی و روسی محبوس مانده بود، خیلی اهمیت داشت. کتاب با عنوان My Uncle Napoleon با مقدمه‌ی جامع آقای دیویس در سال ۱۹۹۶، بوسیله‌ی انتشارات Mage Publishers در واشینگتن منتشر شد. جراید امریکایی و انگلیسی از آن استقبال بسیار خوبی کردند و به چاپ‌ها مکرر رسید تا جایی که روزنامه‌ی «بالتیمور سان» آن را (A Masterpiece of Contemporary World Fiction) معرفی کرد. مدتی بعد از چاپ‌های اولیه، در سال ۲۰۰۶، چاپ تازه‌ای بوسیله‌ی انتشارات Random House نیویورک منتشر شد که علاوه بر مقدمه‌ی دیک دیویس، دیباچه‌ای نیز از آذر نفیسی و موخره‌ای به قلم خود من، بر آن افزوده شده بود.

دائی جان پس از ترجمه‌ی انگلیسی، به ترتیب به زبان‌های آلمانی، اسپانیایی، یونانی استونیایی، فرانسوی، ترکی، عبری و نروژی ترجمه و منتشر شده است.

✻✻✻

اگر امروز از من بپرسند که از دائی جان چه دیده‌ام و در باره‌اش چه فکر می‌کنم، می‌توانم جواب بدهم: انصافاً دائی جان محترم و آبرومندی است که وجودش در مجموع، برای من مایه‌ی خیر و خوبی بوده است. در این سی و چند سال دور از ایران، هر جای دنیا که رفته‌ام هم‌وطنانم، شاید بیشتر به خاطر گل روی دائی جان، غرق دریای محبت و عزتم کرده‌اند. و غنیمتم اینکه بین آنها دوستان تازه‌ای پیدا کرده‌ام.

خوشحالم که دائی جان، نه تنها به عنوان دائی برای من، که به عناوین دیگری هم منشا اثر بوده است. در زبان فارسی اصطلاح «روحیه‌ی دائی جان ناپلئونی» به معنای پشت پرده هر واقعه توطئه و دست خارجی دیدن، بخوبی جا افتاده و گفتنی است که باقی مانده‌ی نسل دائی جان ناپلئون‌ها — که تعدادشان کم نیست — حالا دیگر موقع اظهار نظر و اطمینان از این که یک واقعه مثلاً کار انگلیسی‌هاست، پیشاپیش احتیاطاً می‌گویند: حالا نگویید فلانی دائی جان ناپلئون شده، ولی مطمئن باشید کار خودشان است.

اما خدمت دیگری که می‌شود به حساب دائی جان نوشت نقش موثرش در رفع و رجوع بدنامی‌هایی است که بعضی‌ها به بار آورده‌اند. مردم دنیا — بخلاف برگزیدگان جوامع‌شان که ایران را با تمدن و فرهنگ سابقه‌دارش می‌شناسند — چیزی از ایران نمی‌دانستند. تنها در سی و چند سال گذشته بوده که چیزی از ما شنیده‌اند و متاسفانه هر چه شنیده‌اند جز خبرهای خون‌آلوده‌ی نبوده است. مردم این خبرها را می‌شنوند و می‌خوانند و بر خاطرشان غباری از بدبینی و سوءظن روی نام ایران و

۲۰۳

ایرانی می‌نشیند. در چنین اوضاع و احوالی، شعر و رمان و دیگر مظاهر فرهنگ ایران، علاوه بر نقش جوهری‌شان، در باب غبارروبی از چهره‌ی ایرانی کاری انجام می‌دهند و نقش دائی جان از این نظر، از بدو انتشار به زبان‌های خارجی، از دید منتقدان جراید پنهان نمانده است. از جمله پس از انتشار متن انگلیسی، مجله‌ی «کابرکوس ریویو»ی نیویورک، در شماره‌ی ماه جون ۱۹۹۶، مقاله‌ی مفصل خود در باره‌ی «دائی جان» را اینطور پایان داد:

«این رمان خنده‌آور تحسین‌انگیز می‌تواند تصویری را که ما از ایرانیان فناتیک بمب بدست که هر سوراخ و سمبه‌ای را دنبال سلمان رشدی می‌گردند داریم، تغییر دهد».

و مجله‌ی «کلیولند پلن» در جولای ۹۶، در پایان نقد «دائی جان» نوشت: «خنده و ایران، الفاظی هستند که به آسانی کنار هم قرار نمی‌گیرند. آخرین شاه ایران اهل خنده نبود. جانشینان مذهبی او هم با مناظر دست‌های بریده و فواره‌ی خون شهیدان، نتوانسته‌اند این تصویر را تغییر بدهند. ولی ایرج پزشک‌زاد با انتشار متن انگلیسی دائی جان ناپلئون، رمان بسیار خنده‌آورش، که در سال ۱۹۷۰ نوشته، می‌تواند وضع را تغییر بدهد و بیشتر از آمد و شد دیپلمات‌ها و میانجی‌ها و عذرخواهی‌ها، در بهبود روابط ایران و امریکا موثر باشد.»

روزنامه واشینگتن پست در شماره ۲۹ سپتامبر ۹۶ نوشت: «... در دورانی که افکار عمومی بسیاری از امریکایی‌ها را اخبار شب شکل می‌دهد، «دائی جان ناپلئون» انسانیت ملتی را که از دیرباز در مغرب‌زمین به صورت کاریکاتوری معرفی شده، در معرض دید روشن قرار می‌دهد.»

همین طور، بعد از انتشار ترجمه‌ی فرانسوی دائی جان، منتقد ادبی روزنامه‌ی لوموند دیپلماتیک، در شماره‌ی نوامبر ۲۰۱۱، در پایان نقد کتاب،

این سئوال را مطرح می‌کند:

«چه چیزی خصومت رژیم روح‌الله خمینی را علیه این کتاب آن قدر برانگیخته که ممنوعش کرده‌اند؟ علت، آیا افشاگری طنزآمیز تزویر و ریاست؟ یا ظرافت لحن و سبکباری محیطی که در آن مشروب خوردن، دروغ بافتن و شادمانه سر بسر دیگران گذاشتن رایج است؟ یا مخالفت حکومت با مدیحه‌ی تخیل و ذوق و نشاط، طنین انداز در این داستان؟ یا ساده‌تر، خنده‌ی صمیمانه و از ته دلی است که در خواننده ایجاد می‌کند؟ و شاید علت را در احساس نوستالژی خواننده نسبت به دورانی باید جست که در آن فرهنگ و شعر حق حیات داشتند؟»

و چون به پاسخ سئوال خود نمی‌رسد، این طور ختم سخن می‌کند: «پس بهتر است از این پرسش‌ها، مثل مش‌قاسم دوست داشتنی، نتیجه‌ای فیلسوفانه بگیریم و بگوئیم دروغ چرا؟ حالا که تا قبر چهار قدم بیشتر نیست، چرا عیش خواندنمان را ضایع کنیم؟»

✳✳✳

این شرح خلاصه‌ی سرگذشت دائی جان را، من برای چاپ تازه‌ی کتاب در خارج از کشور، در پائیز ۱۳۹۳، در پاریس نوشتم.

گزارش مراسم یادبود
ایرج پزشک‌زاد در پاریس
به روایت خودش

ـ خانم‌ها، آقایان. با سلام، بنده خدمتگزار شما خردیار، به نام انجمن فرهنگی گوهر سخن، از تشریف‌فرمائی‌تان به این مجلس سپاسگزاری می‌کنم. بطوری که می‌دانید، یکی از برنامه‌های انجمن ما، در جهت اشاعه و ترویج ادب و فرهنگ ایران زمین، ادای احترام و بزرگداشت ادبا و شعرا و هنرمندانی است که ما را ترک کرده‌اند و در این زمینه جلسات متعددی داشته‌ایم. از جمله مجالس بزرگداشت برای روانشاد دکتر محمدجعفر محجوب، روانشاد اخوان ثالث، روانشاد احمد شاملو، روانشاد نصرت رحمانی، روانشاد فریدون مشیری، روانشاد یدالله رؤیایـی...

چند صدا از سالن ـ رؤیایـی زنده است... ایشان حیات دارند.

خردیار ـ خیلی عذر می‌خواهم. بله، خوشبختانه جناب دکتر یدالله رؤیایـی در کمال صحت و سلامتند. تصور می‌کنم اسم ایشان که در فهرست سخنرانان گذشته انجمن بوده با این فهرست تداخل شده ولی مانعی ندارد که برای اهل هنر در زمان حیاتشان هم شادی روان آرزو کنیم. باری، جلسه‌ی امروز ما به یادبود روانشاد ایرج پزشک‌زاد و بررسی آثار او اختصاص یافته و خوشوقت و مفتخرم که به عرضتان برسانم که اداره و ریاست جلسه را دانشمند محترم و معزّز، جناب دکتر اعصامی ـ که در انجمن مکرّر سعادت کسب فیض از سخنرانی‌های فاضلانه‌ی ایشان

را داشته‌ایم- تقبل فرموده‌اند. ضمناً می‌خواهم از سخنرانان محترم تقاضا کنم که دقیقاً در حد برنامه‌ی تعیین شده صحبت بفرمایند. چون این سالن شهرداری فقط تا ساعت بیست در اختیار ماست. و در رأس ساعت بیست، برای اجرای برنامه‌ی دیگری که در ساعت بیست و پانزده دقیقه دارند، باید سالن را تخلیه کنیم.

مضافاً به اینکه به علت دیر رسیدن دوستان جلسه را با حدود نیم ساعت تأخیر شروع می‌کنیم. البته ریاست محترم جلسه در این باب نظارت و دقت خواهند فرمود. حالا از جناب دکتر اعصامی عزیز تمنا می‌کنم تشریف بیاورند و جلسه را اداره بفرمایند. بفرمائید، قربان، اینجا مقابل میکروفن!

(صدای جابجا شدن صندلی‌ها)

رئیس- تشکر می‌کنم از جناب مهندس خردیار، بنیان‌گذار و رئیس دانشمند انجمن گوهر سخن، که با اظهار لطف همیشگی‌شان بنده را شرمنده فرمودند. باید عرض کنم که...

یک صدا- بلندتر!

رئیس- صدا نمی‌رسد؟ شاید میکروفن؟ (صدای چند تلنگر به میکروفن) بهتر شد؟

یک صدا- بله بفرمائید! قدری بهتر شد.

رئیس- این مشکل میکروفن هم به رغم تمام پیشرفت‌های تکنولوژی- در اجتماعات ما حل شدنی نیست. باری، عرض می‌کردم که موضوع اجتماع امشب ما بزرگداشت روانشاد ایرج پزشک‌زاد است. سخنران اول ما استاد سخنور، جناب دکتر حسام‌الدین مستقانمی هستند که درباره‌ی آثار داستانی آن زنده‌یاد سخن خواهند گفت. رسم اینست که رئیس جلسه سخنرانان را به مجلس معرفی می‌کند. اما وای بر من، که نمی‌دانم چه بگویم با زیان قاصرم در معرفی استاد مستقانمی، بزرگ‌مردی که از آوازه‌ی

فضل و دانشش عالمی سرشار است. گفت:

یــک دهــن خواهــم بــه پهنــای فلک
تـــا بگویـــم وصـــف آن رشــک ملـــک

همین قدر می‌توانم بگویم که بنده همیشه به دوستی ایشان افتخار کرده‌ام وهیچ وقت فراموش نکرده‌ام و نخواهم کرد اولین برخوردهایم با این بزرگمرد فرهیخته را که مقدمه‌ی ره بردنم به دنیای بی‌حد و مرز دانشش بود. از جمله روزی را که در برابر داوران از رساله‌ی دکترایم دفاع می‌کردم، در پایان کار وقتی برای اظهار امتنان از دوستانی که بعنوان تماشاچی به این جلسه آمده بودند، سربرگرداندم، چشمم به جناب دکتر مستقانمی بزرگوار افتاد که بی‌سروصدا به جلسه تشریف آورده بودند. مراتب امتنانم را به حضورشان تقدیم کردم. ایشان به لطف ومحبت موفقیتم را تبریک گفتند و اگر خاطرشان مانده باشد، خدمتشان عرض کردم استاد عزیز، بختم بلند بود که متوجه حضور شما نشده بودمِ، چون اگر شده بودم از شرمندگی دست و پایم را گم می‌کردم و احتمالاً طوری در جواب سئوالات استادان ممتحن به تته پته می‌افتادم که نه تنها رساله‌ام با درجه‌ی بسیار عالی همراه با تبریک ژوری، قبول نمی‌شد که تردید دارم حتی مورد قبول قرار می‌گرفت. و کلام ایشان هنوز درگوشم هست که فرمودند: دکتر اعصامی، آن طور که من دیدم، تو باید آنها را امتحان می‌کردی، نه آنها ترا! که البته نظر لطف شامل ایشان نسبت به بنده بود. اما چون نمی‌خواهم حضار گرامی را که می‌دانم سخت مشتاق شنیدن سخنان استاد هستند، بیش از این در انتظار بگذارم، دیگر چیزی در این باب عرض نمی‌کنم و از حضور استاد ارجمند جناب دکتر مستقانمی تمنا می‌کنم تشریف بیاورند و حاضران را مستفیض بفرمایند. از این طرف، جناب استاد!

(دست زدن حضار، صدای جابجا شدن صندلی‌ها، سپس سکوتی ممتد)

استاد مستقانمی:

چـو گویـی کـه وام خـرد توختـم
همـه هـر چـه بایستـم آموختـم
یکـی نغـز بـازی کنـد روزگـار
کـه بنشـاندت پیـش آمـوزگار

من بنده‌ی ناچیز هر چه دارم، اگر هر آینه داشته باشم، حاصل خوشه‌چینی از خرمن بی‌انتهای دانش استادانی است که بعضی از آنها امشب در این جلسه حضور دارند، از جمله، رئیس دانشمند جلسه، جناب دکتر اعصامی، که بنده را بر دوش لطف گرفتند و از زمین به آسمان بردند.

یک صدا- بلندتر!

استاد- میکروفن کار نمی‌کند؟

رئیس- چرا، قربان، یک کمی این طرف‌تر، مقابل میکروفن صحبت بفرمائید! یک کمی هم بلندتر!

استاد- بله، عرض می‌کردم که رئیس دانشمند جلسه بنده را از زمین به آسمان بردند، اما باید دید کدام زبان گویایی است که از عهده‌ی معرفی فضائل اخلاقی و فضل و دانش خود این بزرگوار متواضع برآید؟ راهی ندارم جز اینکه دست توسل به دامن شیخ اجل بزنم و خطاب به ایشان بگویم:

کمـال فضـل تـرا من بـه گرد می‌نرسـم
مگر کسی کند اسب سخن بزین به از این؟

باری، انجمن گوهر سخن این جلسه را به قصد یاد کرد روانشاد ایرج پزشک‌زاد ترتیب داده و از بنده خواسته است که آثار داستانی او را بررسی کنم. در این باب عرض می‌کنم که من آن زنده‌یاد را به علت نسبت سببی دوری که با ما داشت، چند بار در مجالس خانوادگی دیده بودم ولی اولین باری که از نزدیک با خصوصیات روحی او آشنا شدم و این، مقدمه‌ی

آشنایـی من با آثارش شد، در یک دیدار خصوصی در منزل ما بود. سال‌ها پیش، روزی از روزها، به بنده تلفن زد و گفت که درباره‌ی یک موضوع تاریخی سئوالی دارد. او را به یکی دو تن از اساتید بزرگ حواله دادم. جوابی داد که بعد از سالها هنوز توی گوشم است. گفت: استاد، اینها در انتقال معلومات خود به دیگران خست می‌ورزند در حالی که شما نه تنها امساک و خست در بذل دانش ندارید که حتی می‌شود گفت که در این باب اهل اسراف و تبذیر هستید. این هم هست که آنها چون سرمایه‌ی دانش بی‌انتهای شما را ندارند، دستشان در خرج کردن می‌لرزد. البته آن زنده‌یاد روی محبتی که به من داشت مبالغه می‌کرد. ولی یادش بخیر و خوبی باد که همیشه قلب و زبانش یکی بود. باری، از موضوع دور نیفتیم! برای دو روز بعد قرار گذاشتیم که به منزل ما بیاید. قبل از خداحافظی، با خنده گفت: جناب استاد، آیا باید با دسته گل خدمتتان بیائیم؟

گفتم: نخیر، ابداً. چون فقط شایعه است. آخر، آن روزها در محافل و مجامع،برای پست ریاست دانشگاه اسم بنده زیاد برده می‌شد. که بعد وقتی به مرحله‌ی اقدام رسید چون شرایط مرا نپذیرفتند، قبول نکردم. باری، از موضوع دور نیفتیم! روز موعود، که یک تعطیلی بود، وقتی آن زنده‌یاد به منزل ما رسید، از قضا من در یک بحران عصبی فوق‌العاده بودم. بیش از یک ساعت بود که با کسالت ناگهانی مادر همسرم روبرو و گرفتار بودم و در غیاب همسرم، که با بچه‌ها به مهمانی یکی از بستگان در مهرشهر کرج رفته بود، بدجوری دست و پایم را گم کرده بودم. باید درباره‌ی این کسالت مادرزنم، به جهاتی، که بعداً عرض خواهم کرد، توضیحی بدهم. آن مرحومه آن موقع با ما زندگی می‌کرد. ایشان از جوانی گرفتار بیماری یبوست مزمن بود.

عرض می‌کنم بیماری، چون یبوست چهار، پنج، شش روزه بود، که وقتی از این مدت تجاوز می‌کرد، موجب نفخ و تورم و درد شکم و

سکسکه و عوارض نامطبوع دیگری می‌شد. من شخصاً معتقدم که این بیماری خانوادگی و ارثی بود. چون خواهرش خانم عترت‌السلطنه زن مرحوم دکتر آراسته، هم همین گرفتاری را داشت. همین طور برادرش سرهنگ مرتضی‌خان و پیش از همه‌ی آنها، مرحوم سالار امجد، پدرشان. باری، از موضوع دور نیفتیم! در این جور مواقع بحرانی که ناراحتی از حد می‌گذشت و به مرحله‌ی خطر می‌رسید، همسرم که واقعاً مادرش را می‌پرستید، آستین‌ها را بالا می‌زد و با یک تنقیه‌ی جوشانده‌ی گل ختمی و سولنجون و قولنجون و این جور چیزها، ایشان را راحت می‌کرد. آن روز تعطیلی، در حالیکه قبض خانم بزرگ از سه چهار روز تجاوز نکرده بود بطور ناگهانی عوارض مخصوص همراه با دل درد شروع شد. در غیاب همسرم، مستخدمه‌ی منزل، فاطمه‌سلطان، با اجازه‌ی خود خانم و موافقت من، کار تنقیه را متقبل شد. فقط چون سواد نداشت قوطی‌ها را که اسم علف‌ها روی آنها نوشته بود آورد که من مقداری از هر کدام به او دادم، که بجوشاند و مایعش را آماده کند. تنقیه انجام شد و درد خانم آرام گرفت و من نفس راحتی کشیدم. ولی چند دقیقه بعد ناگهان صدای فریاد درد او شدیدتر از پیش از اطاقش بلند شد. از جزئیات می‌گذرم فقط در میان ناله‌های خانم و «خدا مرگم بده»های فاطمه سلطان، این طور فهمیدم که موقع تنقیه معلوم نیست چرا، سر لوله‌ی اریگاتور، یعنی آن سرش که به لوله‌ی پلاستیکی وصل می‌شود، یک اسم مخصوصی دارد که حالا خاطرم نیست...

یک صدا- کانول.

استاد- بله، کانول. خیلی ممنونم. معلوم شد که آن کانول، بعلت ناشیگری مستخدمه یا یک حرکت بی‌جای خانم بزرگ، از لوله جدا شده و توی بدن بیمار مانده است و ظاهراً علت درد همین بود پیشنهاد کردم ایشان را به بیمارستان ببریم قبول نکرد. اصرار داشت که دکتر سید مصطفی‌خان را

که طبیب خانوادگی‌شان بود و نام فامیلش یادم نیست، خبر کنیم که بیاید. تلفن زدم منزل نبود. به همسرم زنگ زدم که زودتر برگردد. چون خانم درد می‌کشید و به رفتن به بیمارستان رضایت نمی‌داد. دکتر دیگری را هم قبول نداشت. خدا رحمتش کند. تمام خلقیات پدرش، سالار امجد، بخصوص استبداد و زورگویی او را به ارث برده بود. می‌دانید که زورگوئی و یک دندگی مرحوم سالار در دوران حکومت مازندران در تذکره‌ها و خاطرات رجال آخر قاجار مکرر ثبت شده است.بهرحال، از موضوع دور نیفتیم! یکی از تظاهرات سماجت و استبداد رأی این خانم این بود که حکم کرده بود و اصرار داشت که تنقیه به وسیله‌ی اریگاتور مخصوص خودش انجام بشود. و این اریگاتور روسی را که از جنس ورشو و مال شاید صد سال پیش بود، مرحوم سالار یک وقتی از تفلیس آورده بود. در این گیرودار و در میان ناله‌های خانم بزرگ، مستخدمه هم که یک مقداری احساس مسئولیت و گناه می‌کرد، دم به دم می‌آمد و می‌پرسید خانم چرا نیامد؟ و گاهی هم، انگار برای سبک کردن بار مسئولیتش، می‌گفت: آقا، نکند آن دواها که دادید عوضی بوده، که بیشتر اعصابم را خرد می‌کرد.

عاقبت دکتر را که منزل یکی از دوستانش مهمان بود پیدا کردم و خواهش کردم هر چه زودتر بیاید. در عین این حال آشفتگی و ناراحتی عصبی، یکی از دوستان تلفن زد و رفتار تند مرا با یکی از وزراء ملامت کرد. از جزئیات قضیه می‌گذرم. همین قدر عرض می‌کنم که روز پیش در یک کمیسیونی، من تو دهنی محکمی به یکی از وزیران که اوامر شاه را به رخ من کشیده بود، زده بودم. این دوست که خبرش را شنیده بود، می‌گفت حالا که صحبت ریاست دانشگاه تست مصلحت نیست که سروصدای این بگومگو به بالاها برسد. اصرار و ابرام او به رفع و رجوع عصبانی‌ام کرد. سر او هم فریاد زدم وگفتم: تو کی دیده‌ای که من عقیده‌ام را فدای مقام کنم، یا به قول فرانسوی‌ها شرف را با تشریفات معاوضه کنم؟ منظور اینکه

بحران روی بحران دیگر اعصاب برای من نگذاشته بود. خداخدا می‌کردم همسرم زودتر برسد. چون خانم بزرگ با همه درد و ناراحتی توضیح درستی هم به من نمی‌داد. جوابش فقط آره یا نه بود. یعنی چند روزی بود با من سرسنگین بود. آن موقع علت را نمی‌دانستم. بعد فهمیدم: یک روزی عصبانی، سر دخترم که ایراد نابجایـی گرفته بود، داد زده بودم که: برو از خانم جونت بپرس که اوساچُسک خانه است! نگو فرهاد بنده‌زاده که آن موقع سه چهار ساله و خیلی شیطان بود و این حرف را شنیده بود، از مادربزرگش معنی اوساچُسک را پرسیده بود و به این ترتیب خانم بزرگ به مورد استعمال لفظ پی برده بود. البته شلوغی و شیطانی فرهاد مال دوران بچگی‌اش بود. وقتی بزرگ شد بعکس، مجسمه‌ی متانت و آقایی شد. حالا که در دانشگاه نیواورلئان امریکا تدریس می‌کند، شنیده‌ام که چند دانشگاه برای بردنش با هم نزاع می‌کنند. باری، از موضوع دور نیفتیم! علت سرسنگینی خانم با من همین حرف بچگانه‌ی فرهاد بود که به بدخلقی طبیعی مبتلایان به یبوست اضافه شده بود. در یک همچو وضع و حالی بود که در زدند و آن زنده‌یاد، طبق قرارمان از راه رسید. البته من از مشکلات چیزی نگفتم. تعارف کردم در سالن نشستیم. هنوز در مرحله‌ی احوالپرسی بودیم که همسرم نگران و پریشان و آشفته رسید. وقتی از ماوقع مطلع شد، اول به فاطمه سلطان پرید که چرا بی‌اجازه، چنین کاری کرده است. پیرزن بیچاره، دستپاچه جواب داد:

با اجازه‌ی آقا بوده، دوای جوشانده را هم خود آقا داد. خانم هم، بدون ملاحظه‌ی مهمان، به من پرید که یک باره چاقو بردار سر مامان را ببر که خیالت راحت بشود! آخر، ایشان روی تخیلات زنانه شاید ظن خصومتی از جانب من نسبت به مادرش می‌برد. در حالی که به‌عکس بود. من این خانم را مثل مادری دوست داشتم. البته آن روز همسرم خودش نبود. زجر و عذاب مادرش او را از حال طبیعی خارج کرده بود، وگرنه به تصدیق

همه، زنی بسیار معقول و مبادی آداب است. از نظر خانوادگی دختر مرحوم دکتر مساعد و نوه اوانس‌خان مساعدالسلطنه، سفیر اسبق ایران در فرانسه است. از نظر معلومات هم، تحصیلات عالی دارد. در همان ایام اتفاقاً مشغول نوشتن رساله‌ی دکترای ادبیات زیرعنوان ترکیبات استعاری در شعر ظهوری ترشیزی بود، که چند ماه بعد با درجه‌ی ممتاز تصویب شد. از موضوع دور نیفتیم! اصرار همسرم هم نتوانست مادرش را به رفتن به بیمارستان راضی کند. منتظر دکترش بود. عاقبت دکتر سید مصطفی‌خان از راه رسید. از یک مهمانی می‌آمد و پیدا بود دمی به خمره زده است چون خیلی شنگول و خندان بود. وقتی بعد از معاینه از اطاق خانم بزرگ بیرون آمد تلفن زد که آمبولانس بیاید.

بعد، در انتظار آمبولانس، در حالیکه با اریگاتور فلزی و لوله‌اش ور می‌رفت، گفت: من نمی‌فهمم چطور این اتفاق افتاده. چون کانول سر لوله‌ی اریگاتور یک شیر کوچولو هم دارد که باز می‌کنند و می‌بندند. خود کانول در بدن مانده باشد یک حرفی ولی کانول با شیرش راحت توی بدن نمی‌رود! بعد با نگاه خندانی اضافه کرد: مگر اینکه عمداً و به زور داخل کرده باشند.

این شوخی دکتر و صحبت شیر سر کانول موقعیتی به همسرم داد که دوباره به من بپرد. بگذریم که شیر کانول روز بعد زیر تشک پیدا شد. ولی در آن اوضاع و احوال بحرانی تشخیص شوخی از جدی سخت بود. از این جزئیات که عرض می‌کنم منظوری دارم که عرض خواهم کرد. من که در این جور مواقع معمولاً خونسردی‌ام را حفظ می‌کنم، آن روز بعلت درهم ریختگی عصبی، عاقبت از کوره در رفتم. وقتی همسرم در حضور دکتر و مهمان و مستخدم، روبه من فریاد زد: شمر ذی‌الجوشن! اگر این شیر توی روده‌ی مامان گیر کند من به چه خاکی به سر کنم، من هم فریاد زدم: شیر آب‌انبار هم باشد روده‌ی مامان تو ذوبش می‌کند، اصلاً مگر من

شیر را توی روده‌اش کرده‌ام؟ شاید هم این معنی را با لفظ تندتری بیان کردم که همسرم با اعصاب درهم ریخته عنان اختیار را از دست داد. از جا پرید و پایه‌ی سنگی چراغ رومیزی را بلند کرد و به طرف سر من نشانه رفت. در این لحظه‌ی حساس، آن زنده‌یاد، روانش شاد، دست او را در هوا گرفت و گفت: خانم، فکر حال مادرتان باشید. که همسرم آرام گرفت. باید بگویم که اگر دخالت به موقع و مؤثر آن زنده‌یاد نبود و آن پایه‌ی چراغ به مقصد رسیده بود، به احتمال قوی امروز دیگر بنده درحضورتان نبودم. از موضوع دور نیفتیم! به دستور دکتر خانم بزرگ را به بیمارستان شماره دو ارتش بردیم. جراح بیمارستان، خدا بیامرز مرحوم سرتیپ دکتر محمودی...

یک صدا- سرلشکر.

استاد- باز میکروفن از کار افتاد؟

رئیس- نخیر، ایرادی ندارد. بفرمائید!

استاد- انگار گفتند بلندتر.

رئیس- نخیر، گفتند سرلشکر. شما فرمودید سرتیپ، گفتند سرلشکر.

استاد- ممنونم. باری، از موضوع دور نیفتیم! سرلشکر دکتر محمودی که آن موقع سرتیپ بود و باید بگویم از امیران تحصیل‌کرده و واقعاً دانشمند ارتش بود، وقتی دانست که بیمار منسوب بنده است، با اینکه سرماخورده بود و حال نداشت، عمل را شخصاً عهده‌دار شد. صدایش هنوز توی گوشم است که گفت:خدمت به جناب مستقانمی افتخار است. چون در واقع خدمت به دانش است. البته مبالغه می‌کرد. ولی از موضوع دور نیفتیم! همان شب عمل را انجام داد و کانول را که بوضع خطرناکی در روده گیر کرده بود بیرون آورد. اما، هیچ فراموش نمی‌کنم که آن زنده یاد که با ما به بیمارستان آمده بود، تا خاتمه‌ی عمل و به هوش آمدن مریض، راضی نشد ما را تنها بگذارد. و سال بعد که خانم بزرگ مرحوم شد، وقتی برای تسلیت به دیدن من آمده بود، آن واقعه‌ی تنقیه و کانول جا مانده و ساعت‌های

پراضطراب مرا به یاد آورد و گفت:

استاد، آن شب در بیمارستان من نگران سلامت خود شما بودم. رنگ به روی‌تان نمانده بود. می‌ترسیدم خدا نخواسته شاهد اولین مورد سکته‌ی داماد از غصه‌ی مادرزن باشم. تقریباً همین امعان نظر و احساس نگرانی را، به صورتی دیگر از مرحوم دکتر حمیدی شیرازی در شلوغی مجلس ختم مادرزنم شنیدم. مجلس بسیار شلوغی بود. جمعیت به حدی بود که نه تنها شبستان که حیاط مسجد هم پرشده بود. گذشته از وزراء و وکلا و سناتورها و دانشگاهیان، اغلب بزرگان علم و ادب به خاطر بنده لطف کرده و آمده بودند. دکتر سیاسی بود، دکتر متین دفتری بود، دکتر مهدوی بود، دکتر خطیبی بود، همین دکتر اعصامی عزیز بود. مرحوم دکتر حمیدی شیرازی، رحمت‌الله علیه، که با ما رفت و آمد خانوادگی داشت و از علاقه‌ی من به مادرزنم مطلع بود، موقع رفتن، تقریباً بغض در گلو زیر گوشم این ابیات رودکی را خواند:

ای   آنکـــه   غمگنـــی   و   ســزاواری
وندرنهـــان   سرشـــک   همی   بـاری
شـــو   تـا   قیامت   آیـــد   زاری   کـن
کـــی   رفتـــه   را   بـه   زاری   بـاز   آری
انـــدر   بـلای   سخت   پدیـد   آرنـد
فضـــل   و   بزرگمـــردی   و   ســالاری

بعد مرا بوسید و دلداری داد. صدایش هنوز در گوشم است که فرمود: بزرگ مردا، متحمل باش! دیگر استادان هم هر کدام به زبانی مرا به تحمل این مصیبت اندرز دادند. باری، از موضوع دور نیفتیم!...

رئیس ـ جناب استاد، خیلی عذر می‌خواهم که کلامتان را قطع می‌کنم. با وجود ارادت و خاکساری همه‌ی ما نسبت به وجود محترمتان و علاقه و اشتیاق به کسب فیض هر چه بیشتر از محضر گرامی‌تان، باید عرض کنم

که جنابعالی، غرقه در بحر موضوع و در پیچ و خم استدلال و احتجاج، و بنده مسحور و مجذوب سحر کلام جنابعالی، هیچکدام متوجه گذشتن وقت نشدیم. الان به بنده یادداشت دادند که وقت جلسه، به علت رسیدن ساعت مقرر و موعد تخلیه‌ی سالن، تمام شده است. لذا از حضورتان تمنا دارم در چند کلمه نتیجه‌گیری بفرمائید.

استاد- عجب! متوجه گذشتن وقت نشدم. فرمود: هنوز قصه‌ی هجران و داستان فراق، بسر نرفت و به پایان رسید طومارم. اما بهرحال، چون می‌فرمائید که وقت تمام شده و باید نتیجه‌گیری کنم، در چند کلمه عرض می‌کنم که آن روانشاد انسانی به نهایت مهربان و دوست‌داشتنی بود. بلندنظر و سخاوتمند و نیک فطرت بود. البته او هم، مثل هر آدم دیگری نقاط ضعفی داشت. از جمله اینکه گاهی عنان اختیارش را به دست احساسات تند و ویرانگر می‌سپرد.

برای مثال، به دنبال یک بگومگوی مبتذل، با برادر منحصر به فردش قهر کرد. آن چنان قهری که با وجود عذرخواهی‌های مکرّر این برادر و شفاعت و وساطت همه‌ی خویشان و بستگان، تا آخرین لحظه‌ی حیات حاضر به دیدار با او نشد.

بهرصورت، چون مسائل مختلفی مطرح شد که از موضوع دور افتادیم، این نکته را باید مؤکداً تذکر بدهم که علت فوت ناگهانی‌اش زمین خوردن در حمام و اصابت سرش به سنگ بود و هیچ ربطی با بیماری یبوست مزمن و آن تنقیه و جا ماندن کانول در بدنش نداشت. یادش بخیر و روانش شاد. رحمت‌الله علیها.

(کف زدن حضار)

پاریس
خرداد ماه ۱۳۸٤

آثار عمده‌ی نویسنده

تألیفات داستانی

دائی‌جان ناپلئون .... رمان

ماشاءالله خان در بارگاه هارون الرشید .... رمان برای کودکان و نوجوانان

حافظ ناشنیده پند .... رمان تاریخی

خانواده‌ی نیک‌اختر .... رمان

ادب مرد به ز دولت اوست .... نمایشنامه

پسر حاجی باباجان .... نمایشنامه

بوبول .... مجموعه‌ی طنزیات اجتماعی

آسمون ریسمون .... مجموعه‌ی طنزیات ادبی

انترناسیونال بچه پرروها............. مجموعه‌ی طنزیات سیاسی

رستم صولتان .... مجموعه‌ی طنزیات سیاسی

گلگشت خاطرات ....مجموعه‌ی چند خاطره‌ی نویسنده

به یاد یار و دیار .... مجموعه‌ی طنزیات سیاسی و اجتماعی

چند حکایت .... برگرفته از مثنوی مولانا

در میانه قبیله و پیوند ....به یاد مانده‌ها

تألیفات تاریخی و ادبی

ریشه‌های تاریخی اختلاف چین و شوروی (رساله)

مروری در تاریخ انقلاب مشروطیت

مروری در واقعه‌ی ۱۵ خرداد ۴۲

مروری در تاریخ انقلاب کبیر فرانسه

مروری در تاریخ انقلاب اکتبر روسیه

مصدق باز مصلوب

طنز فاخر سعدی

ترجمه‌ها

خسیس...............................نمایشنامه اثر مولیر

بورژوا ژانتی یوم ....نمایشنامه اثر مولیر

نانین ....نمایشنامه اثر ولتر

آلزیر یا آمریکائیان ....نمایشنامه اثر ولتر

دزیره ....رمان تاریخی اثر آن‌ماری سلینکو

شوایک سرباز پاکدل.............رمان- اثر یاروسلاوهاشک